中国古典小说丛书

赵太祖三下南唐

[清] 好古主人 著

江西美术出版社
全国百佳出版单位

图书在版编目（CIP）数据

赵太祖三下南唐 /（清）好古主人著 .-- 南昌：江西美术出版社，2018.10（2020.5重印）
 ISBN 978-7-5480-6205-9
 Ⅰ . ①赵… Ⅱ . ①好… Ⅲ . ①章回小说—中国—清代 Ⅳ . ①I242.4
 中国版本图书馆CIP数据核字（2018）第140573号

出 品 人：周建森
企　　划：北京江美长风文化传播有限公司
责任编辑：楚天顺　李小勇　康紫苏
责任印制：谭　勋

赵太祖三下南唐
ZHAO TAIZU SAN XIA NANTANG
（清）好古主人　著

出　　版：	江西美术出版社
地　　址：	江西省南昌市子安路 66 号
网　　址：	www.jxfinearts.com
电子信箱：	jxms163@163.com
电　　话：	010-82093808　0791-86566274
邮　　编：	330025
经　　销：	全国新华书店
印　　刷：	河北盛世彩捷印刷有限公司
版　　次：	2018 年 10 月第 1 版
印　　次：	2020 年 5 月第 2 次印刷
开　　本：	690mm×960mm　　1/16
印　　张：	16

ISBN 978-7-5480-6205-9
定　　价：38.00 元

本书由江西美术出版社出版，未经出版者书面许可，不得以任何方式抄袭、复制或节录本书的任何部分。
版权所有，侵权必究
本书法律顾问：江西豫章律师事务所　晏辉律师

"中国古典小说丛书"出版说明

所谓"古典小说"云者，其义有二焉：一曰，但凡古代之小说，皆可谓之"古典小说"；一曰，但凡技法未受泰西影响之小说，亦可谓之"古典小说"。然此特就今人之观念言之耳。

揆诸坟典，"小说"一词，出自《庄子·外物篇》，其言曰："饰小说以干县令，其于大达亦远矣。"由此观之，庄子所谓"小说"，不过琐屑之言，以其无关道术，故以小说名之耳。

炎汉成、哀之世，刘向、刘歆父子典校秘书，检讨百家学说，取桓谭《新论》"小说家合丛残小语，近取譬论，以作短书，治身治家，有可观之辞"之意，把《伊尹说》《鬻子说》诸书，归为"小说家"之书，而《汉书·艺文志》（以下简称《汉志》）继之。夷考其说，"小说家者流，盖出于稗官，街谈巷语，道听途说者之所造也"（语出《汉志》），此亦非后世之小说也。

唐修《隋书》，其《经籍志》立论本诸《汉志》，以小说为"街谈巷语之说"（《隋书·经籍志》语）。当此之时，小说之名虽同，而其类目稍广，举凡《燕丹子》《世说》《迩说》之属，皆可入诸小说名下。

后晋修《唐书》，其《经籍志》立论与《隋志》无异，以《博物志》隶小说，此为"神异志怪之书"入小说之始。

天水一朝，欧阳文忠公撰《新唐书·艺文志》（以下简称《新唐志》），以《列异传》《甄异传》《续齐谐记》《感应传》《旌异记》等"史部·杂传类"之书移于"小说类"。至是，小说之部类日夥。

及元脱脱修《宋史》，《艺文志·小说类》承《新唐志》之旧而增广之。

明胡应麟以小说繁夥，派别滋多，于是综核大凡，分小说为六类：一曰"志怪"，一曰"传奇"，一曰"杂录"，一曰"丛谈"，一曰"辩订"，一曰"箴规"。至此，小说一类已蔚为大观，脱《汉志》"街谈巷语"之成规。

清修"四库"，《总目提要》（以下简称《提要》）别小说为三派，"其一叙述杂事……其一记录异闻……其一缀辑琐语"，而又损益之。考诸《提要》，则损益可知：一曰，进"丛谈""辩订""箴规"为"杂家"；一曰，隶《山海经》《穆天子传》诸书于小说。小说范围，至是乃稍整洁矣。其分目虽殊，而论述则袭诸旧志。

曩者宋元明清之史志，难觅"平话""演义"之书，此特士夫习气，鄙其为末流所使然也。史家成见，一至于斯。今人刻书，自当脱古人窠臼。

说部诸书，以文体分，有"白话""文言"之别；以体裁分，有"话本""传奇""演义"之别；以内容分，有"佳话""世情""侠义""家将""神魔"之别。细玩其文，既有劝世之良言，亦有"诲淫诲盗"之糟粕，而抉择去取，转成读说部书之第一要务。以此之故，编者特于说部诸书择其精者，辑之而为"中国古典小说丛书"，凡百余种。

然说部之书浩如烟海，其精者又何限于区区百十之数？此次出版，难免遗珠之憾。然能俾读者因之而省择取之劳，进而得窥说部精要，示人以津梁，则尚不违出版"中国古典小说丛书"之初心。

说部之书，多出自书坊，脱误错乱，在所难免，故于"取其精华，去其糟粕"外，尚需广施校雠，始得成其为可读之书。以此之故，编者多方搜罗以定底本，精排其版以美其观，躬自校雠以正讹误，然后付诸枣梨，装订成书，以飨读者。

限于编者学力有限，书中疏漏之处，在所难免，尚祈广大方家、读者诸君不吝批评斧正。凡能指出书中一二谬误者，皆为吾师，吾人不胜感激之至。

戊戌仲夏上浣，邵鹏军序于丰台晓月里

目 录

第一回
悯忠冤赤眉示罚　奉师命余鸿下山……001

第二回
南唐主回书拒宋　赵太祖命将督师……007

第三回
高元帅兵进寿州　余军师计困真主……012

第四回
落魂锣连擒敌将　风火扇吓退宋军……017

第五回
弄幻术高王险死　明妖法太祖释疑……021

第六回
宋太祖当空叩祷　陈抟仙遣徒下山……026

第七回
驾风云郑印见主　详谶诀苗训泄机……031

第八回
唐军师遇敌初败　宋将军破寨回朝……036

第九回
高君保背母私逃　陶三春领兵进发……041

第十回
求借宿不窨东床　设夜筵何殊赍酒……046

第十一回
君保打碎招夫牌　金锭设机赚凤侣……051

第十二回
佯诈败一意招婚　硬拒战三陈却配……056

第十三回
刘小姐痴心联配　高公子硬性辞婚 …………… 061

第十四回
多情女弄术惊夫　硬性郎应誓陷阱 …………… 066

第十五回
承师命初谐凤侣　急国难暂拆鸾群 …………… 071

第十六回
唐军师怯敌退兵　高公子卸甲染病 …………… 076

第十七回
陶元帅冲围对垒　余军师引敌交锋 …………… 081

第十八回
遇飞刀美容被伤　施灵丹金锭解厄 …………… 086

第十九回
刘小姐敌杀四门　余军师战法两败 …………… 091

第二十回
刘小姐灵丹调疾　高公子奉旨完婚 …………… 096

第二十一回
余军师再演迷符　高藩王覆被拘役 …………… 101

第二十二回
破迷符高王请罪　斗法术余鸿败奔 …………… 106

第二十三回
因败北唐主灰心　被讥消余鸿演术 …………… 111

第二十四回
刘小姐被害中伤　苗军师观星排卜 …………… 116

第二十五回
恩爱夫妻忧永别　情深师弟勉分离 …………… 121

第二十六回
破神锣余鸿大败　踩唐营冯茂立功 …………… 126

第二十七回
乱唐城冯茂盗书　破妖坛金锭脱难……………………………………… 131

第二十八回
赏战功冯茂升王　失法宝余鸿演扇……………………………………… 136

第二十九回
恃技艺冯茂遭擒　荐姻缘银屏强合……………………………………… 141

第三十回
遇敌仇郑高被获　得书囊萧郁从权……………………………………… 145

第三十一回
两佳人经权并济　一美丽恭驳同情……………………………………… 149

第三十二回
同归宋奉旨完婚　求借兵故旧重会……………………………………… 153

第三十三回
再鏖兵生擒复纵　屡败阵谗献成仇……………………………………… 157

第三十四回
余左道施威伤将　刘佳人抱病出师……………………………………… 161

第三十五回
斗法术大败余兆　破唐营进取徽州……………………………………… 166

第三十六回
下癀砂余兆肆凶　到军粮冯茂急救……………………………………… 170

第三十七回
畏行险唐将辞劳　欺强敌余兆出丑……………………………………… 174

第三十八回
宋太祖悔纵妖道　刘佳人智赚旁门……………………………………… 178

第三十九回
冒赤眉余鸿授首　倚师长余兆逃生……………………………………… 182

第四十回
思复仇余兆聘妖　急退敌唐主纳邪……………………………………… 186

目　录　003

第四十一回
残童妇妖道伤生　探阵图佳人回报 …… 191

第四十二回
请群仙冯茂奔劳　差众将真人奥旨 …… 196

第四十三回
取高唐郑印奇逢　辨十灵君佩偶遇 …… 200

第四十四回
杨公子因功结缔　花小姐比武为媒 …… 205

第四十五回
花小姐改装赚妖　杨公子缴令招婚 …… 209

第四十六回
五仙师进兵破阵　五妖道扶伪伤生 …… 214

第四十七回
因兵败李煜残臣　欺敌劣余兆殁阵 …… 218

第四十八回
缘城破乞恩准降　悼亲亡奏主阴封 …… 222

第四十九回
报预兆金锭请卜　听来谗赤眉下凡 …… 226

第五十回
赤眉怒责五阴将　陈抟会集五仙师 …… 230

第五十一回
询国运太祖求判　泄天机陈抟预征 …… 234

第五十二回
平南唐太祖班师　赏战功二王惧罪 …… 239

第五十三回
病痈疽太祖驾崩　承统绪晋王依诏 …… 243

第一回

悯忠冤赤眉示罚　奉师命余鸿下山

诗曰：

其一
英雄不必尽男儿，但见闺人长六师。
既异阴阳皆佐国，何须戒伏惭为雌。

其二
只能咏柳便超群，况复执丑乐泮林。
自古女军原恶敌，兵符矧是有功深。

其三
慢将刀尺去从戎，六月匡王属女工。
寄语凭妻诸汉子，司晨宁让勿称雄。

其四
周惟太拟致麟祥，只合宫中佐圣王。
究竟伐崇恭赞处，不闻幽静涉戎行。

其五
大家亦有征东赋，汉史终虚记问戎。
想是坐言抒宿愤，未能佩剑向从军。

其六
武功何必少金钗，狱降由来定所排。
吩咐深闺如虎女，勿徒降婿便抒怀。

其七
后来明有曰夫人，步武如堪作后尘。
独惜唐成明败处，终输刘女使麟君。

此数首俚言，说却其中所载刘金锭、郁生香、萧引凤、艾银屏、花解语诸女流，竟能使官难全消，涉险阻于疆场；粉面娇娆，伏狞狰于阵伍；银钗数管，赛过大戟长枪；玉腕一双，扫尽千军万马，真乃女子军逢人辟易。想古往今来，如谢道韫、蔡文姬等，咏柳才高，辨琴逸韵，留人齿颊，然亦不过文采风流，为闺中雅事。究什么标功万里，表壮山河，为国家却敌，以至守士称臣，成归一统；即或有等勇以义生，一时遇敌，只手复仇，不受淫污所辱，亦属一人一家的事。至于柳腰无力，冲阵而御烽烟，闺阁有材，服冠而称臣妾，此固千古罕有，宇宙奇闻。回思天女作列女传，事刘氏诸人，夫出不获著迹翰墨，为妇寺光，然妇人主持中馈，以拙为宝，不过较诸长舌，差胜一筹耳。至如唐主父子麀秽及诸臣之不洁者武则天，乃一介女中之才智首，淫浪班头，但以唐除叛乱以救生民，原取隋氏天下于张、尹二宫妃，是淫乱主女以开基，故不再传，再有淫浪武氏以报应之。但上苍佑贞洁以范风化，然武后如此淫秽，为千古败坏纲常，罪之魁首也。故于唐终宋始，令纲纪一新，降一班女英雄淑女下凡，使他功标社稷，定策军机，做作一场非凡事业，以为阴人佐盛世之光。况赵太祖正当应运之期，山河合混一统，以定久分必合之势，故值日功曹下凡间，查察那一家积德培阴骘之基厚者，以消受此贵女白首唱随，以觅良缘成对，然后扶兴王家大业。当日送生司马，领了玉皇上旨，速带女星五颗下凡，寻送降生之尘世，不须多表。

先说泰岳山中一位大仙，修炼数千年，久登仙班上洞，仙翁神通广大，道号赤眉老祖，已知宋太祖赤手结交英雄，打平天下。登基后，以酒色糊涂，竟枉杀义弟郑恩，老祖心甚恶之。一天忽值诸仙友梨山圣母、陈抟老祖、孙子真人三位上洞仙，齐进宝洞，会见赤眉，有老祖说曰："众道友，中界之气运一新，香孩儿虽奉了玉旨，得主中土大位，故藉周世宗之基业以接继，又得曹彬、赵普、高怀德、郑恩一班文武左右扶持，一心一德，以成大业。原周主柴荣，以姑子归宗入继郭威大位，信为五代贤君，无有其匹。自世宗驾崩之后，当传之嗣子，无乃香孩儿特奉天帝生于赵氏之门，以开宋基上，至陈桥兵变，居然受了黄袍加身，这是生成福命，享玉食千万，方位居九五，本当然也。惟郑恩与香孩儿非别将可比，义切桃园，情联手足，后竟以大勋不报，不念功劳手足情深，糊模以酒，白眼相加，是为忘恩负义之主。贫道心不忍功高反得孽死，意欲敕着一班狐仙野魅下凡，将彼江山搅乱一番，以代郑子少泄一忿，以息其冤魂，又恐诸怪不依善果，伤害众生可悯，诸道友以为如何？"陈抟祖曰："事须令各可恼，自古人臣功高震世，其心跳不出骄恃傲慢，为人主所忌，未有不害及其身。故汉初张良成功之后，见汉高心疑功臣，即辟谷逃避，不留恋于富贵，故众功臣遇害，良独得免于诛杀之祸，此乃明哲保身者也。然韩信、彭越、英布诸人心头太高，看得功名富贵四字太重，恃功傲人，只自雄而不觉人主早已猜疑矣，至后身首两分，实不味此急流勇退四字耳。倘效着张良及古之范子二人高志，何得杀身之祸哉？"赤眉祖听罢微笑曰："陈师妙论，足为功高之臣千古保身鉴戒，但香孩儿与郑子，义别君臣，情同手足，非同疏泛君臣可比，可以合则留、不合则退之论，须当知之以一过而报应之。"孙膑真人又曰："今老祖执宋主一人之过，令众生受此兵戈之祸，亦当念吾等仰体上天怜悯之心，今定乱未，久又使一众无辜当此灾咎，奈何，奈何！"赤眉祖曰："如此且不发差诸鬼魅下凡，令一潜修正戒而往，只困悴香孩儿一番，使彼知杀却无罪能臣，便招外敌偏国所侮，罚其劳悴，数载忧惊，不许伤生害众。贫道主见若此，不知众道友以为如何？"群仙见赤眉老祖如此法旨，各仙曰："足见道长慈悲，道今一心也。"是日各仙辞别过，自回洞中修炼，俱各不表。

单说赤眉仙一心不差诸凶魅下凡，只命门徒一人名余鸿，此道者原非人身，乃此山一老年鸿雁，精修炼已得人身，将有千年道行，其名为入仙班之列，今又拜赤眉为师，得随老祖，久沾化雨，日沐春风，修炼得法力无边，神通广大。当日老祖动了杀机之念，此日命仙童呼唤至余鸿，将此泄发郑恩屈杀一案，以困宋主军中，劳顿他以示罚之意，又指命余鸿投往南唐李煜帐下，借其兵力，令他勿称臣服于宋，开此衅端。宋太祖乃雄豪之主，性质方刚，岂受欺侮，定必领兵争战。"贤徒且藉法力奇能，困悴他三纪，少咎其狠害有功之恶，但彼帐下众将，乃奉命保国佐拜者，但许擒获，不许杀害一人，且要取胜而忧困真王数秋，即要回仙山，断不可贪念人间俗富禄，杀生灵以取祸也，慎之，戒之，不可忘却嘱咐之言。"余鸿领诺。按他乃一鸿鸟修炼成人身，本属性子好动不好静的，且潜修已久，将登仙班之列，故不妄动，一心受命于深山。今见师命之下凡，身涉尘上，一心欣悦，诺诺连声依命。当日老祖又将数件镇山之宝，命他携去以备应用。按下慢表。

却说南唐李煜乃李璟之子，自五代时，号称唐宪宗之后，亦未历实考，然而五代纷争，至周世宗帝时，李煜已嗣父位，割据金陵，即今江南地。为在周世宗时，已兴兵征伐，急去帝号，后复改年，而仍称帝。当宋太祖扫灭群雄，位正中土，诸僭国无不戒惧，是故礼贤下士，以求佐弱于一隅，实欲以自强其国，巩固其邦，且惧太祖来攻伐吞蚀，故日夕养兵蓄锐，以预备之，文臣武将不少，雄兵数十万，亦江东一劲敌之国也。且唐主精于文字，擅于绘画，乃一聪慧之人，当日文武臣有出名者，皇甫晖、黄原济、李晖凤，皆是当世英雄。更有薛吕、秦凤、罗英、程飞虎，皆前唐功臣之后，有战将林文豹、林文旦，聚于一邦。

此一天，君臣设朝，集会于银銮宝殿，评论宋太祖灭了南汉刘隐，又收除高季兴，西方伏并；灭蜀孟知祥，一路归附王全斌、曹彬、潘美等，兵威大震。君臣交谈，唐主煜曰："宋太祖一路平却诸邦郡，或灭或降，天下已定十七八，今有我江南未下，他贪求无足厌，只忧他兴兵蚀馋，怎生拒敌彼之盛！"当日有文臣明智者，皆言宋之乘并土宇，天下已得十之七八，我主金陵一郡之地，怎能与全舆大盛对敌，我邦须有将兵，谅非宋之高、曹、王、潘作对，不若仍去帝号称臣，以免彼兵临境，又费一番惊扰也。唐主闻言未答，又有武臣数人皆言，不可无故称臣，况我邦兵强将勇，上下一心，宋虽强盛，若他兵临远险，亦未易即胜，不若我主先修书一函，命一人呈之观览，其词半卑半硬，将我邦土产之物，贡献为名，试探他君臣如何回复我主，并察其国中虚实，然后我们或降、或守，方不自弱于一时。唐主点头称善。

正在君臣议论之际，有军官人禀言："午门外有一道人，要叩见千岁。"唐主一想有此胆大道人公然叩见，即准之，命宣进引见。不一刻进至银安殿上，唐主远见此道人五绺长须，纶巾羽扇，姿致光彩，双目如晓星，当时询及来踪，方知高门法士。道人稽首礼毕。唐主命之座下，茶罢，复诘叩见来由，余鸿对曰："千岁洪据金陵一方，兵多将广，是至宋主东西北并灭各方，不动汝金陵者，以千岁据此长江大河之险于东南界也，且千岁善于礼贤下士，君臣一心，且无可乘，千岁何须虑也。至下计者，首议去帝号臣服于宋。今山人特千里下山，叩谒千岁，求乞执鞭左右，未知允准收录纳否？且不是山人夸张大言，千年修炼，法力颇精，能分过去未来，千岁远续唐裔三百之纪，即偏安于一隅，宋终不能侯君也。"唐主闻言大悦曰："孤正在与群臣议论降守之策，谋疑未决，今得仙长降临指示，强孤之弱邦，何其幸也？又承愿佐助我国，以拒宋师，孤无忧矣。"即日敕旨命军人筑坛，登托拜为护国军师。余鸿一心受托，即登坛，众文武一班参见同礼，唐主亲捧御酒三杯，余军师饮过谢恩。当日李煜王自得了余鸿为军师，请问他兵法对敌进退之技，彼对答通明，出言有序，迥非凡人可及，心中倍喜。自谓邦佐得人，料宋主南下无碍矣，对敌不弱于彼，一时心雄胆壮，并不修书，又不往与宋太祖称觞庆寿之礼。此一回上邦下国两相启衅，一番杀运，亦金陵有此劫数，不知两国交兵争战如何？且看下回分解。

第二回

南唐主回书拒宋　赵太祖命将督师

词曰：

  屈杀贤良，因受沙场。从此十八载，赵君王回瞻殿宇，只见云庄，俯怀妃子，转似孤凰。也知天子亦离乡，伤伤伤。念切当阳，义伐徐方。后来八九，家共赞襄。维兹元老，固称鹰扬，矧斯臣妾，且号邑姜，功盖残唐，长长长。

  却说宋太祖自陈桥兵变，黄袍加身，为众将士推尊于周后主，继位而有天下，又赖众将兵力，助而成禅，北伐西征，混归一统，所有宇内霸主、伪主皆臣降称服，四方莫不奉正朔天王。值宋太祖万寿圣诞佳辰，诸家王子、王孙、各勋戚、文武大小臣家，悉皆备办许多礼物、珍仪，于五更之初，便佩玉登车，纷纷趋跄寝道入觐，颂唱华封三祝，又有外省边疆众文武员，俱有贡礼回朝上寿，并诸外国及附属归命候王，亦莫不挟狼圭梯山航海而至，以朝敬中土圣主。太祖于庭殿中受献，只见许多珍仪过丰，一一盛陈。旨下慰劳诸臣。传诏毕，龙颜雾，是日少不免鹿鸣赐宴，各王侯文武大小臣子百官均颁赐，畅叙乐饮于殿中。一番庆闹，君臣共乐。

酒至三巡，宋太祖徐徐而言曰："今天寡人五旬寿纪，悉当众卿文武、诸邦、边隅土宇之臣，贡献隆仪之盛回朝庆祝，足见内外远近之臣爱戴恭诚。惟今金陵南唐李煜以一隅之地藐视寡人，并无差使庆祝一词祝叙，亦属不恭，众卿以为如何处之乎？"有兵部尚书潘美奏曰："臣近闻南唐李煜招贤纳士，严训军兵，其志非小。今各兄弟偏邦，入朝贡献华祝称觞，他独不遣一人进朝恭祝，显见目无我大宋，不恭之甚，将来有不臣服之心。不若我主趁此执罪，命将兴士征讨有名矣。"宋太祖未答，又有军师苗训奏曰："此行未为不妥，但今因四海一家，谅此南唐区区一隅之土，何足介怀，不烦圣虑。可下旨责他君臣不谅德力，不礼回朝恭祝，有失国威。如若即行征讨，似涉不教而诛，况劳士浩费非国家益也。不若待阁部词臣草檄文一道，命使驰往晓谕他一番，倘或彼君臣醒悟，差人谢罪，正当赦宥之，足见我主以德宣化而治，各邦靡不欣服矣。倘他仍执迷抗拒，然后命将兴兵征伐取罪未晚。不知陛下圣意如何？"宋太祖闻言曰："卿家处置得宜，惟词翰之臣莫与卿之匹，汝回第中三天之限，且备檄文，命使臣驰往谕之。"此日退朝，文武各散。

次日苗从善檄文草就，上呈御览毕，即皇印封固，钦差往金陵而去，涉水登舟，非止一日得到。此一天，南唐主自拜余鸿为军师有三月之久，一日早设朝，正在君臣叙集，有玉门官入奏，大宋天子差官员一位，有赍旨到来唐。书启星封，君臣开读，其文词曰：

> 昔者唐祚衰微，率土分崩，生民之命几于尽泯。兹我邦主德臣明，拨乱反正，拯其将坠，救兵民于水火，奉天宣化，功劳施兮垂兮而万邦协和。布德行仁，而百蛮宾服。蠢尔南唐一隅之土，梗化不朝，藐视不恭，罪难逃咎。屡欲爰敕天师，恭行天讨，惟我宽洪伟度，有慕乎古之行军，以化格为治，故王者之师，有征讨而无战斗。是舜帝虞廷，舞干戚而格有苗；武王周师，回军马以警殷纣。兹命我词臣秉笔宏文，申明诰训，原不欲用武以伤和气，致祥好生之德，今敷陈安危之要，君侯其敬听之。念尔唐末五代纷争，瓜分割据，至英

雄并起，豪杰风从，我主车驾所临，靡不输诚纳款，君侯所共见闻也。惟两帝不并生，一往不再伏，明者见危于无形，智者窥难于未兆。是以微子去商，长为周宾世胄；阿斗纳印，安作晋世乐公。君侯诚能深鉴成败，投昧微子之踪，猛思后主之乐，则福庆无疆，士民安堵，农不易亩，市不回肆，去累卵之危，就永安之帅，岂不大有裨于国哉？如执迷惘悟，听佞惑说，至于兵临城下，玉石俱焚，噬脐奚及。

当日，南唐主李煜看见檄文朗烈，理义分明，稍有畏怯之心，又转请余军师酌议此事，余鸿曰："腐儒笔锋亦锐利，不知我主兵精粮足，有何惧哉？"遂不作谢罪表文，只将檄旨笺尾，批回七律诗一首曰：

> 南唐继统在钱塘，屡欲兴师破汴梁。
> 文有孙吴精阵律，武增虎豹聘沙场。
> 高怀活捉同妻死，陶氏生擒与子亡。
> 天命早知须顺服，免教刀斧见阎王。

书后又写着：

> 大唐正统皇帝付呈宋君御前览悉

却说宋太祖一天设朝，使臣回国，一见李煜不独不回谢罪之书，反作此悖逆犯上强词，藐慢太甚，太祖一见羞颜大恼，拍案骂曰："好胆子李煜，蔓尔逼上，朕好意相待，不忍加兵征讨，犹恐残害兵民可悯，不料他竟公然逞志，出此恶逆犬吠之言，怎可不加诛伐！朕若不发兵征讨，他亦差将来争了，不啻不似人也！朕亲行征伐，定必生擒此贼，方消朕恨！"有高王爷怀德出位启奏曰："南唐李煜伪袭李唐之后裔，割据金陵不过八十一州地土，谅有什么仓藏百万、粟支十年之富庶！即君臣和协，无乃一班伴食文词诗赋之人。今不度德力之势，以小敌大，以弱拒强，是乃自取败亡之祸也。不若待臣藉陛下天威，兴一旅之师，前往以顺取逆，自必献功奏捷，何须主上亲身马上之劳，有碍轻出万乘之尊。"太祖曰："御妹夫论虽理有所依，但朕起自马上功劳，与诸将士久相雄角，亲冒矢石一十八载，见尽多少英雄，负气自许，率性不受人欺侮。今李煜这匹夫逆恶辱言伤薄太甚，务必生擒，杀败他亲辱此贼，方得心平也。况自登基一十三载，身安惰乐，髀肉旋生致病，正不胜刘先主所感慨。朕意已定，妹丈不必谏留，今即着卿为督师主帅，史珪、石守信二将为左右先锋，冯益为参军，再令曹彬、潘美、王彦升、罗彦怀为辅军，九王、八侯及军师苗训俱随南征，以护驾，复令王金武后队解粮，同心协力征胜金陵，旋师奏凯之日，回朝因功加赍封爵，以报将士之劳。"

是日众文武闻谕，各人领旨，定了出师日期，退朝已毕，有宋太祖又对御弟二王爷匡义言知，征讨江南李煜，托之监国署位依政处分，朕不过一载上下可以还朝，叮嘱一番，二王匡义领命。宋太祖又在昭阳正宫皇后谕说知之，复往后宫禀知杜氏皇太后，于某日定期别母后，即当兴兵征伐金陵李煜云云。有杜太后曰："皇儿于十八年马上功劳，乃得九五之基，安逸未久，方一纪之外，今又思历险疆场，今天下已定于十之八九，躬为万民之主，理合优处莫劳，岂可再历兵危险事，愿皇儿勿往，且命将提兵悉足成功奏绩矣。且母前两天夜梦不祥，于三更后见皇儿高登一李树，几乎头跌下，幸得云霄上飞下五只彩凤，将儿翼扶而下，须臾间已惊醒，方知一梦之兆。至今母心尚怯惧，介怀不安，儿今又思离位远行，未知主何吉兆，想来有此幻梦预报，不若王儿勿往，敕旨各家王侯武臣，能征惯战者往讨江南，何必立意亲征，以贻老忧。"太祖闻母言对曰："母后匆心烦，儿一自少年十六以后，即一生闯游，四方遍走，在家少出外多，喜动，不喜动中之静，天下之大，东西南北之地土，十之七八风土民情柔悍皆知，今汴京进金陵，不过四十大之程途，有何干碍？且母后所梦最吉，儿扳登李树将倾，反得五凤协扶而下，后必得五女将为助以成战功，未可知也。况儿不历阅沙扬，已久困于大位，实不喜安静，今随征一出，反觉心逸开怀，以免久困于深宫内殿，儿所闷闷久矣。但今中土堤封万里十得其八九，单有金陵一掌之地，如此梗强，有失各国之威，只争此功亏一篑，便可放马归山，牧牛归野。况天无二日，民无二主，卧榻之侧岂容他人鼾睡。何劳母后挂怀，儿若不亲临敌境，将士不肯用力，枉日费斗金耳，非为胜算也。"当日杜太后向知皇儿心性，喜流动而恶坐逸者，是必难以强留劝之，只得言曰："儿既力主兴兵，断不可亲躬出阵，以万乘贵躯非同小可，须当谨慎小心，为母减忧。"太祖皇领诺安慰而出，当日众后妃王子皆知圣上亲征，只有皇后娘娘想来皇太后尚且劝驾不止，徒陈留无益，未必帝心允回，只得饯别送行贺喜而已。未知何日启程御驾亲征？且看下面分解。

第三回

高元帅兵进寿州　余军师计困真主

诗曰：

一时勇愤义从王，虽属孩提切远将。
犹恐相逢强敌处，六军失却白鸠扬。

住语宋太祖在宫中与诸皇后妃子饯别长言。却说，东平王高怀德受了太祖拜受统兵招讨大元帅，是日退朝，回归王府中，进内堂有皇姑赵美容迎接，王爷夫妻见礼下座，请问王爷今天五更天上朝，何至午刻之晏方回，有何朝政酌议？高王爷将南唐不肯臣服，书下，反出强逆之辞，触怒圣上，今要御驾亲征，命着本藩为督军主帅。王姑听了即曰："君命所差，固不得推委，但王爷方得数载卸下马上辛劳，今又要涉险沙场，妾心颇不乐也。"东平王冷笑曰："为臣本当忠劳王事，为子本当尽孝双亲，是人生立品之大节，岂以劳逸为辞？况本藩叨蒙汝兄恩宥，已极人臣，一家显贵，谁人可及？正报不尽王恩也，岂敢少言推诿。但母亲耄耋之年，儿子年少，全赖王姑代劳敬奉，小心严训孩儿，教文则外师，技武则王姑，不可使他安逸，首重不许外出游荡，三五为群，欺压招灾，有失心规，清白高门。"王姑领从，语未毕，庖官早已送进酒筵排上，说不尽许多山珍酒美、海味琼浆。侯王门不啻天子丰奢，不须多表。当是夫妻畅叙交酢，两旁音乐齐鸣。

此时高琼公子表字君保，年方二九，一闻父王奉旨远征，即来上禀言："儿在家一无所事，不若跟随父王同往，一来可以左右随从，二来与国家出力，立微功于朝廷，以报些小圣上隆恩。"王姑闻言，冷笑曰："小小年纪便口出大言，真乃无知少年，不明汗马功劳非易也。"君保曰："母亲勿将孩儿小觑为一劣夫，儿今已习操得枪法精通，弓马纯熟，各府王子哪人出得孩儿之右？今跟随父王出征，原要学些进退兵法，以为日后与国家出力，方不愧我高家功臣之后，望求父王母亲准允，了却孩儿素志。"王爷闻言喜悦曰："我儿出此智量之言，虽未见诸实行，但立心高远，爱国忠君已见于大概了，果不愧高门有后也。兹汝虽有其志，年纪尚轻，且婆婆年纪已高，母亲一人，汝又无弟妹，不若汝在家代为父敬奉婆婆，孝顺母亲。今思起汝叔怀亮身亡于沙场，想来令人下泪，为父不时伤感，折此雁行，今幸婶娘李氏十分贤惠，抚养成汝弟君佩，与汝恍惚，生来气质不凡，后日亦能继父志。惟当弟兄一心同习文武事业，切不可外游放荡招灾，恃世宦欺压别人，以取怨怼，方为成器之儿。今不必随征，依母亲在家可也。"君保又见父王吩咐，料必不允，只得揖别闷闷退出。此天高王爷祭祀过家庙祖宗，然后与王姑饯别，婶母子侄送行。有许多天性分别离感之言，不多细表，王姑复进朝往内宫送别皇兄宋太祖，也无交代。

单说高元帅誓师日期已至，一众武臣将士早在教场伺候，十万虎贲两旁站立，杀气腾腾，誓师祭旗，申明军令，炮响三声登程。一众文武大小朝臣，王子公侯何下千余，皆叙于教场中，送别主上銮驾。宋太祖自嘱咐御弟主勤劳监国，次及左相赵普及六部大臣，一众一品大员，要依朕政令处置得宜。一一不须过述，文武全称领旨，送出皇城十里外。太祖传旨御弟众王子大小臣回城，不须远送。众臣领旨，往程望见不旗幡之影方回，各文武回府按下休提。

单言宋太祖登程，高元帅大兵所到，秋毫无扰，军令森严，百姓安堵，实乃军威势锐，杀气冲云，旌旗耀日，盔甲鲜明。未入东南境，先有南唐探子越境打听明大宋天子御驾亲征，一一报知。唐主一闻报进，心下惊惶不安。此日召余鸿国师大元帅，皇甫晖威武大将军、林文豹镇殿大将军，林文旦世袭平辽王、薛吕护国公、秦凤越国公、罗英鲁国公、程飞虎一班武将上银安殿，唐主即曰："前者批回表文呈于宋君，料必他愤怒，今兴发大兵亲行征伐，孤想他天下已得十之八九，兵雄将勇，孤以一掌之地与彼相峙，何异犬与虎争，故特宣请国师与众卿酌议，攻抑或投降，定夺战守，以早定主见为宜，以免兵临城下之日，一群生灵皆作刀头之鬼。"余军师奏曰："我主勿忧，宋兵将虽然强盛，只可别压诸邦，倘要胜我主，除非山人不在此金陵土地。彼兵若来个个遭擒，方显山人手段，少立奇功，以报千岁平日相知雅托，且一旦放心，勿坠三军锐气。"唐主曰："军师乃法门高弟，今既一力担当，孤固已安枕无虑，惟今来主御驾亲征，兵雄将猛，亦当准备迎敌。古云：兵骄必败，但须早定个胜算，方不至兵到慌惶，岂不为上。"余军师曰："臣料定宋师此来，必由寿州发进。"唐主曰："军师何以预知？"余鸿曰："宋君万里兴兵，先计粮草，乃敢深入重地敌境。宋主在马上一十八载，久征惯战。几十万士兵，今外涉吾土，必先入此平坦大道，必言得了寿州一路，由凤阳府直取金陵，便成破竹之势。"唐主曰："如此须命一员上将有勇略者以重兵驻此，方能保守此要害地也。"余鸿曰："不须将兵驻守，他兵新到正在锐盛，与战断非我军之利，不若设个空城之计以困之，一绝彼之粮草，不犹十万兵为饿鬼，宋邦随征大小君臣一概断绝了。"唐王闻言大悦曰："得军师如此妙算，岂惧大宋将兵骁勇。"

是日余国师即差勇将林文豹、皇甫晖授计前往寿州城，传令城厢内外众百姓、民间军兵，不分贵贱从速迁运入皇城内地，以避宋兵攻征，不然彼大兵一来，皆要尽杀。令一下，吓得寿州城众百姓数十万人人惊惧，个个凄惶，急急搬迁，纷纷跑走皇城避兵，拖男带女，一路嚎哭之声可怜悯也。再说林黄二将令军士数千将寿州城仓库钱粮一概督令拉运讫尽，些少不留，然后回城缴令。余军师另有机谋慢表。

再说宋太祖一路大兵一月久方入金陵城境界，已攻破了界牌关，杀却唐兵万余，有败残逃奔散去。高元帅挑将兵一万五千与潘美把守界牌。连日君臣酌议渡江进取，太祖要从寿州攻入，高元帅曰："寿州乃金陵咽喉之地，重扼之方，唐人知我军攻破界牌关，定必严加守御，抑或设伏奇兵，趁我军初到，地土未谙熟，反中他计。依臣愚见，不若从庐州府进兵，暗攻合肥，出其不意，尚易成功。"有苗军师亦以为然，请帝准依。太祖曰："朕非不知驸马之谋，是慎重之行，然施诸强敌必须如此。今伪唐兵单将弱，我兵一到即攻下界牌，可知运筹无策的。谅今直攻直进，无不克之理。况庐州水险山岖，我军不时要运粮接济，寿州平坦大路，夫马易于往来，先攻他一阵，着彼如何，再作设施。"众将领旨一程向寿州攻进，已近城五十里，高元帅发令下寨，苗军师吩咐军兵掘井取泉，不许食南唐城濠之水，众军士遵令。次日高元帅下了战书，南唐差遣大将林文豹、皇甫晖统领一万五千军马出敌，高元帅即差发史珪、石守信出营与林、晖二将对垒，一万雄兵杀来，将兵交手，宋兵甚锐，唐兵抵挡不住，大败而奔，林、晖等押止不得，见兵卒散乱，死亡数千，收兵入城躲避。高元帅令将人马夺寿州城，正要围困攻打，不料林文豹二将受了余军师之计，许败不许胜，此日一败即领着众兵入却皇城，弃寿州不守。

再说宋太祖催令高元帅进兵，差史、石二将带兵要攻打杀入。二将心雄先登，喝令抢关，三军奋勇争先，须臾城门大开，宋将兵杀入，并无将兵把守，史、石二将暗自称奇，不知何意，只道南唐君臣等人惧敌，不战弃城而走之，岂知乃余鸿用计。此日得了寿州城，即回营中报知，太祖大悦，深以势如破竹，指日攻破金陵。高元帅传令不要追逐南唐败散之军，多伤杀害。一同护驾大小三军拔寨进城，正在传令毕，启行，方登帅堂，命将查点仓库，回报其仓库俱空，粒粟全无，城中百姓经查城厢内外并无一人。宋太祖大惊，已知中计，有高元帅低首不言，知太祖拒谏败事，但君上过处难以面执而责之，有苗军师曰："此乃空城之计，岂有重地要害之城，如此而无兵丁城守之理，今当速退，再扎大营，以免中他空城之计为高。"

正在宋太祖悔错之际，高元帅发令全军退出，只听轰天炮响发振，有军士入报，四边城濠外有军马数十万杀来，灯球火箭打个不绝，喊杀如雷喧哗。宋兵大惊，不敢出城，太祖悔恨不及。高元帅只得发令王侯四大将军紧闭四方城门，元帅军师复请太祖登上城楼一观，果见城外重重叠叠，雄兵猛将，围困得犹如铁桶相似，真乃令人可怖也。远远只见队伍中拥出一道人，纶巾羽扇，八卦道衣，头尖颔阔，双目星光，门牙突出，手中提了一条杖棍，在城下指向宋太祖骂曰："可恼宋君假托着陈桥兵变窃了幼主天下，一得无义江山，复又枉杀有功之臣，我师乃大罗上仙，今命山人下罚，知事者投于我主大唐，倘恃兵力，意谓灭却诸天下无敌，擅自兴兵窥觎吾主金陵，休思妄想！今日身临远土，正当亡灭也，却被山人用着小小机谋，即令汝十万军兵，数十员猛将困围了，如在笼中之鸟、釜内之鱼一般矣，还想望什么纵横宇宙，霸土争雄？倒不如写下降表文书，将大军且让与我主大唐，尚不失为藩王宾位，是汝知机之处。"不知宋唐交兵如何？下回分解。

第四回

落魂锣连擒敌将　风火扇吓退宋军

诗曰：

　　万人辟易有奇能，擒纵随心号妖僧。
　　个个英雄难用武，牢笼何日脱鞲鹰。

　　当时余鸿将宋太祖骂辱一番，太祖又惊又恼，大喝何方野道出此恶逆大言，喝令左右放箭，城上数千弓矢手，纷纷箭如雨点打下。余鸿一见冷笑曰："勿道几枝小矢，即万刃刀山，贫道岂介于怀。"口中念念有词，只见矢到飞开，并无半点沾身。当时宋将人人愤怒，见道人大言恶骂，恼了石守信，请旨杀下城以擒妖道。高元帅曰："石将军，妖道来者不善，善者不来，犹恐妖道有妖法伤人，战胜不可穷追，须要小心提防为上也。"石先锋领令，带铁甲军五千，放炮出城，渡濠桥飞马大喝："妖道看刀！"大刀劈下，余鸿茶条杖架开，暗想此将英勇，定然来之有名也。只见他恶狠不通名姓，大刀乱砍，只得招架十合上下，将条杖一晃，扭转梅花鹿一连打三鞭退下数步，取出一宝，名落魂锣，对着石守信一击，响振喧天，石将军不觉坠下马，人事不省，由南唐兵拖去拿下。

宋太祖城上看见大惊。有刚谷侯史珪大怒曰："可恼妖道战不过，用妖术拿人，好猖狂也。"复请旨出马。太祖曰："不可，妖道有邪术拿人，怎能以力胜他。"高元帅也劝止之，史珪不听，飞马杀出城外，大喝："妖道！本事平常，专恃妖术伤人，若不还我石河阳侯，将汝命送在本侯枪尖之上。"余鸿冷笑曰："宋将好不识时务也！我主唐王，乃真命之主，自高祖开基三百余年。岂料汝宋王不明天意，恃却兵强将勇，无故加兵于我金陵，杀我乔元师，攻破界牌关，好生猖狂，前起兵又杀害我大将军刘仁胆，只道天下无敌。岂知今日自投罗网，兴兵深入，困在我境孤城，谅汝君臣插翅难飞也。倘知天命者，回城对宋君言知，书下降表称臣，放尔君臣回国，如若逞强执迷不悟，即见十万性命休望生还，岂独活擒尔石守信一人也。"史珪听了余鸿一席强言，气火烧天，怒声如雷，喝声："妖道胡说，看枪！"把长矛照面一搠去。余鸿知他凶狠，茶条杖不上十合迎冲，将梅花鹿扭转向本阵营奔走，史珪怒气不息，拍马追赶上，落魂锣一响，史珪落马又被捉拿，有军士捆绑入唐营去了。有太原王国舅曹彬不忿，带怒出马，仍被余鸿拿去。

此日南唐主见余军师一日之间，连连拿捉了宋朝三员上将，回城好生喜悦，对着众将文臣等曰："余军师有此法高强，一刻生擒了宋邦三员猛将，且因围了宋军，观此，何难灭宋以兴复孤大唐天下，再整李氏江山？"诸文武皆称善，贺我主得人佐弼当兴。

却说太祖此日一连失了三将，心头纳闷，只得命人闭守城池，不准别将复出。次日唐兵又到城下骂战，有把守城军士入报，高元帅大怒："可恼妖道擒却我三将，又来城下猖狂，若不亲临出敌，反被妖道所轻，待臣今出城与此逆拼个死生。"太祖曰："非言勇战可以对此妖道，若论驸马枪法，天下无其匹，奈何妖道以邪术弄人，即卸马被擒，今失去史、曹、石三将，他并非欠能被捉的，汝所共睹。今三将失陷，朕心实忧之。但汝为三军之主，朕之首托，岂可轻躁而出以迎妖道之锋乎，万一有失，朕倚向何人护驾，三军哪人主持？驸马且忍，暂发出免战，决策于军师，救解三将为上。"高元帅曰："臣为督师主帅之任，今日妖道逞强羞辱主上，连擒三将，耻辱太甚，他须有妖术伤人，臣何惧之？藉陛下洪福，必要出敌，杀却妖道，才得恨消。"语毕上马提枪，带兵一万，放炮开城，杀出吊桥。大喝："妖道来祭本藩之枪尖。"

当时余鸿正讨战之间，只闻城中炮响轰天，冲出一枝军马，盔明甲亮，一杆大旗高悬，一将银盔雪甲，手执丈八长枪，面如银盆，三绺清须，年方四十上下，真乃生得威风凛凛的福相。余鸿一见，谅得此将是东平王高怀德。只暗暗称颂曰："怪不得赵宋功劳魁首，沙场破敌班头。"遂将梅花鹿一拍上前，茶条杖一指，喝声："宋将通报名来以受死！"高元帅大喝声："妖道！不知天命可畏，妄唆一隅弱主，致动干戈，伤害生灵，罪逆难逃，方知后悔。能知醒悟者，速回与唐主诚命谢罪称臣，罪尚可免，不然一隅土地踏平，万众遭殃。吾乃宋主驾下东平王高怀德也。难独妖道不知大名么？"余鸿冷笑一声曰："山人知汝是宋君之胆，今遇山人，只恐往日功劳一旦付于流水，休得望活。"语罢，一茶杖打去，高元帅银枪架开，余鸿倒退梅花鹿数米，双手振疼，已知高元帅本领高强，难以力敌，发打脚奔走。高元帅一想妖道邪物伤人即拿下，倘若追赶去，又陷于妖道之手，蹈却三将之辙，即竟勒马不追。余鸿回头暗骂一声，好狡猾的高怀德也，他住马不赶，难道今便由尔逃脱不成，只得扭回神鹿，一拍近取出落魂锣，对高元帅连连响击，元帅不觉一发昏迷，已是人不醒了。即下坠于尘埃，宋兵追救不及，已被南唐铁甲军拖拿入城中。宋兵大惊，奔走回城。余鸿戒杀不追，鸣金收兵。进奏银銮殿，有唐主李煜闻报大喜，想来余军师果然法力高强，一连拿捉敌将四人，且高怀德乃宋邦主帅，今已被拿，大唐天下指日可恢复了。

住语唐城内大张筵宴贺功。再言太祖在城中闻报高元帅又被余鸿擒捉去，吓得大惊失色，一心苦恼，众将士安慰一番。太祖开言曰："朕自兴兵以来，赖众将兵之力，创得江山，今已四方颇得平宁，土宇已当平服。今只有金陵伪唐主，以一掌弱弱之士，横梗不服宾王，朕于万不得已用兵，不料南唐有此妖道，用术拿去四将，顷刻败兵，眼见得江山难保。倘若返戈低下以求乞南唐，岂不丧辱开基伟业，老耻千秋？众卿家有何良谋以解此危厄，方免主忧臣辱也。"有苗军师奏上："我主龙心且安，自古兵家胜败无常，我大宋承运开基，上天垂象真主御世，李煜乃伪唐一孤，岂能再兴？周文王尚有囚于羑里之日，汉光武还逢困于昆阳，后皆脱难，死中得活，以成帝业。今四将被拿，谅区区南唐必不敢加害，我主放开龙心，但想来此空城，中其奸计，难以孤驻，不若趁此唐人得胜，少懈攻城，我等尽将本部人马趁势冲出此孤城，离此火坑，待圣驾回朝，臣文武等仍再行征讨，以决雌雄。以天下全土之盛，难道反倒倾于小小一隅哉？今只早退方为胜算也。"太祖闻言只得依奏。次早五更时候，各军将士饱用餐膳，苗军师传令武将张光远、罗彦威、罗彦钊、顾加进、王彦升、陈青、张英等一班文武将士，及三王四侯九门节度使，一齐上马提刀，带了大小三军，拥护赵太祖纷纷杀出南城。

再说唐城中余鸿道人神占一课，已知宋人保太祖逃走出寿州回朝之意，想他乃宋朝开基受命之主，不能祸及真命之君，不过奉师之命，下山将他围困迫钮，以警其杀戮功臣之过，勒他与唐主讲和，两相罢兵，亦可报唐主恩遇之隆，岂可枉然伤他将士。主意一定，辞过唐主，出到南城，取出风火扇，除了火诀，对着大宋军伍中连连数扇，狂风嗖嗖大作，呼呼响报，已将宋邦军队人人吹起，已是身不由己，立足不定，不能住步，人人退后被吹回，个个打归入城中。当日苗军师也知妖道用着邪法，借此风势吹打回城，亦无可如何，只得吩咐众军将四城紧守防御，仍入牢笼，宋太祖惊心不乐，众文武人人切齿愤恨妖道，一刻难消此日不怠。

第五回

弄幻术高王险死　明妖法太祖释疑

诗曰：

奇奇怪怪展神通，驱遣随心夺化工。
只恐皇天难纵恶，定然获罪竟无容。

当日宋太祖一行众将被余道人擒去一半，吓得胆落魂飞的恐惧。当时余鸿又率将兵大队，直逼城濠下骂曰："宋人君臣恃勇自投罗网，涉吾疆土，即可称臣纳献降书，一众十万性命尚留一线，如若迟延违逆，要汝君臣人人白刃加于首项，方悔之晚矣。"宋太祖闻言惊上加忧，有苗军师见太祖一心惶恐，只得权答词于城上，对余鸿曰："两相对敌胜败未分，献降称臣有大邦下国之别，岂有尊卑倒置者。我君臣自有定见，汝须量力而夸，何须以一小胜为强，不用晓舌相煎太急。"余道人闻言，想来此语知他也有畏怯之意，只得不深求，吩咐退解内围之兵，暂缓攻城。

回见唐主领功，唐主喜迎曰："全仗军师法力，一连拿下来将十余名，足丧宋君之胆了，孤早排下贺功之宴，上敬三杯。"亲离宝座，双手递上。余军师接酒，双手拱持言曰："荣我主千岁隆恩，今之小小功劳，岂当过奖重赐，臣感激无涯也。但君赐加恩，胆敢逆命。"一连三杯饮讫，然后谢主。众文武依次坐下，畅饮贺功酒筵，席间多言军师法力无边，观此宋将个个英雄勇猛，连日擒拿，至今人人魂迷未醒。唐营宴毕，唐主吩咐擒来十二员宋将牵出枭首，以报昨破我界牌关，杀死朕元帅刘仁胆、乔将军之仇，然后复回寿州界牌，捉下宋君臣，孤家成了一统，兴整大唐天下也。余军师曰："宋将伤害不得的，我主所未知，贫道修炼有年，自得金鳌岛赤眉大仙指点，修行数百纪，传闻大道，今大宋乃受命之君，难以伤他护佐之人，不过且困之以威，方不敢小视我主金陵一方耳。久必相和，以乐处太平之景运。也是世道当其时。"唐主曰："两国相争，那有擒来之将不杀之理，况宋十二名将士，世之猛勇者，若放纵回，为唐之患，为宋之利，岂可生置之？"余鸿曰："宋既不能灭，众将亦阳寿未该终，今迷而不醒者非真死，游魂未伏舍耳。故以昏沉未觉，待山人教他醒回，背宋仕唐，混弄宋君一番，自然惊乱，他无措之处，定必与我主讲和，不敢侵扰。且借宋人之力，他得其劳我得其逸，又借宋之刀，以杀宋人耳。岂不更善乎！"唐主曰："人已死怎能却复生，且事已奇也，且宋将能使反戈投我，背宋仕唐，但云来将十二人乃大家开疆展土，内有王亲御戚，父母妻儿皆在汴梁京中，他等即可回苏，焉肯弃君亲以事仇敌之理。"余军师冷笑曰："仙家妙术果有可还魂之技，并有灵符迷其真性，定然依令呼喝，即君臣父子妻儿皆不能认识，只随其术令之呼使耳。至于降我唐之往攻宋者，是山人可定主也。"唐主闻言，疑信交半，只得曰："有此奇事，军师且试演可也。"余鸿应允曰："真事果非谬言，待臣弄事便见。"是日唐主退回宫去。

余军师吩咐将十二员宋将尸骸安放阶下，备办下砂丹毫笔纸之用度，有十二幅乌鸡乌犬之血秽物，将黄纸染糊，用剪裁成纸人十二个，各像人，书上符章一道。向空中喷上一口法水，一阵旋风，十二纸人空中飞舞一回，余军师喝声下来，纸人纷纷落于案上。军师将来折成三角灵符十二道，令军人除了宋将头上之金盔，安置于发际之内，复将他原盔戴上。手持七星宝剑于案上一拍，念着分魂分魄的咒言一番，大喝宋将其人，某人一魂三魄入体中，二魂四魄依叛正法拘禁在纸代人符于发际中，不得有违。喝毕，将宝剑向宋将十二人个个一拍背上，大呼宋人各各遵法旨还阳，急急如律令。顷刻宋将十二人冒冒失失趴将起来，性似发呆，一般双目圆睁，不言而立，此乃十二人魂魄未足，神思恍惚，泥玄丸宫。被灵符迷去真性，心下糊涂，只由用听，乃余鸿以法咒关分之也。当日分列两行站立，只有唐人文武官见了个个惊骇，遽离班位。余鸿冷笑曰："众文武不必惊惶，宋将自此降服我唐朝了。与汝皆属同僚，何须畏避。"唐主闻知，即登上银銮殿，果见十二名宋将分立两旁左右，盔甲明亮，心中疑惑不定，欲逃避下御座。余鸿指宋将对唐主曰："我主不必惊疑，臣已用符术将宋之十二员将士降服。今宋将已降顺我大唐，一殿之臣也。"唐主闻言曰："军师虽然法术精通，孤见此宋将凶勇，他已还阳，只爱反去，不肯降服，转伤我邦兵将，乃有放虎归山之患也。"余军师曰："我主众人既然疑惑不定，待山人试演他将士一人验之，自见准信不诬言矣。"语毕将木剑一指，口中念念有词，大喝高怀德听令，有高王爷闻令即上军帐前，打拱曰："军师有何将令差使？"余鸿曰："尔且领兵一千五前往攻打寿城，不得有违。"高怀德领令，飞跑出王城去了。

　　唐主一见，方知军师法力之妙。唐之众文武臣多见诧异，余军师法力果然非凡夫可及者。当此唐主喜悦曰："孤得军师住弼，降了一班宋将，且高怀德、曹彬乃大宋金栋玉柱之臣，今为我唐所得用，何愁唐家故业不依然返复，皆借军师之功也。"余鸿喜色扬扬，谦逊曰："此乃千岁当兴其国，不失为偏邦之首，宋虽然应运，终不能为唐之害。"君臣言语投机，不知余鸿亦是权词以对唐主耳。岂不知宋乃开基应运真命君？故其对唐主言不失为偏邦之首。唐主一心以为与宋并驱天下，亦一时心头之热也。只因余鸿捉得宋将，故有此妄想。但世人深耽于名利之处，正合着两句古谚之言曰：

　　人心不足蛇吞象，世事到头螳捕蝉。

　　却说宋太祖日因于孤城，愁念诸将被擒，须不见首级号令，但心上惊惶不已，正在思闷，只见军人入帐跪奏："高王爷提领南唐兵马到城濠边骂战不已，不明其故，特来启奏知，乞万岁爷定裁。"太祖闻报怒曰："可杀奴才，敢生妄诳读于朕，高王爷已被拿去，未知生死，况彼与朕外戚至亲，乃忠心贯日之人，岂有被擒投敌，反来讨战之理？妄报之罪何辞，义当正法。"左右正牵下报军，他即喊叫："枉屈，倘果万岁爷不信，有半字虚词，蚁军丁自当碎尸寸斩之罪，只请万岁爷亲龙驾上城楼一观，自分真假，以免蚁军丁负屈狗命一条。"

　　太祖闻奏，又惊又疑。只得传旨命放下军兵，即统带侍御军人上至城楼一远观。果见高元帅在城下带领一旗唐兵，在远远驰骋扬威，纷纷箭炮攻打城池。宋太祖不胜惊异，在城上大呼一声："御妹丈！朕在此，何得妄心胡乱行为，朕须与汝有君臣之别，实手足相加，以国戚骨肉至亲，二十年来君臣腹心一体，何得被妖道擒去，即贪生畏死，全忘恩负却心腹手足之情，改变忠肝义胆心肠，难免千秋污名也。朕今劝汝良言，劝汝急醒回头，速归回城，与妹丈共灭南唐，班师同享太平之福。"说完不住招手呼之入城之意，只见高元帅二目光睁，指手蹈足，跳叫不已的哮咆，全然不明何也。太祖见他许久不认，不以君臣相见之礼，一味长枪滚弄，大喊呼杀，觉得又羞又怒，即楼城上骂声贪生畏死匹夫，汝身居国戚，位极人臣，既然贪生畏死，投降了敌人，其情可恕，原不应投了敌人，反兵攻城，骂战于城下，还不知羞愧，此乃逆臣之尤者。喝令左右放箭。有苗军师连忙止之曰："不可。臣想东平王乃素怀忠义奇男子，身为王家御戚，位尊爵显，建立下汗马功劳，岂轻轻投降于外敌，以遗臭名于后世？今察其神情，犹恐被妖道幻术多端作弄，则东平王独不免一死，且负屈臭名于千秋。望我主深思参详。"宋太祖闻言，一想忽然醒悟。曰："若非军师之言，定中却妖道奸陷之谋矣。细思高怀德乃昂昂豪杰人，君臣二十载，腹心相待，岂有贪生畏死以负国恩。"只得叹一声下楼，座中不觉凄然，龙目坠泪曰："今日朕不幸被困于此孤城，实乃主忧臣辱，细忖来十八年马上辛劳，枉用着力，八旬母后难侍，锦绣江山空成画饼充饥耳。"言毕倍切下泪。但不知何日解围，太祖脱难。且看下回分解。

第六回

宋太祖当空叩祷　陈抟仙遣徒下山

诗曰：

辅正诛邪合上天，斋诚祷告理当然。
九天勿谓离凡远，帝主虔孚感格先。

当时苗军师众文武见宋太祖悲感，皆来劝慰，苗军师曰："陛下不可伤怀，有损龙体，今十二武将虽被擒，料必李煜断不敢加害，但我城中粮草将尽，外运不通深为可虑也。且余妖道善能知过去未来之事，算卜幽微，昨天要私逃拔寨不得，今不若此夜陛下虔诚祷告上苍，求祈破妖高人，须要君臣虔诚告祷，或可感格天心，有破诛妖道者，效着当日唐太宗被困高丽故事，乃圣天子自有神灵佑助，当为可信也。"宋太祖听奏，只得依允。又有管粮官上奏军粮只有一月四旬上下之用。太祖及众文武闻此皆惊，太祖复曰："一月余粮饷三军必危矣，如何设施乃可？"苗军师也无计可施，太祖闷闷转加。是夕只得沐浴更衣斋戒，虔排香坛，祷告肃诚。

将自十八年战争以义师救民，削佞诛奸，以安天下基业，已成四海混一之庆。不料南方李煜金陵一隅之地，抗拒硬横，欺神轻悔，有损国威。至出于不得已，亲领六师征讨。不期被妖道余鸿用术捉去将士，被困于孤城，粮食将尽，君臣在一月中数十万将兵，皆作孤魂之鬼。恳乞上天怜佑，早差仙洞高人收除妖道破敌，方救却数十万生灵，敢昭告于皇天上帝。

　　太祖祀告望燎已毕，时交三鼓，各自归营帐。
　　是日感格天心，有值日纠察游神转将宋太祖此夜祭祷之文，上达天庭。玉帝一见表上之词，已知太祖困于寿州，他原有三载魔障飞灾，实由自取。枉杀功臣，致激恼赤眉示罚，以准折之。但今粮草将尽，救兵未到，十余万军兵性命可悯，今不若差一星君。仍令昔飞鼠运去当日唐李密之粮三十万以济军。须说明隋末唐初之时，天下扰攘，乃隋炀帝无道，四方英雄并起，各据一方，有李密据金墉城，却被一队飞鼠蔽天，如萤虫蚁队之多，纷纷飞入仓廒，尽将李密九十余万粮米，一时衔运去，不遗留一粟，是李密亦该当亡灭，故被飞鼠尽将粮食盗去，以济助当兴之人。在唐时太宗帝被困在三江越虎城，粮食将尽，运来粮米足在三十万之数。尚有三十万直待杨文广被困于粤西柳州府城，又得飞鼠运去救济他三军，此是前后之事，带笔略为表明。
　　却言次早天色初亮，太祖起坐，众将士参见已罢。一刻间只闻空中狂风呼呼吹声响亮，有物如鸟飞扑之模样，此际天尚未大明，又是晦日下旬元月，太祖正在疑惑细思奇异，只见飞扑之物，在空中纷纷飞下，由阶上檐一队队黑色不分其数，密密丛丛，尽飞入后厢仓粮之所，不明何故。天色大亮，就有管仓粮官即刻奏上，有飞鼠不分数百十万队之多，纷纷衔运粮米入仓廒中，顷刻而满，约有三十多万上下。宋太祖与众文武将士大喜，人人称奇。有此天助，料必陛下虔诚祷告上苍，天帝佑护也。有苗军师曰："此又乃唐太宗时，兴兵征伐高丽国，被困在三江越虎城，粮绝得飞鼠盗了李密之粮，救济了三军性命。正乃真命天子，自有百灵佑助。今我主昨夜祷告上天，求破妖道，并告知粮食将尽，故上天差遣飞鼠又运粮米以济我们军食。料必破余鸿妖道又有高人了。"宋太祖闻言颇自安心，是日尽将厫中查点过，果足三十万之粮米，三军大小喜色欣欣，加增锐气。

住语宋城中君臣叙话。却说华山得道一仙翁，乃陈抟老祖也，他在山中坐在蒲团垂目养心神。是日双目一开，屈指一算，知宋太祖当初杀害了郑恩，被赤眉仙命徒余鸿下山投南唐，败困他将一载，已是意乱心烦，只恐有伤龙体。但郑被杀之后，贫道将他世子郑印救取上山，已经三载。然太祖虽不合杀害了手足功臣，唯郑恩向日心粗率鲁，有骂主辱君之强罪，亦不免今被屈杀，亦当天数，暗正其辱主之咎耳。且宋太祖自与贫道一弈之后，卖却华山，果不失信，一登天位，即叨蒙降恩，封我为此山睡仙。今当其有灾，不乐余鸿猖獗，心思破敌之人，不免差印徒下山一安太祖，少折余鸿之威，况各王侯之子，各有遇合良缘，天所生成连缀的定数。主意定，即着令仙童闲云可往山后唤取师兄郑印至此，为师有吩咐之言。

闲云领命往山后，已见印坐在石台之上，自言自语。且不惊他暗听。只闻印口中长叹一声："吾郑印生来真乃一苦胚之命也，忆起当年可恨昏君赵匡胤，诈伪酒醉胡行，枉杀我父亲，以至少年失怙，后又被这老道人吹的神风，刮我到山，已经三载，至我不能回家见母，能不令人伤心也。"有闲云见他泪流满面含悲，声言惨切，未免怜他。可惜此子一介王门世胄，今在此荒山清泉淡泊，这师父到也糊涂了，不管人家愿与否，竟将拿来强派为徒，令人替此少年可惜可怜。他想呼唤彼迟慢，只恐师父怪责，遂将师命传唤说知。

郑印连忙拭干泪痕。随了闲云来至中洞，于师蒲团下礼拜罢。曰："师尊呼唤有何吩咐？"老祖笑颜满面呼叫："贤徒，只因山人与汝有师徒之缘，所应叙灸三载，故用神风刮尔到山来，传汝双鞭、授汝飞槌已经三载，兵器之技已练熟。今尔可上能安慰慈母哭泣之悲，下可了百年床头之愿，中又可救生民于水火，又加以风云际会，鱼水相依，尽遂生平之出处，今正当其时，不须错过此机会也。今命尔下山，此去大振家声，力光前业。一来显得贤徒幼学壮行，不负修行苦练。二来见得为师收留教导一番之诚。"有郑印闻言对曰："须蒙师尊指授真传，已经鞭精槌谙，可以下山见阵。但圣上非君之仁者，已曾无辜杀害我父亲，不异君臣变为仇敌之憾恨。此去犹恐这无仁心之君不相容，那时进退两难了。"语罢下泪一行。老祖微笑曰："贤徒不需过虑，太祖自误杀汝父之后，日夕悔错思念，汝原乃一王子之贵，日后昌大门阁，乃累世簪缨者，不必以父亲屈杀为君主仇恨也。然汝父在日乃一性品抗直粗莽之汉，屡曾狠狠骂辱王君之罪。君者，天也、尊也；臣者，地也、卑也。然汝父在朝之日，不该以下抗上，故当今略去君臣之分以待汝父亲，知他率直鲁莽，是至多次容忍，故积渐末，罪过已深，一天无辜受诛，亦抵偿往日辱君不敬之罪，是该当应得者。此去须要一心护住开基圣主，以继前人光烈，方不负为师收汝为徒三载，授教武略之技也。此去逢凶化吉，遇难呈祥，一生富贵功名，绵绵福禄。"又命差仙童取出宝甲、金盔、豹尾、神鞭，盔上将定魂针插上方，能避抵得余鸿的落魂锣。当时郑印将盔甲穿戴上，背插双钢鞭，复又深深下拜师尊，复与闲云仙童辞别过。正要抽身出山，陈抟祖又曰："此华山往寿州不下五千里之遥，怎能速至？今且赠尔一帆之风，可伸掌出来。"郑印即伸出手掌，教祖用朱书符一道，又吩咐："一起时一路须当合闭双目，耳边风狂响震不可目，倘开双目，有跌仆坠下之伤，直待风不响时，不妨开目，即可至寿州了。再赠汝灵符一道，执此乘风可驾走云途，日后有用处。"

郑印领诺即出至后山门。仙童也来送别。郑印依命双目紧闭，有老祖便起神通念念有词，大喝一声"疾疾！"郑印不一刻已飞上九霄云外而去。印在半空中只闻风声呼呼响亮，在耳边过送，心中暗暗称奇，自忖仙人妙用，果非凡人可及。当时只依从师父之言，双目闭上，不敢少开，不三四辰刻之久，已到了寿州城。按下慢表。先说宋太祖一祷告上天之后，又得飞鼠运粮得济三军粮食，此已至第三天，正与众将军师酌议破敌之策，一心惧着余鸿妖法厉害。但不知郑印入城可退得余鸿？且看下回分解。

第七回

驾风云郑印见主　详谶诀苗训泄机

诗曰：

难中遇旧最堪欢，况复亲情泪眼看。
此日大功重建立，勿仍猎犬令他寒。

再说寿州城中，君臣正在议论余鸿法术拿人，此非我将兵不锐之故，奈何彼以妖物，名落魂锣，一连十二将遭拿了，众将失去尚且缓些，还有高元帅也陷于南唐中，如何设施，乃可救之。君臣尽皆闷议不决，顷刻之间，只见云汉中有一人向城中飞檐而下，向前阶一滚降落，是满身甲胄，背上插双鞭。宋太祖大惊，众将也不胜骇异，各各抽出腰刀、佩剑，大呼有刺客，要上前拿捉，只闻那人大喝一声，犹如天上打个轰雷，众将吓得呆立不动。此人大言曰："吾非刺客，乃汝南王郑恩之子郑印也，吾奉陈抟师命来寿州救驾，不须动手。"众将闻知皆收回刀剑，太祖与军师将此人一看，只见此少年年方不过十五六，身躯八尺，铁面生光，炯目海口，真乃一英雄武士。当时苗军师唤曰："汝是郑印，汝南王之子了，今圣上在此何不行个君臣大礼？"郑印闻言依诺，即抖甲上前当帅堂中，对宋太祖倒身下跪朝恭。

太祖一见郑印，想起三年前酒后糊涂被郑恩触怒，一时酒性发愤，将他执下欺君骂主之罪，登时将他斩首，醒后悔之不及。想起手足情深，虽乃异性骨肉，但与他有少年时交结，立下多少马上功劳，一心一德，何异同胞之谊。今一见他儿子不见其父，想起前情，不觉心酸，花目中泪下沾襟。起了座位，手挽曰："御侄平身，朕前少年弱冠中与汝父亲是异性骨肉之交，情同胞谊，不料君臣酒后糊涂失言交恶，执责汝父，误伤性命，朕悔莫及，时常思念痛切酸心。今幸御侄长成，身体容貌与父恍惚，朕悲中有喜，今袭职汝南王世禄加恩，以补报三御弟之误杀，又足以志朕之过也。"郑印闻太祖之纶音，陈及前事，不觉流泪谢恩。太祖又问："御侄自三年前被大风吹去，王嫂上朝奏知，寡人已经旨发四方寻觅，各省郡不见回音，至今三载后至，王嫂数年忧思，可不怜此孤独也。唯御侄方才言说奉陈抟仙师之命下山来寿州救驾，但不知哪一位陈抟仙师，授汝有何法技，可救解得寿州之危厄。且奏朕闻知。"郑印曰："陛下容小臣详奏上闻。当时郑印将华山陈抟老祖三年前风刮上仙山，至今奉师命下山，又叨蒙老祖赠赐仙盔宝甲，可抵避余鸿妖道落魂锣，但他法术高，非小臣所能驱除此道人，要破敌者也须待五阴将会合齐集，方能胜之，老祖下山发启我行时如此嘱咐，吾师定必判断，前有准后无差。"

宋太祖闻印言来大喜曰："朕前三天祷告上天，愿得高人来寿州城解围破敌，自许回朝之日，免白缺国课，并天下罪人减等，以补朕躬之咎，今已有验，得御侄奉师命下山，朕无忧矣。惟陈抟祖师，当朕少年时生性未定，为打折唐主御勾栏女乐，杀了一班淫靡娇娆，至发配问往关西，道经华山，与陈希夷三局棋对弈，将华山书写与他，彼乃高人上仙，非凡夫可及。今还念及寡人被困此孤城，又赐赠许多仙物与御侄到来保驾，正见其厚情垂念朕之深也。但未知汝下山时，老师父有何言吩咐指示，且说知南唐何日得以平服，奏凯班师？御侄可闻知否？且说奏明以安朕心。"有郑印对曰："师尊临别之时，并未有定着班师之日为言，只说余鸿向昔禽鸟羽毛之体，乃数百年修炼得成人形，复得赤眉大仙点化受戒，不久证位仙班之列，故练就神通广大，非小可能除逐他也。只可保守在寿州城，以佐安陛下圣怀。他师又言，如要收逐此道人，除非五阴将全齐，叙会大合，共结良缘，方能平定得，南唐大功，方可奉绩。今已另有八句诗词赠下，以待小臣回寿州，上呈陛下龙目观瞻。"当时郑印取陈抟老祖一柬，上写着曰：

　　欲胜南唐定世华，五阴须待数无差。
　　也知树榴藏金锭，那晓银屏艾毓芽。
　　救驾生香芳号郁，降魔解语女为花。
　　箫音引凤诚奇遇，风虎云龙总一家。

　　当时宋太祖看罢八句诗词，实不解其意，又对苗军师参详一番，军师接柬书一看默默思曰："仙讯莫测，日后自有应验。"原来苗训善精于察星、观云、望气之学，占卜通透，既未尽知过去未来之事，然见了陈希夷的诀谜，已辨出胜南唐者有五女之名，乃刘金锭、萧引凤、郁生香、艾银屏、花解语五少阴，方能平服。非五老阴。但陈抟祖不预泄天机，故苗训亦不直指出其五女之名，道与道同秘之意。待郑印一去，自然引出这班少阴出来。太祖曰："陈仙师言五阴，朕未出师之前，母后梦五凤救朕于高树，翼扶而下，今老祖又言五阴女可破敌，不免发诏回汴京，调取陶王嫂、王姑、李夫人，来救驾破敌如何？"苗军师曰："我主果然天亶聪明，料事如烛耀天。但仙师既遣御侄前来，有如此掀天本领，何不赐诏命他冲围回京取救？"太祖欣然准旨，问及印可承往否？印即奏道："臣承命，即刀山火穴有所不辞。小臣下山之日，师父赐我乘风符一道，不用三四辰刻已到汴京了。"太祖大喜曰："御侄果然忠孝传家，今仍袭封汝南王，以子荫父职，破唐之日，再加恩赏。"即着饱用战饭，准备冲围。

郑印领旨，是日辞了圣阶奉旨出城。想来初到寿州，一功未立，且不驾云符，冲他大营一阵。然后以乘风符回京。当时太祖军师等见印出城，即登城楼观他，只见印大步踩入唐营，大喝一声看鞭，将唐兵打个不绝，纷纷大乱，唐兵大呼放箭不及，死者甚多。印的双鞭发动，犹如剑雨，并无一箭着身，唐兵遇着即死，抵挡不住，四散让路，一时如入无人之境，一连冲入三匝重围。只见两杆大势红旗，数员大将拥一主帅，大喝："小贼敢来踩我大营！"他乃皇甫晖，是南唐主帅。有军士报知宋将踩营凶勇，故率将来拦阻。只有郑印自得老祖传授双鞭，未经试发，是个性急小英雄，乃目空一世者，岂惧三五个唐将！只将兵器打个不住手。闻皇甫晖喝呼，只作不闻，不瞅不答，双鞭打去。甫晖大怒，长枪一起月内抛梭，挑进面上，郑印长钢鞭左一挡，右一飞鞭打去，马一冲杀，两个对五十回合，却被印左鞭飞中皇甫晖右肩膀上，喊声疼痛，打得甲碎纷裂，口吐鲜红，带转马鞍而走。原来皇甫晖算得南唐一员勇将，所以南唐主命他领兵困住宋太祖。今既受伤，一鞭疼痛，只招喝兵将杀上。有郑印双鞭狂打，八员副将落马五人，兵丁不敢近前，又杀却唐兵千余，乘势冲透七层大营。走未远，营外有一队甲军追上，只得不走，恃着雄勇，一心等待之再杀他个片甲不留，方显己之武技非弱。

言未了只见骑一梅花鹿道人赶上呼喝。印一见到是余鸿道人。二人相见，有余鸿大喝："可恼宋将！不知进退，十被山人擒拿七八，今又来凑拿不成？敢生胆子踩吾大营！"郑印大呼："妖道知天命可畏者，即日逃走归山，深藏古洞，炼性修真，不然数百年苦炼，一旦付诸流水，一命付入轮回，岂不可惜功夫？"余鸿闻言，喝曰："小小畜生，人道变化未成，出此大妄之言，料必不思久活了。"言毕一茶条杖打来，郑印左鞭一架，喝声："妖道慢来！"然余鸿被他一鞭发力，双手震疼，梅花鹿坐立不定，想来此宋将年轻，实力很大，以力敌性命难保，急扭拍梅花鹿跑走。印拍马追赶出外围，宋太祖在城楼上大惊，远远大呼："御侄不可追赶此妖道，他有妖物伤人！"但城隔外围有数百丈之遥，哪里呼唤得闻，只远远观见余鸿取出落魂锣，连连响振，太祖心中着急，只见郑印依然拍马追赶上前，双鞭打去，险些将落魂锣打破。余鸿大惊不验，急收锣跑走一箭之路，想来魂锣屡验，今此小将似不闻何也？不免用斩神刀伤他，也算破不幸也。想罢登时将刀飞抛空中，发出光辉灿灿，映日争光，夺目惊人。那郑印初时心怖，岂料他神盔上放出霞光，冲去神刀，跌下尘土。余鸿大怒，不知又用何法物，拿得郑印否？且看下回分解。

第八回

唐军师遇敌初败　宋将军破寨回朝

诗曰：

　　正气由来自胜邪，术穷转觉技难夸。
　　寄言左道从兹退，勿致终来末路嗟。

再说余鸿见郑印头盔上霞光闪闪冲起，将飞刀打下尘埃，插在马前，心中大恼，想来此贼有此宝盔，落魂锣又不验，实乃一异人也。怒目圆睁，又问香囊中取出豆子，念念有词，向空中一撒，顷刻之间化成数千军马，纷纷落下阵场上，将郑印重重困住。俱是凶恶猛汉军人，令人惊怯。只因郑印体中穿上仙甲，众鬼恶兵只喊杀不敢侵近，他反双鞭乱打直冲入阵里，众兵马纷纷倒退，仆跃沾土，已变化成豆子。余军师怒上倍加，看不出小贼有此宝贝盔甲，锣不能擒，刀不能伤，化兵又被破了。意欲收兵回关，又恐被唐将众人将吾小觑；欲以力战，小贼实力很大难敌，正在心头烦恼。原来郑印一想师言吩咐，这妖道果然法术多端，皆被吾盔甲所破，但想师父之言，彼乃多年得道法力精奇，我非其敌手，倘再来别术，非吾所利也，不若先下手为强。想罢抽出飞锤一柄，向余鸿打去。余鸿见破了法术，正在烦恼，还要复用法物，不意又被郑印一飞锤打来，急如闪电。余鸿喊声："不好！"将身一侧，已略打在左肩上，不胜疼痛，跌下梅花鹿边，郑印再飞一锤，余鸿大惊，急忙中，借土遁走了。只被印将梅花鹿脚力打死，倒于地中。

那郑印叹惜将已收除妖道，却被他走脱。想必气数未便该终，不若早回汴京取救兵也。即透营杀出。快马加鞭，唐兵将人人不敢近他马前，由印杀出。一连跑走数天，到了本国的内地，见一骑人马拥护一主而出，乃一潘字大旒帅旗，郑印一想自己身居王爵，此官乃一大将军之职，应当下马相见，今仍是公然马上而来，好生无礼，暗怒中又思他未曾得知主上封吾王位，此乃不知不罪也，难怪，且暂相见为是。当时潘美在马上相近，见一少年是王侯服色，细认来似被风吹刮去郑恩之子郑印一般，连忙滚下鞍马，笑而询问曰："马上王爷可是汝南王世子王爷否？今见尊容相似，乞道其详，以便见礼。"郑印见他下马相迎请问，遂尔下却金鞍，呼声："潘将军世叔大人，小侄果乃郑印，前被风刮上仙山，今奉师命回朝取救，得蒙当今加恩袭职汝南王，杀出重围，且请大人并进关一叙谈。即日行程起马。"潘美曰："如此请王前步，待下官随从。"二人拱手，一同共进界牌关，宾主下坐，茶献罢。郑印转问："潘大人未晓打听得主上危困，众王侯被擒否？"潘美曰："主上被困寿州城，众王侯失手，小将知之，屡欲离城兴兵救驾，奈无诏旨到宣，卑职身受边关重地，是以未敢擅离。今经日久探听关城未久，然主上亦困下不得驾回，正欲统兵亲往打听消息，今不期遇着王爷回朝取救，小将不须离境往寿州了。"郑印闻言曰："今吾奉旨回朝取救，且待二王爷发差五阴将前往赴敌，大人仍守此头座关，不可丢失为上，待救兵一到，余妖道不难收灭也。"潘美点首称领钧旨。

是日郑印克日登程，分别而去。离了界牌关，一驾上灵符半天之久，已到了汴京城，怎奈印乃少年贵生王侯之家，不轻易出京师城市少游，况别却多年，真乃岁月几何，江山不可复识，地土多有改迁，身进王城，动问旁人许多，方至汝南王府中。但此位少王生来性急鲁莽，有老父遗风。一进王府头门，大呼母亲哪里，一程大步踩进，有一新充家丁失时倒运，不知他是少主回来，上前人喝："死囚休得狂妄，闯王府罪大不赦。"双手拦阻，却被当胸一托，力如卸山，已将家丁掼跌去丈余远，撞在石柱栏上，头额破裂，鲜血流而不止，已死了。有旧日老家人，方知少主独自一人回府，又惊又喜，即曰："且喜少主回归，老奴等有失远迎。"即引导入九重内府不表，外府将死家人收殓埋葬。

且言郑印一程进内，只见旧府依然，风景无异，早有家人先已入报，王妃预出，母子重见，印下跪，两相泣泪，有如梦中，想不到一刻相见，惊喜交集。陶王妃挽起孩儿，询问前因。印即述得遇仙指示，又言知现奉当今太祖诏旨，母亲领兵为帅，袭汝南王之职。陶三春闻儿言来，不觉恨叹一声曰："此话儿休提也，汝父在日功高社稷，一旦无辜被杀害。今日被困急灾，方见有用人之心。此无情薄行之王，只可同患难，不可共安享。今君王虽有旨命，为娘死也不愿奉诏。前日我儿被风刮去，我自觉一时无主，今幸母子团聚，明日交回诏书，即辞官作速回乡土，靠着十亩果嚼聊作太平之乐。母子膝下相依，还胜王公奉养。"此夕话陶夫人有感于丈夫功高被害，君上薄情寡恩。岂知郑印乃英雄壮志，心欲大振家声，师训章章，言犹在耳，是一副热肠。今忽闻母言如此，不得不遵，且暂含糊答应，明日见过君王，再作议论。母子言语多时，夜深时分寝去。

此夕陶王妃方幸儿得回，菽水承欢有人。正更深未合眼，枕畔踌躇，从违未卜，辗转多时，已三更之中，不觉飘然庄周一梦。耳边不住车马呼喝之音，又见有金甲神人拥着一尊王者如阎君或神圣。夫人只得下拜，目略注视，岂知此神圣乃丈夫汝南王，陶夫人呼声："王爷何往？何得独弃下妾身？"那汝南王下了车舆，扶起安慰夫人，不须苦恼，夫人泣下诉知寡居苦节，正欲母子归乡，孩儿心性又留恋高官显爵。不若王爷携了妾身同往，免再苦恼于尘凡。言罢又哭泣起来。王曰："在阳世与夫人是枕畔恩情，今吾已归神位，是幽明无路，然以未尝一日忘之怀，但夫人阳寿未终，安能一路同聚，直待婺星飞坠日，方得共见双星。至于汝丈夫前者被君王杀害了，也领了辱君抗主之咎，短减寿元三纪，以惩戒强臣于后世，且合当归还天位有期，与当今君无干，况汝今一时苦正署名留千秋也。今主上被困于南唐寿州，有祷文告于皇天，吾于天帝王座，亦得赐览。今正虑着汝以妇女之见，念恨私仇，逆旨不忠，以取天罚。故特来指点告知夫人，且领君王诏旨，从孩儿之志，大振吾郑门世代忠君报国，功名千古不朽，夫人日后亦不失血食香烟。"夫人见丈夫此言喻功一番，只得哭泣领受，又闻王言曰："神道不得久留，夫人且自保重自爱，阳寿享福尚有三纪，子贵媳贤，名辉声振，众臣莫及，为夫去了。"见车马纷纷而起，陶夫人哪里肯舍之，向汝南王龙袍哭泣挽住不放，却被王爷大袖一拂，车驾马足俱已起在空中。

陶夫人反跌扑在地，大呼王爷，方才醒苏，方知一梦，已是五更之初。桌上银烛灼灼尚半明，起来挑亮，想起丈夫训劝之言，不觉一汪珠泪，但想来不可不遵从，坐至天色已曙了，丫环进水梳洗毕。即传进孩儿入内，印请母安，礼罢。陶夫人将昨夜梦王爷功训之言，一一说知世子。印也下泪一行。母子对面伤感。夫人收泪曰："孩儿，此已往之事，父亲已为神道，天命注下，不必记报朝廷了，且登朝呈上太祖御诏，以待署君二王爷议帅，娘且依旨命。"郑印止泪，依命入朝，有二王爷一见太祖诏文呈上，方知太祖被困于寿州城，众王侯被捉去，正思王兄主上无事起惹灾殃，坐朝安享好不为美，定必领兵御驾亲征，今被困于远土，诏内命下各王女将解围。是日只得依诏旨分头命下往宣，正是纶音一降，须臾陶三春、赵美容诸女将次第上殿，二皇爷将太祖被困，诏旨命各女将领兵救驾传明。各女将军俱称领旨。二王爷即日传谕兵户二部，一面点定三军办足粮草，刻日启程进兵，固然各人无事辞驾回府。

单有赵王姑一闻郑印言及丈夫被南唐活捉去，不独此，不料高王反投唐，复向太祖倒戈，此段情由，令他惊骇不小，又不由人不气愤，并要在王兄署君谢罪。二王爷曰："高驸马平日忠肝义胆人所共知，御妹何须过怒，料必别有缘由，不可着急，今同领兵去日便得分明了。"有王姑只叹声辞别王兄回归王府。不知何日起兵赴敌。且看下回分解。

第九回

高君保背母私逃　陶三春领兵进发

诗曰：

少年壮志合从军，况属君亲灾咎闻。
背母私逃情可恕，复能破敌立功勋。

　　住语陶氏夫人回王府，预备领兵挂帅。母子又有一番言谈，皆说及王姑美容恼恨高王爷一刻变心改节之奇也。且不表，再言赵王姑辞别回府中下坐，春山愁锁，闷闷不乐，有世子高君保，见母亲请安，一见此愁容之色，即动问："母亲好好登朝，一回来何以有此不悦之容，且示说与孩儿。"王姑见子问及，不觉两泪一行泣下曰："儿哪里得知，有此人伦大变之事，汝父随征身为督师主帅，躬担重任，出阵被妖人擒去，贪生畏死，投顺唐人，反戈背主，岂不玷辱高门，一家难活了，为娘岂不忿忧也！"君保闻娘言，心下一惊，面色一变。曰："母亲此说何人传知？"王姑曰："现有郑家哥哥领旨回陈及，且诏旨题明，岂是旁人传说。"君保听罢，一想。曰："母亲，岂有此理，吾父王一生忠良耿性在，母亲平素所知，况我父与当今义属君臣，承情姻娅之谊，君臣一心一德，并无嫌隙，何以一夕改前事仇，即言贪生畏死，不过投降了，岂有反戈辱主奇杀，内中必有别情，母亲休得过恨，但须要带同儿往随征。一则得问父王事情，二则与王家效力。"王姑曰："方才圣上旨谕言，二王四侯众节度使十三名将皆为敌人擒去，今汝乃不谙事少年，并非能惯疆场，岂宜同往随征。今为娘不过因奉王命，又见汝父变节之事，不得不行耳。汝若抛心不下时，勤飞递来往家书，讨信音可也。在家与君佩弟，日勤弓马，夜习诗文，不许闲游外出招非，须依为娘吩咐。"君保听了，心中不悦，复恳说一番。王姑终是不允准，只得退去不乐。

来至书楼一见弟君佩，问及起，君保并将前事——说知。君佩听了，也觉骇然。又曰："王伯母既不许我弟兄同往随征，唯王伯父如此糊涂，又未知真假，心下何安？况我宋朝天下十得八九，只有南唐金陵一掌之地，被他如此猖狂，捉尽王侯大将，这还了得！但我弟兄有些武艺，不趁此试演一番，岂不埋没了英雄手段？不若凑此伯母、母亲未兴兵，吾兄何不先背地到潼关三王爷处，借些兵马前去报个头功。弟亦随后而到，自有个脱身之法，兄意决为何？"君保听了弟言，深合己意，至次日晨早，君保装束了盔甲上马，只佯言出猎于南山，此日逃出王府。

已经两天之后，有王姑不见保儿进内堂询视，究查家人，家人言已经游猎两天，那君佩又不以实对。至第三天出征之期已近，有翠华李夫人曰："君保侄儿三天不回府中，定必私往南唐去了。"君佩在旁冷笑曰："哥哥只因王伯母不准携他随征，他闻王伯父如此信音，心内不安，故私逃去已经三天矣。"王姑闻一惊曰："不好，少年粗率，妄作妄为，不遵教训，必中敌人之手。"言罢珠泪滚下。李夫人劝慰王姑伯母曰："奴想侄儿虽仅弱冠之年，做事自小老成之见，今一个单枪匹马，断无去自投罗网之理，他往寿州，定由潼关顺道，必先到尊舅三王爷处借兵，方敢前往。不若差人火速前往追问消息，或可追回也未可知。"王姑曰："已经越却三四天，只忧他早借兵去了。"夫人曰："既去亦乃顺道，问及一言，方知消息，我婶姆乃得安心。"王姑只得先从。李氏夫人又以君佩不肯早言通知以至误事，欲行家责。王姑转代求免。夫人乃赦之。君佩又曰："母亲，今哥哥已往，是一家皆在沙场破敌，儿一人在家好生寂寞难过日也，儿亦要随同赴敌，决不愿一人在府中捱日。"李夫人欲不允许，王姑心一想即曰："我家原是世代武将之儿，断不肯安静的，倘不允他同行，又蹈了君保之辙，不若准他同往，反胜私自逃奔，以免担忧过虑。"李夫人无奈，只得允从，君佩暗自欣然。

是日出师，王姑婶姆共进教场，又有罗氏夫人、佘氏夫人集在场中。王姑多少千百家将、内监、宫娥左右拥护，一到了众夫人皆来迎接。知会过陶夫人一同见礼毕。当日陶夫人接领帅印。二王爷传敬御酒三杯。夫人谢过主恩。又见诸军事务已准备。赵王姑为前部先锋，李夫人为参军，岁夫人为左车，佘夫人为右车，当此署君二王率同文武大臣于都门外送别。三声炮响，雄兵十万队伍登程，果然一班女菩萨旋作金刚猛汉，尖尖玉笋提持铁剑银枪，三寸莲花跨上金鞍，一路大兵杀气冲天，犹如蚁阵，向东南发进。渡了黄河，一程直下吴江。非止一日程途，那王始一心忆起丈夫投敌，不知真假，儿子私逃，未分祸福，正忧念中，见水接连天，波腾浪涌，舟中起倒，原算历险于长江。信口吟咏一章，以见怀思。诗曰：

  横海戈船破浪飞，波臣万里奉天威。
  不倾盗穴根难尽，若惑人言事恐非。
  老至愁生添面皱，年多骨瘦减腰肥。
  乞身可许成功后，母子夫妻合队归。

当日王姑吟咏罢，伤心不已，恨不能如雁鸟之高飞，早早到了金陵，探知明白丈夫投敌背君之事。岂知出路由路，岂理人之望眼将穿，心悬两地。住语王姑在战舟，终天怀抱不悦。

却说高世子一自逃出王府，原只虑母亲差人追赶，故不由大路而行，只向私程而跑，不独山道崎岖，且路途踟蹰，况贵品王侯之子，玉叶金技，府门似海之家，岂多轻出？即平衢大道也难分辨，何况私行山路，只一心雄胆壮，只向东南投奔，饥餐渴饮，马不停蹄，一连数天，赶程已有千里。一天跑下荒山，在山边道经阡陌，只见云布满天，狂风大作，顷刻连天大雨。君保只得避躲在山脚大树中，不料风愈急，雨益大，盔甲衣衫尽皆湿了。见不是驻足之所，只得冒雨加鞭跑过数条阡陌，树林外有一山庄。急走近下马，扣上庄门数下，庄门内有一半百老人，询及来由，高世子将过客遇雨，并言天色将晚，求借一宿，明天赶路之意。只见庄上众人曰："贵客且请往别处借罢，敝庄近日屡被强人骚扰不宁至此，家爷有命下言，一切生面人等，概不敢接留。事出有因，非为薄行，只求见谅！见谅！"言毕，复闭回庄门。那高世子斯时心下忖度，倘舍此庄所，并无可他适之所。复举目一望，又无别舍人居。只得仍在庄外恳求，有庄内诸人实见过意不去，又不得相留，只人人在内诈作不闻。原意欲他索个无味自退。

当日君保求借多时，彼乃少年英雄心性，求恳言语一番，庄内之人不睬不理。怒从心上起，遂大喝："狗奴才，我乃孤客，急而相求，既不肯见纳，亦当再面白一言以拒绝，吾也不复求借，以往别处，谅有济急慈惠之人。今汝一班奴才，好生无礼，诈做耳聋不睬，且待本公子打进庄内来，方知为鹊有巢为鸠居之手段也。"将这些庄丁多人在内，暗暗冷笑言："此人自称公子，想必是痴呆的，须似一武家规模，但彼乃一人耳，白手怎生打得进内。"当时公子言来此说，在内的仍作犬吠猪嗥，反笑语之声，激得高世子性恼极矣，喝声如雷，双臂一伸，用力一搂，早已将两扇庄门推折作为四段，庄已大开。一声响振，四片板跌下。庄丁众人大惊，登时跑入内厢，多言他是强盗，我等性命休矣。纷纷跑入报知老爷小姐。当时高世子见将他庄门打折，众人跑走入里去，他只踏步，权在外堂首立着，看他主家人来有什么言语作为。自思已将他庄门打折，是自理偏，但想己身是王家内戚之贵，用好言告知，即打破他门也无所碍。正在想像自言，早闻履步声曰："老爷出来了。"君保一目观去，只见远远一人，长袍一遍皂色，头上儒巾，手执羽扇，乃紫膛面色，双目星光，年方五旬外，三络清须，后面十余人随。方才众庄丁见君保一力推折庄门，有此凶狠力大，更惊讶他不知那一般人，少不得跟随庄主出外观看。有老庄主走步近一看，高世子未知如何理论？且看下回分解。

第十回

求借宿不啻东床　设夜筵何殊赏酒

诗曰：

> 赤绳一段定良缘，才子佳人合有天。
> 试而行云还未卜，先教霢霂住加鞭。

当时老庄主出至外府门，只见一位美少年二九上下，貌如珠玉，气宇轩昂，一身甲胄，手执长枪丈余，已知他是一位英雄少汉。如此装束，定必官家世胄，已将一片怒心早消化了。只有高君保一见刘庄主飘然风雅，道范斯文，令人起敬之心。想起方才鲁莽粗动，反有愧心，自怨自咎，又见此老面带笑容言曰："方才众家丁不懂事，不合见拒留宿，至得罪贵人。此根由，只缘近日敝土有匪徒劫窃，是以老拙教他们不可寄留外人离宿。不料众家人有目无珠，不分辨别，执一而论，不明贵客乃当今朝廷显爵光临，又不早通报知，致令老拙有失远迎，已获罪戾。况此天色将暮，又属雨天淋漓，一带荒凉幽径之上，果无别处可投宿者，即有生外之人，询察知果系真是良客，也当当谅情见纳。今之一概执板无变通，实蠢奴才也。贵官请宽量勿见罪如何？"当下高君保一闻刘老一夕良慈之言，倍觉恭感情深。即上前深深拱揖，刘老又谦逊还礼。君保答言曰："小子一时粗鲁动气，将宝庄门扇摧毁，自知无礼获罪已深，但因雨大湿透衣冠，无方躲避，至碎门来宿，待吾补还再请罪。今蒙尊丈一番谦逊周全之言，倍见汪涵雅量，反令小子羞惶无躲之地矣。但今得坐门首，俟至天明，即刻赶趱程途，足见恩惠之至了。但不知尊丈上姓高名，祈示知之。"庄主曰："碎却庄门些小之费，须不当挂齿，何必言补偿？老拙姓刘名乃，是中年隐居于此，请问尊官贵姓高名？"君保一想，不可将此真实姓名言知。只回言："小子姓高名佩，官指挥使，奉宋君主催取军粮，道经宝庄，不意有缘叨蒙刘老先生周全，何其幸也。"刘乃曰："原来高将军驾临，岂敢轻慢坐门首之理，粗备便馔，请进中堂，慢慢叙矣。"语毕携手同挽至内堂。

那君保只得将长枪放下门首，刘老又命家丁将他马匹牵入马槽喂料。当时老少进至内厢，分宾主下坐，有家丁递上香茗吃罢，二人谈语投机。不一刻家丁排陈上酒筵盛撰，山禽海味之美，酒数巡，宾主酬酢。是夜仍乃大雨淋淋不已，酒至更深，老少有尽东南之美，对答相投，高君保仍是少年心性，正直豪爽，又食酒过多，不觉尽劝酬相欢，吐露出真姓名，乃宋君御戚盛贵藩王之子，遂陈祖上英雄，本来辅宋周，扫平北汉灭刘崇，功高社稷。不觉抵掌而谈，意色扬扬。岂料此位庄主刘乃即是北汉主刘崇族派弟，身为刘姓子臣，当北汉时，官封振国将军，曾因丁贵先锋失机，为高怀德所败。刘乃又见北汉王昏淫不德，力谏诤不入耳，已知天心不附，不能力挽，故挂官致仕隐居于此，父女埋名。今闻君保陈出家世，回忆刘主初盛之时，真有不堪回首惨切，忍不住泪流两行。君保冷目一观，即刻惊讶起来。问曰："晚生陈起家世之事，刘老先生何以悲泪若此。"刘乃初时还搪塞支吾，后被君保多询问，只得将出仕北汉，刘主无道不从良谏，自取灭亡，所以闻昔增感也。当下君保方知失言，对面即为敌国仇人，只奈一言出口，驷马难追，无可如何，只得离席长揖谢罪。刘乃搀扶曰："此已往之事，况各为其主，胜则为君，败则为寇。老拙已知天命所归，况谏诤不入耳，书疏上不行，故老拙不得不致仕以归。但今老拙有一陋见，鄙言于世子，勿性率直，老拙方敢发言。"高公子对曰："刘老先生乃先辈忠良纯臣，高明老成之见，今幸赐教，大有增益，晚生自当洗耳恭承受教。"刘乃曰："哲人有退步之机，君子有谨言之戒，只功世子此后萍水相逢，凡遇周旋之际，切勿交浅以言深。一则惧以歹人暗算，取祸之由也，须当志之。"高君保诺诺领命。又曰："老先生金石训教之言，日后当必铭箴，以为终身宝鉴。"言罢把盏再酌，用过夜膳，交谈已是多时，不觉时交三更候，刘乃命家丁设备帐铺牙床于书斋，以待世子安寝。君保称谢不已不表。刘乃酒醉安睡。

再言高君保睡不心宁，又闻雨声潇潇，瓦面沥沥下淋，檐前点滴，自觉心闷意烦，一时有感，占吟一长咏，以志感，其词曰：

  云黯黯兮郁愁结，雷隐隐兮哀怨绝。雨潜潜兮血脉下，水泠泠兮悲声咽。鸟乱啼兮怜人苦，花零乱兮谁是主。欲入深兮无永穴，欲高飞兮无翰羽。打胸间心心转迷，仰面呼天天不语。混宇宙兮不分，霭烟雾兮氤氲。西风起兮天霁，挂远树兮夕曛。聚还散兮暮云平，晦复明兮日初晴。何时阴消兮世界清平。

是夜高公子吟咏罢，仍是辗转反侧，一夜中何曾合眼。只是心悬两地，念切思亲，尚有十余天程途到得寿州救驾。恨不能即日插翅奋飞，一夜思之不已。复又悔方才席上一时失言语，突了刘乃，岂料他原是昔日北汉旧故之臣，曾与父王对敌。倘若他见怪，念着旧仇，实投身入牢笼难以得脱也。一夜惊扰，按下慢表。

又说明刘乃年过五十，并无一子，单生一女名唤金锭。方才高君保打碎庄门，有奴婢报知刘小姐后，又闻知是大宋将官，是以触着仙母师言吩咐，言他日后姻缘，在宋将贵胄之子，是今留心探听。又表明刘佳人自小一生好道，又闻圣母在梨花山修真，入玄母大仙之列，故交十三之年，自立心虔诚执意上梨山拜圣母为师父，与萧引凤、郁生香、艾银屏、花解语四美为金兰友，正乃天生一班豪英烈女，为皇家效力，为宇宙阴将军之光。刘金锭在梨花山五载，素为圣母怜爱，一心指点法门技艺，至风雷变化，腾遁俱全，移山倒海，唤雨呼风，诸般法术精通。当日圣母原领了玉旨敕命打发五仙女下凡，护佐宋太祖。是岁刘小姐辞师下山，此日在闺中闻高世子与父亲携手进内堂，小姐在屏风看见高世子果然生得仪容俊雅，犹如美玉无瑕，铮铮气概，料必文武双全，怎得一人与父亲露个消息，将托以终身，不枉我金锭具此花容仙技。奈此子乃忠孝传家，一伟丈夫，但想婚姻由父母决准，我无媒妁以自招也。又思忖此子一言不合，即打折庄门，强抢进室，有此胆量，想是目空一世英雄，不出个辣辣手段与他，谅不肯服依我们。刘小姐有了主意，自然用下计谋处置，实乃前定良缘，任尔外邦仇敌，地北天南，终要成了同餐共枕，断是不错也。

　　当晚君保有好酒后失言，冒冲刘乃，虽感他言不记怪，惟昔两敌今日相逢，非同别则小故，万一彼口是心非，暗算起来，性命可忧不保。是夜立心不睡，独坐危危，有家人刘安几番催促公子安歇，君保不允，只与他闲谈，又问及汝家老爷有几位贤郎？何不见一人出陪相见。刘安曰："我家老爷中年失偶，当时心存为国忘家，向未续弦，是以单生一女，今已年方二九，武艺精通。"言未毕，君保冷笑曰："汝言小姐的武艺精通，比如有降夫手段，抑或用婢奇能。"刘安曰："非此言也，我家小姐才可比谢道韫，武可并花木兰，德匹孟光，智同侃母。更具法力无边，上可济王家大用，下能拓土安民，真乃女中一真大丈夫也。我想家小姐备具此奇能，天下无有其敌。即世子爷是一英雄世胄，当领教手段，必甘拜下风矣。"高君保一闻刘安高抬小姐一番言语，不禁微笑曰："自古深闺少女只晓拈针绣描，即有些拳艺之技，不少小藉父兄指点一二耳。至于疆场上阵，历险交锋，即上古至今只有我大宋女英雄几人洵为至盛。吾谅尔家小姐远处安居，又非男子汉，远近难求名师教习，且无弟兄一人，尔家老爷又乃性情古实，还有何人指点小姐？尔休得出此大言，欺哄于高某也。况吾须乃年轻，但学全满身武艺，非弱劣汉子，惧人怯恐者。"当时世子不准信刘安之言，不知如何会见刘小姐，且看下回便知。

第十一回

君保打碎招夫牌　金锭设机赚凤侣

诗曰：

　　闺中止合善描鸾，况有英雄继范韩。
　　一夕大言传述处，惹来把剑要相看。

　　再说刘安见高公子不信小姐闺女奇能。又称言曰："公子爷倘早到两天，便见我家小姐本领是如何。"君保曰："何以见之。"刘安曰："近来尚属五代分争之余，各方盗贼未经尽除，强横者又不肯守本分归农食力，时复三五成群，山林啸聚，日间路途抢截，夜里村庄打劫。故敝庄上两天，三更时候来了五百多贼人，我家小姐大开庄门，一人出敌，杀得他七零八落，个个跪地求乞性命，老爷乃并不害人，一一纵去。斯时公子若在此，也当拜服。故汝今来求晚宿，吾庄丁不允承为此也。"君保听了言曰："若此又是一奇女子英雄之辈，且尔家小姐有此奇能，自应匹配高才，方免彩凤混入鸡群，尔老爷未知与他许字何人，有此多大福命才可消受此女班头。"刘安听罢，冷笑曰："不要问及小姐姻缘，若小人说出来又不免被公子不信而见笑矣。"君保曰："对匹良缘，有何可见笑之理？"刘安曰："自古婚姻由父母所命，此女之常，只有我家老爷见女儿具此奇能，不世法力，正要访寻佳偶东床，遂却坦腹之心，以免明珠暗投污土，怎奈小姐屡屡不允从，反请老爷子庄前途双锁山上，设立一个招夫牌，不论诸色人等，到来与小姐比较武艺，倘有能胜过他者，自愿赘在敝庄。已经引动多少海外英雄豪杰，天涯壮士，时常比角，个个摩拳擦掌称能。及一交锋，任是推山项羽，举鼎孟尝，俱被打丑而去。近日不见有敢来比武者。"言罢，激恼了君保，有心技痒，言曰："世间有此无敌女将军，还要亲身领教。"心下打点明早出马与他比较高低，只奈若他输己赢，刘老又要雀屏招赘，有碍却行军事情。要我救解君父之驾，左思又想，行踪靡决，转展多思。不觉更残漏尾，鸡鸣报晓，天色已经雨霁云隐，东方现出轻轮红日。正是行人喜悦鸟唱声频，有诗为证曰：

  一天浓翠泼新晴，雨后山光万叠生。
  已讶花床亮润沃，不妨农事意何宁。
  荷风拂槛原无暑，鸟语喧林总莫名。
  咫尺塞湖延赏处，翻行远郡望云情。

  其时天色已大亮，高世子实乃行程心急，故等候不得刘老丈，一抽身告别，只向刘安曰："小生前途赶急，不及面辞刘老丈。有烦刘老管家，代吾多言拜谢尔家老爷一宵留款之德，待至成功班师之日，后会有期，自然复又亲踵登堂叩谢。"语毕上马，觅提长枪，加鞭出了庄门，取程途而去。
  原来刘安奉了小姐之命，将此言语对答高公子。要打动他招赘之心，原是小姐设计赚他。当时刘安苦留公子不住，直待公子已跑出庄门外，方去代主走送一程。适见高公子不向双锁山去。故在后高声大呼曰："公子爷此去走差程途了，不是往南唐之路！"君保住马回头问曰："又劳老管家相送，此是什么所在？"刘安曰："住左边大道方合，此去定必经由双锁山，是我家小姐悬招夫牌地面。"当下刘安此言，又触起君保技痒之心。即自忖度身既到此，要一观他牌上有何言词，遂即一马加鞭跑上双锁山前，举目观看，果然山上幽林之所，苍苍翠竹参天，青青古松秀野。一望荒山一石墩上插着一个牌子，不是钢铁铸镘，又不是金银打执，不过一块硬木，有二尺高一尺阔，其中央上书着数行字。公子双目一注，见四俚言。其一曰：

双锁山前一凤凰，时常耍弄手中枪。
有能对敌平相角，输却赔钱便拜堂。

其二又有四俚言曰：

有能方许敌双枪，劣弱休教妄进场。
失手恐忧难得命，却无药饵理刀伤。

当时高君保看罢，俚言虽鄙俗，然而猖狂却太甚，一刻想来激得怒气顿生，火星直冒。骂声："狂妄丫头，即男子汉也不敢当此大言牌。况汝闺女妇流。"拿起牌一拳打为两段。刘安一见大惊，呼声："公子爷，尔今累及小人责罚了。"君保曰："吾打碎他牌，安得累及于尔。"刘安曰："今日正值小人看守小姐此牌，今公子爷将来打作两段，又非要与小姐比较手段，小姐一听知，必加责小人看守不慎之过，岂不见罪乎？"君保曰："小生一时怒激于心，误将此牌打了，尔虑小姐见责。也罢，我且在此等候，且速往回报知，待我说明激怒之故，训谕他一番。"当日原是奇男子美佳人姻缘已到，自然凑合机关，做作出来也。实乃：

三生石上良缘定，此日牌中作聘书。

　　当日刘小姐，自从见了高公子气概昂昂美丈夫，一心牵系："此良缘梨山圣母点定不差，但奴一片痴心于他，彼漫不相关于我，怎能以凤求凰？"故一夜中何曾合眼，捱至五更天明，梳洗靓妆毕，正在绣榻坐下，纳闷怏怏。只见一婢环跑至居中言知："老仆人刘安看牌来报知小姐，他言昨夜求宿的高公子，一出庄门跑上双锁山，便将小姐的招夫牌打为两段，他还要在山上等候着，要与小姐比武一般言语，特回报知。"

　　那刘小姐听言，将一胸愁闷情怀，化作欣欣雀跃，正要他惹起自己来，方能引他入彀，以为媒由也。但不宜露面，竟装成花容生怒曰："世间有此无情之汉，狂妄之徒，既恕他打碎庄门无礼，今一放下杯盘，复将人欺负。尔等四丫环跟随奴出山看他有何本领。敢将吾招夫牌打破，彼是个无情匹夫。"即唤春桃、夏莲、秋菊、冬梅四丫环一齐结扎战装，持刃上马，出庄门向山跑上。果见高世子尚勒马悬望等候。有刘小姐拍马上前，假作恼怒，花容忿色。问曰："奴家君设此牌，为择选东床大事，未知为何见犯公子，将来打破？毋乃不情欺人过甚乎！"君保曰："小姐息怒，小生想念择婿姻缘皆由父母之命媒妁之传，安有悬牌自择招赘之理？且高某平生最恶人大言不让，牌中所说，未免逞强太甚。我想小姐乃闺中弱质，描龙刺凤，或焚香月下，或联咏红楼，是汝身份应有之事。至于马上冲锋，阵中破敌，是我男子辈擅其能。吾劝小姐自后免出此大言牌，由老令尊择配为合理。"刘小姐曰："目击不如亲为，奴之手段，公子未领教，怪不得不准信，请放马来走数合便明白了。"君保曰："小生蒙小姐指教妙甚，只恐枪上无情，有负令尊公一场情分，又悖小姐眷爱，心有不忍，小姐不如息怒，请回府上为高。"刘小姐曰："奴设立此牌原因比武招婿，今被公子打碎了，想是公子怯敌也，不如自后勿称雄汉，奴即恕尔无知，回去自不计较此言。"此乃刘金锭请将不如激将之意。果然公子闻言带怒曰："小姐定要与小生比较甚好，今顾不得私恩。"将长枪一起，当面刺过去，小姐大刀拨开，男女刀枪并响，大战数十合。

初时君保见刘小姐花容婀娜，体态轻盈，是个弱质娇姿，岂是我高家枪法对手，纵有些武艺不过数路刀法而已。只可杀败些毛贼村汉，哪里有大本领。岂料一连杀有六十合，刀法精通，不意此柔物反成铁汉。只见他大刀犹如雪片一般飞舞，砍拨不住。此时方知他厉害，暗暗称奇，怪不他大言欺世。又有刘小姐亦见高世子枪法委实高强，乃家传绝技，倘奴非法门第子，圣母教习刀法，断然敌他不过。况此子有潘安宋玉之美，当今天子贵甥，王侯世胄之子，真乃凤凰池上客，龙虎队中人。今若与他酣战实费力，况他枪法甚高，大称奴怀，不免弄些法术降服他。服其之心方肯允结和谐之愿，岂可当面错过，一失此名山美玉，天涯海角追寻，再难觅胜此佳公子者也。刘小姐主意定了，将大刀连连挥打数下，即扭转马拖大刀诈败而走，那高君保一见拍马紧紧追上，不知刘小姐用着什么法力，结得姻缘如何？且看下回分解。

第十二回

佯诈败一意招婚　硬拒战三陈却配

诗曰：

女先求男事稀罕，一宿庐中作帝馆。
不识前缘薄自媒，难怪英雄心不满。

当时刘小姐诈败逃走了。高君保一心思忖小姐须则武艺不凡，刀法纯熟，但敌不得我高家枪，故拍马奔了。即将马一催赶上。扬言曰："此回方知汝是娘子终低一筹，从来阴不能胜阳，天下尽知，已有榜样也，待他日小姐于归之时，对着枕边人阃威自逞，终要言及我高君保枪法非弱也。今不是急迫小姐，只要汝速些下马拜服，吾即休了，倘小姐再抗强时，小生枪上登出无情手，只恐小姐将往日力退海宁英雄之威，终成一场笑话矣。"刘小姐回首媚眼一瞧，曰："公子今者尔我本领已见，但公子既胜于奴，要拜服不难，但该依着牌中的言辞，回见过吾父亲，成允此事，方才了得。"君保曰："小姐要成允什么？但明言知。"刘小姐曰："公子休要多诈，难道汝乃王侯之子，不通文字之理。奴牌中文字说的缘故，汝一看过，将来打碎了是有来因也。"

语毕眼角留情，又将玉手一招，微笑带羞，桃红满脸。原来君保岂有不知，他为招赘而来。但今救驾心急，哪敢提及此事，况父王母亲不知允诺否，岂得草草承允于他。只因自己生来性刚，见他立此大言牌，十分逞强，故与之比较，使其勿得轻视天下男子汉耳。今不料他杀败，要践却前言招亲，如之何可却他。不免以言羞辱彼一番，以绝其念，待我好跑路途，即往寿州。遂呼曰："小姐汝之芳姿贵看，令人如对看梅花终日不目倦。然婚姻二字乃人伦一生之大节，今日尔我不过萍水相逢耳，倘非有媒妁之传，父母之命，与此钻穴相窥、逾墙相从何以异乎？但小生祖宗三世以来，芳名颇以清白自许，所有聘归结姻皆凭媒妁通传，父母所命。未见小姐以女流自主，不依从父命而立牌自择婚姻。只可惜小姐有闭月羞花之貌，沉鱼落雁之容，可恨与小生家传不合，只今求小姐见谅，将此段良缘另寻佳偶，自有相当合对者。"高君保此语，分明戏金锭以女求男不知羞耻之意。刘小姐听了，觉得羞惭起来，怒而喝曰："好匹夫，奴乃好意好言以劝勉，汝以酸话见酬，是个无情薄行之徒。且看刀枪上拼个高低。"当下却咬住银牙，大刀挥发不住，公子长枪急架相迎，两人又力战起来。

奈男女两不同心，再抖精神战杀。一个要演英雄，一人要成夫妇。此乃各的志向不同。刘小姐想又诈作败下，跑走入一所松林，公子带怒杀得性起，拍马飞赶来，小姐即回马带笑呼曰："公子且息怒，彼此天涯偶逢机会未必无缘，今非宿仇有恨，何苦认真来战斗？反不若与奴回去禀知家严，成结姻眷如何？"那世子冷笑曰："小姐既今难敌小生，俺要往寿州救驾矣。"言毕，回马向东南快马加鞭，刘小姐那里舍之，飞马赶上，玉手一伸，将公子马尾一拖，扯回数步。是此力气不小，吓得高公子一惊。喝声曰："世间有此罗唣丫头，尔欲若何？独不畏本公子的枪法也。"当骑二人对面，又不发枪刀，刘小姐是假怒，高公子实乃真烦，又是两佳美不同心之处。不是无缘，乃心志各向也。刘小姐复曰："公子既嫌弃不肯招亲，且偿还奴的招婿牌，如若不然，且将头颅割下，君方可往寿州。"君保闻此浪言，见他痴心混闹，只得喝声："偿还尔一枪，待吾去吧。"一枪挑去，岂知金锭咒念法言之语，将公子长枪上一指，恰似泰山一般沉重，仅提揭得起，正捻动不便。小姐大刀撇去，君保枪一架，马反退数步，不觉羞怒起来。小姐笑曰："奴只以公子一伟丈夫，王侯世胄，心欲托以终身，有以隶于高门，日后俾得老父亦可附依。公子原非奴敌手，故方才诈败，以成其美事耳。似此美玉明珠，不能消受，反来认真唐突，如或执拗如前，教汝一命丧于松林。"君保曰："小姐不必动怒，待小生实实对汝说明，休得再来痴阻于我，此事吾两人私订约了，再难成者有三。但想我父身为宋将，小姐的令尊公曾仕北汉，他是刘氏宗室，今既属往世，还亦属敌国，此不成者一也；目今小生私下许盟，乃自行聘娶，如亲迎之日，必告知父母，倘若双亲执意不允，此时乃中道捐弃，岂不误了小姐终身一世，小生问心安否？此二不成也；今圣上被困，父亲被擒，正乃沉舟破釜努力之时，何暇心谋家室，况国法森严，今小生从军，倘中途纳妇，原有妨于国法，例比临阵招婚罪同一辙，此更三不成也。但小生年虽轻，承父王教训，凡所行为，皆以理不亏是践，断断不草草效浪子所为，以玷辱双亲也。且小姐乃一名色仙花，具此文武全材，实闺帏领袖，士女班头，岂无少年才美，贮作金屋之贵者，高吾十倍的。"

刘小姐闻此一席至言，心中倍加敬服，愈觉令人见爱，是人中正大英雄，哪肯舍之。即曰："公子名言雅论，乃圣贤中人，更见情合家传。但吾两人非比无因，梨山圣母有吩咐于前三载，言金陵兵戈一动，是奴姻缘合会之期。今正当此候，公子与奴乃天南地北，到此求宿，又将奴的招夫牌打破，其事非偶然也。此乃天赐良缘，宿有结缔，公子何须多为执拗。况且令尊公被余妖道所计害，公子欲行救脱，必须奴助汝一臂之力，方得成功。并且余妖道法高强，只有奴一人方可降服，倘公子允从奴执箕帚，即往解汝君父之困危，公子以为何如？倘执迷不允，即要死在目前，不特君父救不出，只忧反绝了高门香烟之种，成了不孝之名，那时悔之晚矣。"当日高公子须乃智慧之人，但想此女既然有此才貌，武艺精通，匹配于己，心岂不动情？惟今一身难以自主，倘应允了，父王母亲不准从，岂非爽约于他？后有闻风声，实令人一番笑话道谈，故已一心虑着此，只是不敢允从。

当时激恼得刘小姐粉面泛出桃花，即取出一红丝索，向空中一抛，但见金光满目向高公子落下，已捆绑于地中，又念念有词，喝一声："疾起。"将公子吹起挂在松枝上，小姐忽然不见了。只见松林间飞跑一黑面大汉，身高丈馀，手执大刀如板门，大喝曰："高君保！汝不从婚姻事激怒吾山神，吃吾一刀！"公子吃了大惊，只得哀求饶命，自愿允从此姻事，大汉子大骂而去。一刻之间。只见小姐在马上怒目不语，唯有高公子吊在松枝上，狂风吹得摇摇而动，将已断折，心中着急，倘跌仆下有丈馀，岂不是个烂碎尸骸的。情急中只得大呼："小姐休得作弄，诈作袖手旁观，要救小生，倘仆跌下一命休矣！"小姐怒曰："公子看奴甚轻，几番开导不见允从，奴已心灰了，且回归罢，汝另觅别人救解，奴是不多管的。"言过要拍打马，公子大呼："小姐！小生允从汝姻约，求将小生放下。"当时刘小姐止住马曰："公子既允从，奴岂敢得罪。"即口中念念有词，不一刻公子被狂风吹下，轻轻在地。小姐手一招，红丝索已收回。

君保大悦曰："多得小姐救解，改日回来再谢。"跨上马连鞭急疾飞逃走了。气得小姐面如土色，口念真言，唤上四丫环，各人领符一道，四丫环遁形而去。再说高公子走得脱身，便发力加鞭，并不回头盼望。一程跑走三五里，日已午中，正走得人困马乏，腹中饥枵，想来不好，当初私出王府时，已带得二百两金子，以为路费，不意昨夜失遗在刘庄床榻中，今又不能取回，焉能得为日食之用？只奈此处孤山，远近并无村庄人家、酒市，不知还有多少程途，是此何得以供应就食，且再借些路费乃可跑走。不觉又行走里许，只山垛边露出一小小酒肆一间，并无男子作酒使的，内有三个少妇人在内沽酒，当时高公子正在人饥马渴，立下一个主意做个骗食之夫。食了酒膳，无钱钞完交，谅此三个妇人在山僻之中，无人之所，也不能奈我何。此刻公子直进酒肆来，三个妇人曰："贵客官是来赐顾吃酒乎？"公子点头曰："然也。只要上上佳馔美酒送来。"妇人领诺，不知公子骗食如何？且看下回分解。

第十三回

刘小姐痴心联配　高公子硬性辞婚

诗曰：

一时未挂杖头钱，任是临筇也枉前。
只合忍饥随袖手，盘盂几见卫姬贤。

却说高君保进入酒肆下坐，有少妇曰："客官要吃酒尽便，惟一说此地一带荒山野地，并无人敢胆子在此开个店户，只有我家是独一买卖，利息加十倍方肯沽出，每盅饭取银子五钱，每壶酒银子二两，每盏嘉肴银子十两。"当时公子只曰："尔们只管上好酒馔送来，银子不拘多少，且有劳代喂马匹一总送尔酒银、工银。"少妇等领命，须臾酒肴陈列，公子大饮大嚼，只因天早出庄未曾用膳却跑路，又遇小姐大战数阵，好不饥忙，不一刻间食得佳肴美酒，般般也遍用餍饫了。少妇收去馀残碗膳，公子一刻上马正要奔，一妇止之曰："算结了酒膳账方许走路。"当时公子被他止留，算明共计食用八十二两银子。然公子自思囊底皆空，只得强言曰："待小生往前途办了公干，自当赔还，且记登数月之账。"一妇回："一面不相识认，食了许多东西，方说且后记账之理，看汝不出一昂昂少年，斯文一脉，来作骗食光棍。且不看我壁上贴的么：'囊中有钞方沽酒，袖里无钱不借餐。'汝只顾大杯饮嚼，难道我们酒食不要本钱得来的？"高公子没奈何，只得曰："小生非比别人，乃系当今御外甥、高王爷之子君保也。只因救驾心忙，失去银子费用，改日自当赔还尔们，并非谬言欺哄的。"一妇曰："世间有此骗食棍徒，还要假冒王亲国戚来吓恐谁人？今不管汝什么等人，欠账须还钱，如果没有，且留马匹作按折。"

当时公子见他声声不肯饶恕，且要马匹作偿，且无此马匹如何起跑程途。一刻激得怒从心头起，正要一不做二不休，即拨出腰刀要杀却三个妇人。那妇人大呼不好了，请婆婆出来，齐声喊叫，果见一老丑陋妇人从里厢跑出，十分凶恶。大喝曰："老身只道那方浪子来骗食，谁知系敌国之人，独不知我们受了南唐王李煜所托，今在此单锁山假开酒肆，待有宋朝将士到来即要下手，岂知尔自投于此，来得甚好。媳妇等可急闩门，活捉此骗食贼，往唐王请功领赏。"君保闻言大惊，正欲合马不顾急奔，不料店门闩了，回现只见老恶妇人，黑似炭煤、满面麻子、颧骨横生、二目寸深、二牙露出口外，手持一柄大腰刀，恶狠狠追出中堂。公子只得挺身回斗，长枪架开大刀，有三个少妇来助敌，亦飞抛碗碟，打个不住，公子只得左闪右避，心忙意乱，不及战斗，甚见费力。须臾店内杯盘打抛得粉碎，当当响亮满瓦砾，三妇大喊助威，公子胆战心惊的战拒，只顾得闪躲瓦砾，手一慢险被凶妇大刀所伤，一闪失足仆跌于地中。被三个少妇拥上擎住不放，老丑妇持索子捆绑了扎在石柱边。三个少妇曰："这光棍骗了酒食，还要行凶杀我们，今且不将他押解唐王，不若现成将此人杀烹了作肉猪买沽，可准折食酒本钱，还得百十斤肉沽出，倍利也。"老丑妇曰："贤媳所言不差，将来开腹烹之，又免累及我们解送，跋涉路途数千里，哪里有闲暇工夫。"正议论。

公子暗自言曰："前被刘金锭困弄以法力，他原爱我，可以情面求之，今遇此凶恶不良，料得性命难保，但思命往不辰，到处即系敌国，这是定数无可恨，只不该为此贪杯口腹甘肥，以至宗祧失祀。父母单生吾一人，别无所靠，空藏满身武艺，马上奇能，又于朝廷半功未展，便尔刀下而亡，君王父母之恩，付诸流水，如今一死有何惜哉，只可恨没了英雄，而罪负于不孝耳。"想罢不觉哭泣起来。只见那老丑妇一展长唇，笑容堆满面，露出一腔淫态言曰："教尔后生家单身出门，切不可贪杯为口腹，一贪杯即能招祸了。今见尔如此悲泣，定然畏死求生，但老身有一法，若克就俯从，便可地狱立化天堂。"君保听言忙问曰："比如依尔们何如。"老妇曰："如允听从，何愁无生路，自从老身一自淫杀情郎以来，吾寡居二十载，屡欲寻个男对头以乐晚岁，奈何命入孤鸾，所逢每每不偶合。今见郎君一貌鲜妍，具此本领，若肯俯就在此，与我结为夫妇，当炉炊以度活，便将汝绑缚脱放下，以便成鸾凤之交，又免以一死。"高公子闻言，真乃令人可恼，又甚可耻，不料世间有此太不自量老怪物，原来此老丑妇是一淫精蠢物，心下彷徨，又被逼不过。只得言曰："小生已死在目前，别的事易从，以老妈妈二十年来琴音未续，亦属可怜，但以尊容固靓，小生实不敢领教，自愿一刀两段，由尔等婆媳施行也。"那老丑妇怒曰："执拗儿真不畏死乎？前哭后刚，乃首鼠两端之人，今复唐突老身，要来没用，各媳妇与我开刀罢。"有两少妇怒声如雷，手持刀斧，君保斯时亦自料即死，忽一刻一少妇飞奔而入，气喘吁吁，对老丑妇曰："婆婆不好了，这宋朝小将，岂知乃系双锁山刘金锭初定郎君，今被我家拿住，金锭风闻已率领了数百家婢，前来搭救，现已喊杀连天，将店门打塌打进来了。"那老妇闻知大惊失色，忙呼媳妇："我等且逾墙逃避，免遭刘丫头毒手。"果见四妇人各取梯子，不顾君保，皆走散去。只见刘小姐领了许多女兵闯进。一见君保，冷笑曰："救解来迟，有惊郎体。但逼婚之人，已深恨奴家，比如公子，何不允从此美事，正乃男才女貌，佳侣相登。奴是意外人，是至公子三番两次哄奴即逃脱去。但汝贪杯,为此口腹甘肥,险些对着好姻缘,想必公子一心注意此美人,奴今从此收拾私心回归,免得夺却别人美事。"言罢半笑转身,徐徐步马而去。当时君保羞惭愧怛,忙呼唤小姐:"小生今番知悔错了。汝解脱我绑缚,真心依从此姻约也。"小姐闻此言,又带转马曰:"公子汝是善说谎的人,令奴难以准信。"公子曰:"小姐倘若不准信,待吾对天发个誓词如之何?"金锭允诺,君保曰:"昭昭皇天在上,我君保今与金锭小姐面订婚姻,须当心诚真约,倘有反悔哄诓者,日后死在枯井之下。"发誓罢,小姐却与他松下捆索,谈说了数言,君保复言:"要往南唐救驾,日后再达知双亲,自必来迎接小姐。"语罢,即上马持枪而去,回手一拱,跑出店门。

一刻之间其处并非庙宇,乃一山边大地,四个妇人实乃小姐四婢,又有春桃曰:"小姐,这高公子言语不多,如此情形又不十分感谢,不说些真心实言,此不过因捆绑了,求解救急,故发此虚誓之词耳。今得脱身匆匆而去,他岂真有心于小姐婚姻之约乎?"小姐听言不觉冷笑曰:"吾非不知他是虚誓之言,枯干之井哪能有水,无水又焉死得人之理。但这公子乃年少英锐之概,志硬性刚,急降服不得他,必要擒纵一番,方能使彼衷心归服。今既发此谎誓之词,又使他有所见应。"即唤过四婢,又各授过符法,往行此事,言此番可成功了。四婢领命去讫,在前途备下枯井等候。

再说高君保一路马上想起,可发一笑。酒肆中丑陋妇人年纪高迈,尚不知耻,如此贪淫,岂有此理来逼婚,斯时料是必死,不意又得刘小姐来得凑巧,解救于我,一命方苏,此原算彼有恩于我也。但此佳人不独美貌超群,且法力精通,武技可羡,又一片为我痴心,三番两次哄他不愠恼,反好言劝勉,是多情柔顺之女。我想人非草木,在吾君保生于王侯之家,年交二九,尚未觅得登对之人,皆因高门世宦,且父王母亲选择过于高远,但舍却金锭小姐,哪人有与其匹。但不幸他父与吾父曾为敌国,况未经禀命,今值救驾解围心急,哪有此心。原今日算我负他一片之恩,要我咒言一誓,想来枯井哪有淹溺死人之理,是吾哄班过这佳人也。思思量量,一路行程,以为得计。是时红日归西,乌影沉坠,正乃一望荒凉,惕心触目。行人心急,不知高公子此去,结得姻缘如何?且看下回分解。

第十四回

多情女弄术惊夫　硬性郎应誓陷阱

诗曰：

一念方萌便有天，偏来应愿在当前。
蜃楼自是空能立，又见情丝似蔓延。

再说高公子一程跑走，见天色已晚，自思昨宵因冒雨投庄一宿，险些惹起一端祸事，今不可向人家寄寓了，只要向平衢大道而奔，披星戴月，马不停蹄，只去寻有无城市，便有官衙，可以安宿。正在加鞭，一路急忙忙的赶趱，不料一马当先，叮咚一声响，即连人带马跌下去，吓得公子魂不附体。抖定一刻，将手一摸，四围俱是砖石，举头一望，有三二丈高深，只有微光一点，自幸不下跌坠死。想一番方醒悟跌陷于井中，不觉长叹一声曰："吾方才赌下一誓词哄骗这美佳人，不料今竟应验了，跌坠此枯井，难独是些少说谎亏心，便有得天神鉴察，又有应验如此之急也！不须多猜想，此井须然枯涸无水，奈何是深险不过的，况且此地又是荒山野岭，安得有闲人过往以遇救。止眼看看待至数日间，人马皆要饥饿死于此枯井中了。活乐一番，只好待时至阎王殿上去！"只是仍跨着马，只见井中冷气直侵衣袍，只摸抓，见四围宽阔。下了马，推归一边，下坐土泥，幸得枯干无水，坐下不妨污湿衣服。少一刻坐定，观见井旁有一光岩微微露出，隐隐如灯光亮，心中想来，这里深陷，如何又有旁光透出，莫不是地下别有一洞天不成？正是：

山穷水尽疑无路，云暗星明又有村。

当时高公子一心疑疑惑惑，说声也罢，是俯伏爬进去看是何地所在。只向光处爬去，果有小径一条，仅可行走，但一望前途，仍是荒凉一派。想来曰，莫非此山岩复有路相通出的，不知又是一个何方地面，我也且慢顾其马，人出了为高。即提了长枪，一程步行出却小径，只因此径仅得五寸而已，不独不容马走，行来狭些，还要匍匐蛇行，一连小径有里许，前途便一条大道，宽广可以纵步起行。此时天已初夜光景，月色如银，是中旬天，一路行来，阵阵香风飘来喷鼻。此林间山花满目，景致不异桃源仙洞，高公子当随愁心略放，还是心疑不知此地归于何所。行完一杖间，瞥目又露出一所宫殿，巍峨广大，真乃雅致。有诗赞之曰：

小桥通弱水，殿角倚青山。
若问何方所，神仙任往还。

当下高君保看来此间殿宇模样，既不是皇城殿阙，又不是市中神圣殿宇，况在此并无人间烟火，若非阴司冥府，定然仙子琼居所在。只得行近立在门外，侧耳而听，便闻内里有步踏之声，听之，只觉雏莺婉转之语。想来其中皆属女子之辈，不知凡人抑或仙子。只得将门扣打数下，门中应声而启，问客何来？当时高公子只见一位仙姑手执净尘拂一枝，貌目如画绘之美。公子尽将落陷枯井失路缘由，误入此处历历告知，并问及此处究属何方？乞求指示回归原路，俾得往寿州救驾，深沾仙姬莫大之恩。只见仙姑微露银牙，笑曰："郎君此来不异刘阮到天台．张君浮槎临阆苑，行踪误度，岂属无缘？此地非九重帝阙，又不是三山仙境，便即圣母一所修净之居，梨山胜地也。日前圣母有云：'某年、某月、某日，有位贵公子到此胜地，说出姓名，姓高名琼，表字看保。'今郎君应此年、月、日到来此地，得毋其人乎？圣母又言：'此人无情之辈，妄如矢誓，专于打谎欺人，但欺人即欺天也。'又有四句言书下，不知仙诀何意？请君看来便知己之行为了。"公子闻言暗一惊，往壁角一看，四句曰：

> 井枯数丈誓生灾，坠仆深岩更可骇。
> 既已发言今应验，勿重反复惹悲哀。

仙姬呼："郎君，此四言乃圣母预定于前，以卜今日之应验耳。未知郎君果历过其事否？请道其详。"高公子见他将自己所行之事，早已一一代说出，不自认而自认。他是神仙，料难将隐情瞒得，只得将求宿所遇刘金锭之事，一一细底说知，还指望他即指点出迷津之意。有仙姬冷笑曰："看起来这刘金锭与汝恩情兼尽，汝竟将他的一片真情，付诸流水。是乃一位薄情薄幸无义之汉也。如此不独为大丈夫所不取，即市井小儿亦知唾弃了。汝又发此狠誓，一一说哄之，欺人皆要应见，还有何救出迷途之人，只好在此枯井中埋葬其枯骨可也。但圣母方才朝天阙也曾吩咐下，有一人来此有所求，暂且等候下，或许指点放汝未可知，只由汝之造化。"当时仙女此席话，羞得高君保又惊又恼，面色数变，但思身在穷途，又知他是个仙姑，且多是自己过处被他一一道出，故不得不忍气吞声，或冀得圣母慈悲怜恤，指点生路。继思圣母乃上界元仙，他见危死者断无不救之理。不由骂辱之言,佯作不闻。只好正其衣冠盔甲,以待迎迓圣母。

再候一刻,闻内里有钧天乐音悠扬,内又有仙女声言圣母朝阙回宫,着令郎君参见。有仙姑引道,一路进了九曲丹墀,左边青松,右边丹桂,说不尽仙家花木景致。高公子哪有闲心玩赏,一程随着仙姑至大殿,只见圣母当中坐下蒲团。一见圣母仙颜,头如霜的鹤发,戴上七星冠,手持麈尾,项挂念素珠。高公子即下跪俯伏拜见,参毕。圣母称言:"高世子请起,待贫道点化汝一言。"当时君保未敢遽起,又叩禀圣母一番,只言失足于枯井中,今迷陷于仙境所在,求乞圣母大发慈悲,救脱指点回凡间,沾不尽恩深也。圣母曰:"世子不言,贫道尽知,汝志大心刚,全心报国,自是忠孝无双。但不思敌人法力高强,非武勇将士所能克服也。必须贫道门徒刘金锭,日后同到寿州,始可能制服得左道金鸿。惟吾门徒屡欲奉事小栉于世子,何以世子三番见拒欺哄他?以少年人反要学鲁男子等辈,至今秦楼玉管无音、关雎雅韵不谐,何也?"高公子仍说以前三不可之辩为对,说明此事有难谐之故,非由薄行以负刘小姐之恩情也。圣母曰:"高论未尝不是,但事出于权变,方为有用之才,汝岂不闻治世取官以德,乱世取官以才。时有不同,操持自别,凡事不能板执而行,即医疾病治天下不外一权变耳。今两国相争,南唐得余鸿维护,已操胜算之柄矣。尔大宋不亡灭者,仅如一线也。倘非得一法力异人以正除邪,尔宋未必无损弱。且世子全家行军总领,定然陷于敌而全节,那时追悔已晚。不若世子依从贫道劝勉,且从权先论闺房,后往勤王,方无少误,日后方知贫道之言非谬诓也。"

当时高君保听圣母之言,心中捉摸未定。圣母又曰:"贫道曲意连缀以雅成者,亦因汝两人原属姻缘宿定,贫道断非人间尘世三姑六婆,凭舌唇而妄言撮合。如若世子尚属心下狐疑,今即着侍女娘往月老仙翁取上姻缘簿与汝一观,便知明白可凭了。"君保闻命,只得诺诺应允。又曰:"此婚姻美事原不该多推见拒,只虞日后父王母亲见责，以不告而娶为非礼，不准所请，岂不有误与我小姐两人乎？"圣母曰："不须世子多虑，不出三月之久，贫道徒该当谒见宋君王，这是遇当合其时，且与汝父同为一殿之臣，共事一主。贫道岂有误世子与吾徒哉。"当时仙姑取至月老仙翁酌定婚姻簿子来，圣母于案上展开，细细查阅，捡至一页，查看一行，上写着："高君保、刘金锭注定大宋龙飞。某年、某月、某日天定宿世姻缘。梨山圣母为媒主张。"当时高君保目击过也，见不胜诧异之奇，只诺诺连声，还敢道个不字？又高君保复问圣母曰："今弟子于婚姻之约固不敢违忤，但今误进此仙山，津迷于此，怎能早日与小姐复会和谐过花烛？克日要赶赴南唐，要救解君父危困，实乃心急不耐烦也。恳乞圣母勿再迟延，以安弟子之心，倍见慈悲、恩广普荫也。"圣母听言口称："善哉！善哉！世子句句以君父为心，忠孝传家可羡，配对吾徒，真乃天下第一双俦侣者。"圣母喜色欣欣，不知高公子回凡结得婚姻如何？且看下回分解。

第十五回

承师命初谐凤侣　急国难暂拆鸾群

诗曰：

果然幽境异尘寰，福地由来绝世间。
刘阮也曾身到处，散花无数接仙班。

再说高公子求恳圣母指点回凡境之际，有圣母许之，只见圣母仰面向空唤呼刘金锭贤徒者三。顷刻之间，只见刘小姐驾一朵白云从飞檐而下，当时高公子见了刘小姐，不比前番两心各别，故公子在喜悦中，又加惭愧。当日刘小姐只假作不见公子，只诈作不知其故，向丹墀下叩拜师尊。小姐目侧一瞧，微笑曰："请问公子要赶急往南唐救驾，因何又到得仙山，此乃异事所不料也。"公子闻言，含泪曰："待吾诉知，小姐不用说已尽知。"将失足下枯井之事一一说明。有小姐冷笑曰："事出于偶然，但公子口是心非，枉发此誓言，故惹此飞灾。勿言三尺没神祇，举头二尺上天知，公子汝心反复无常，当得有魔障之报。自今不可谎言哄骗，现已福集灾消，公子可当醒悟也。"公子当下羞愧，只得称言："小姐金石良言，小生自当佩服，断不口是心非也。"圣母又曰："汝夫妇两人是宿世姻缘，休多言闲语，已过之事不必复陈了，须当打点正务。今公子既肯种玉于蓝田，速回凡境，今当汝两人姻缔会合之期，良辰断不可错过。今男女不舍命而会合花烛，在礼法似乎相悖，但今为师与汝做主，是从权变，以应机会。倘从正论，待命于父母，犹恐不允，反成逆天之咎。宋太祖又御敌无人，江山有碍，须当早回。自此逢凶化吉，遇咎转夷，汝夫妻享受不尽人间富贵，一生福祉齐眉，但后嗣艰辛些，也不失为二美传家，不须多疑多虑，此定数之言，是汝夫妻一生结果。且余鸿乃飞鸟修炼，生成好胜，野心未纯，法力不弱，乃为宋之劲敌。他已有八百年道行，不久身证仙班，亦奉师命下山，扰宋数载，但不伤宋朝将兵，定必无罪，复归仙岛，不一二百年已成功列入上洞大仙了。倘不依师言，野心不化，开了杀戒，伤害性命，不免脱凡于沙场，又为宋将兵之当灾。此是后事，定断不来，为师去也，但嘱咐之言，切不可违忤。"圣母语毕，大袖一展，空中落下五色祥云，高驾往海岛去。

君保正要开言动问，只见小姐口念咒语，拔出宝剑挥指，顷刻之间，此地并非梨山，仍系公子前时跑走松林之地，更不见有什么枯井，其马匹仍拴于古松树丫横枝下，高君保大加诧异，惊魂未定，呆呆想度。刘小姐见公子不语立站，冷笑一声将他背上一拍曰："公子不须多疑，此乃仙家之幻境，非为奇异也。"但当初设的枯井原是假的，是刘小姐四婢受符作成圈套以陷之。然圣母来点化高公子实是真事。只恐君保执意不允此姻配，日后再无机会可结成的。岂不有误了宋君御敌之人？且目今护宋以退余鸿，必要五阴少将，刘金锭乃五阴首将，一人会合后，四阴将定必继续相随，可聚集同归一殿，破敌成功。当时刘小姐咒言呼喝，一刻四婢俱集在目前。小姐命婢将公子马匹解下，请公子跨上，小姐仍上马并行，其时还是夜半，月色光辉。小姐曰："公子且请再宿一宵，明日复行程如何？"君保曰："夜中艰于行走，犹恐失足又陷枯井之辙，只虑今与小姐并马回归府，还恐令尊公察问男女黑夜同行，何辞以对？"小姐一想，此言有理，呼唤四婢近前吩咐，四婢早已回归，只言小姐夜猎晚回。小姐使起法，将隐身符令公子藏于盔上，人不见其形，此事除四婢之外，无一人知者。是夜小姐引道，公子进至闺房，二人方见礼下坐，有四丫环服役，献上香茶。后花园早已排开案，炷上名香，以待两美携手进园，夫妻交拜天地。此又初结良缘，实乃遵从师命，不日之为苟合，断之为从权可也。在刘小姐心欣意乐，得了此美对良缘。

此际高公子见圣母吩咐指点，悟来是乃月老姻缘簿上注明前缘夫妻，一心信其不错，即父母日后有责怪，自有措辞以对。况刘小姐乃一朵美艳名花，哪有少年不仰攀采取之理。方才因君父困围未解，故心急嫌疑。到此境喜色欣欣，双双交拜，祷告一番神祇月老，奉师命以联婚之意，拜毕起来，携手共进香房。四婢早已排开合卺筵宴，怀着齐备，夫妻左右对席，两旁四丫环侍立，酌酒对叙，对交三鼓，酬酢交杯，夫妻畅叙，两美目角传情，如胶似漆，与对敌时大异。俗语云：茶为花博士，酒是色媒人。当时小姐有了酒，粉面泛出桃红，倍见娇妍夺目。又少公子一双目眸若星弹光亮，注射着佳人。四婢环知心会意，随即将残馔收拾去，再往后花园于月光之下，同酌吃喜酒。齐言小姐好眼力，招赘得此美貌丈夫，且身入王家显贵，真乃福禄齐眉可也。

住语众丫环叹羡庆叙吃酒。再言公子此夕诈着酒醉不语，挨近刘小姐膊肩，小姐代为宽衣，双双共进罗帏，鸳鸯浪涌，云雨翻腾，好事中难以实指，人人如此，个个皆然。及至云收雨霁时，枕畔之间，小姐细言曰："今宵一会已成百年永好，倘公姑父母不依从，妾以死自誓，以报郎君今夕之情也。"公子曰："小姐乃深于情种之女，数次有恩于小生，感铭于心不竭。今夜一宵已定百年姻眷，慎始存终，大丈夫所为。岂有今日取，明日弃，以辜负小姐之理。以吾父王虽严训，惟单生小生一人，母亲怜惜如掌上之珠，既婚配了小姐，岂有不依小生所请？小姐休得过虑此事，吾也十拿九稳的。况又有梨山圣母至凭，且月老注姻宿定之缘，是以尔我一天南，一地北，不念一朝聚合，定必无差也。"小姐闻言，悦色曰："足见公聘意之至，但日间阵上奴家几次劝言开导，汝只执拗不依，汝诚何心也？"公子曰："小生只因救解君父心急，倘入赘了小姐，多则挽留三两月，少则羁绊吾三两旬，我哪里等候得许久？是至一心不允。且又无圣母取出月老姻缘簿，及至目击宿定之后，哪里敢再过以违天命，吾志如此也。但以小生前日推却之深，正见今夕恩情之重。"夫妻言语浓情，正乃只忧鸡报晓，不愿日东升。少不得又是翻云覆雨，两好多少言谈，不觉五更天明，夫妻起来。侍环进奉而巾帨梳洗毕，茶膳送上用过。

公子要作别登程，小姐亦不敢挽留，犹恐父亲觉察知。然见乍合遽分，情幽怎忍即割，早已含着一包珠泪，春山眉锁，一段愁怀。泪声呼公子："今叨蒙不弃，连理结成，此去尚有千里，方出潼关。公子须要保重贵体。早晚慎于安身，最要者镇风霜，戒花柳，免遗两大人所忧，为妾所挂念也。"言未了，不觉纷纷下泪。公子一见小姐钟情之至，又不禁儿女情长，英雄气短，而珠泪落下两行。公子反与小姐将袖袍拭泪："小姐不须苦恼，小生心性行止谅必深知，今日暂尔分离，不须切切于怀。况会合之期匪远，汝岂不闻方才圣母吩咐，不出三月之久，汝当谒见宋君，同为一殿之臣。指示出正乃举案齐眉有待，今切不可溺于痴情，挽留于我，反惹旁人议论，小姐乃才慧之女，小生不言尽悉。"小姐忍泪曰："承公子正言雅训，妾敢不佩服遵从，请上马，惟奴所嘱言，须当勿忘。"公子领诺，正要抽身，小姐一想起，急止之曰："奴一时分别心忙，险些有误夫君。"公子惊曰："何事张皇？"小姐曰："公子此去入城见驾，唐兵困攻不妨，惟有余鸿法力多端，非武夫可力敌，二马相逢恐遭其害，切不可恃勇与他交锋，且避之进城见驾，可免灭殃。今有圣母镇魔灵签，与公子戴上。"亲手取下银盔结在发内，好好戴正银盔。公子此际见小姐如此用情之深，实乃多情贤良女。也觉不忍分离，不意又堕泪沾襟，惹起小姐倍加悲切，对面泪眼相看，只得步出。小姐送了一程，有七八里，公子几次催速回，小姐只是不依。不知不觉又有七八里之遥，众丫环也劝小姐请回："但送君千里终须一别，只忧老爷又疑惑不安也。"小姐听了劝言，不觉下泪纷纷，公子也惨切依依，二目观望。小姐曰："公子前途慎重，奴在闺中日盼佳音。"公子曰："小生一进城见驾，自即放胆奏知圣上，来迎请小姐。"言罢一拱相辞，分途别去。不知夫妻何日再会同为一殿之臣，且看下回分解。

第十六回

唐军师怯敌退兵　　高公子卸甲染病

诗曰：

英雄才结女班头，又向疆场破敌谋。
当年白马金枪去，麟阁标登姓字留。

当下刘小姐辞别公子回归庄上，一心感念丈夫远行不为意，只忧余鸿法力厉害，丈夫恃勇心刚遭其毒手。故后园夜夜焚香，祷告当空佑护公子一路平安无灾无咎入城，他实乃多情之女也。不烦言。再说高君保一路行程，快马加鞭，饥餐渴饮，夜宿晚行，将有半月，赶至潼关。此座关乃三王爷赵光美镇守，兵多将勇以守御此咽喉重地。惟君保是背母私逃的，单枪匹马要与三王爷舅舅借兵一万五千。是日扣关令人通报。三王爷闻王外甥到关大喜，即传他进见。高公子下礼，上请过三王母舅金安。三王爷曰："贤甥至亲，休得拘礼。"命之下坐，甥舅情深，谈论多时，是夜少不得排筵宴，甥舅对叙。王爷问及起兵，公子将背母私逃瞒过，只说借兵先住寿州报知太祖公公，后队母亲陶夫人大兵不日到来，三王爷许允此大事。在别人没有王姑号令，抑或陶元帅军令，在三王爷必不允借离守关之兵，惟君保乃外甥至亲，故不用令箭为号，即一诺借之。次早王爷令人点起精壮铁甲军一万五千，粮草齐备与之。公子暗暗大悦，拜别三王母舅出潼关而去。逮后王姑赵美容差人赶到，三王爷乃知王外甥乃背母私出，懊悔不羁留他、又不查详明，恐招妹怪恼，即日差兵追赶，已是不及，只由彼行为。有家丁赶回上复赵王姑，不多细说。

却说高君保得了一万五千雄兵，威威武武，一程向金陵杀进。一到了寿州城，果见唐营大寨扎结于五里之外，将寿州围困得如铁桶一般，其坚固，势若江潮，众如蚁附数十万之多。看此光景可不令人寒心。公子忖思此区区万五千兵，这回方知观海难为水，他众我寡，怎能一阵杀入城中知会？原来君保乃心雄胆正小英雄，一想，令军士一众尽将带用的爨灶食器所用东西概行毁弃了。军兵一刻不明，只得依令抛毁碎烂，又见公子拔出宝剑对众兵一按。曰："今爨釜食物已毁弃尽，一军莫能造餐食，但限以今天各军兵奋力向唐营阵冲杀，大破敌寨，入了寿州城，不愁无食。"说出此言，三军方知公子是效着沉舟破釜之谋。但事已至此，军令一出，不得不遵，各抖锐气，领将令而出。公子喜悦，一马当先，众兵随后踩入，无不奋勇，一以当百。公子长枪犹如生龙活蛟一般使发起来，挑刺得唐兵尸横遍地。宋兵纷纷杀入唐营，入寨透进重围，刀枪交加砍个不休。唐营大乱，各逃四散。败走飞报，余鸿军师出阵，一见自营散动，宋兵奋杀。又见一个少年美将军，用的丈八银枪，将唐兵挑死无数。余军师大喝："宋将且住，休得逞强，山人在此。"

当时高君保住了长枪，将余鸿一看，身穿八卦道袍，手持茶条杖，呼喝而来。公子想妖道法术非凡，须要小心提防为上，得兵入城，方得无碍。即大言喝曰："本公子今日入城见驾，知事者休得拦阻，倘执迷专恃妖法，只忧死在本公子枪尖之上，那时枉尔千百年修炼之功。但恨汝陷害我父王，弄此妖法，反至倒戈背君，有玷清白之名，皆因尔这妖人的计陷，深仇莫大于此。看枪，小爷爷岂惧尔邪法多端，今要分明拼个死生。"那余鸿闻此语，方知此少年将乃高怀德之子。赞美不尽父子英雄，家传将种，怪不得大宋当兴之主，有此国彦佐弼邦家。又见小将枪法高妙，十分沉重，非以力可胜之，取出落魂锣一响，岂知公子得刘小姐的定魂符结扎于发盔中，由尔神锣响振，公子只作不闻，反冷笑曰："妖道尔之小小铜锣，何异乎小孩子顽弄之戏物。本公子有何惧哉？尔有什么妖法只好尽演，好待吾取尔妖命！"此一席言词，不过公子的硬言，岂真有实法力降对他。只有余鸿一心想着此神锣善于追魂落魄，如何宋之少年将多不畏不验的。前月出城少年将此锣不验，今入城小将又一少年不畏惧。难独是宋之少将，皆有仙家一体？心中惊疑不定。此人又言有法力，倘照依前月出城黑面小贼，破我法物，弄巧反拙，败阵出丑，反被唐主所轻。不免让他进城，谅彼之救兵有限，仍难逃出此围困。遂喝令军士："休得与此小贼较斗，谅彼是釜中之鱼，待他进城一同受死。"当时唐兵被宋军猛力杀一阵，死者万多，受伤不少，实乃一夫拼命，万人莫当。今闻军师下令，纵他入城，即一刻哄退下去。高公子也发马扬鞭，一万五千兵随后。

先说宋太祖自今郑印回朝诏取五阴将来解此城围困，不三四天郑印驾云先回报知，有十万大兵，即日五女将登程赶进来，不须圣虑。故太祖天天盼望救兵。此日高公子杀到城壕下大呼开城。军士入报知。太祖与苗军师即登城上，一望下面，果见大宋旗号，遂发大炮轰天，大开城门，接应兵马纷纷进城。单言公子下马，至内城帐中见太祖，山呼已毕，太祖一见龙颜大悦，问明："大兵既会集，缘何尔母并四位夫人还未到城，何也？"高公子上奏陛下："臣甥儿并非与母大兵同队，原因母亲不准臣甥随军，但想父王闻投降了敌人之事，乃逆之大者，为此臣甥放心不下。且陛下又困此孤城，正臣甥用武之日。只得私下背母奔出，先往潼关三王舅处，借兵一万五千，先来寿州见驾，敬请龙安，及询明父王怎生降敌反戈背主，今已罪及满门，大有不安也。惟后队陶夫人、王伯母与母亲等不出七八天，大兵即到关矣。"宋太祖闻奏，只喜色扬扬曰："难得甥儿年虽少，作用有此老成。背母私自临此险地，并非不孝以逆亲，正见忠君爱国，念及父之当灾。且汝父乃忠烈奇男大丈夫，岂有背王忘君之理，实乃妖道之计算作弄也，又乱惑我之军心耳。贤御甥有何可罪之理。且一旦放心，尔母一到，责罚自有朕与汝言情做主，定必代为剖恕。"且吩咐排筵宴，与御外甥接风，各勤王兵丁，大加犒赏以得胜论。三军欢声振悦，深谢圣恩。

当时高公子参见过军师，又见礼各大臣文武，有郑印是兄弟同班，正乃君臣一堂，共叙畅乐，酒至三巡，是夜尽畅叙亲爱之欢。太祖又及问："余妖道用邪术伤人，且他兵将十倍于贤甥，尔借得一万五千之兵，怎能破围入城，且细言朕知闻。"当日公子将己之意见，想来南唐之兵，自不及十之一二，怎能冲杀透入内城，是至弃却釜灶食器物件，一时奋力鼓锐三军，又得灵符镇压，方得智退余妖道，以进城中见驾。太祖闻言大加叹赏，曰："御甥一年少儿，未经疆场大敌，今有此智量，奖励三军机谋，即古之名将不外如此作用。日后长成更见智略倍加，是寡人之深幸也。有继父之儿，亦朕国家之幸也。今日妖术既不能伤高、郑甥侄，何愁南唐不服，其功浩大。"命左右侍御监，满酌庆功三大斛，以表御贤甥英少奇才。公子喜色欣欣，领君隆赐，拜受不敢辞，一连三吸而尽。

正喜悦之际，太祖还要问得灵符以镇退神锣，得于何来自之由。君保对答言未出口，顷刻仆倒于地中。吓得太祖及众文武大惊，太祖离位，众将文武搀扶他起，只见公子面容发赤如桃花，两目紧闭牙关不动。太祖观此，吓得惊慌无措，将御手抚摸身体，四肢尚温暖，惟昏沉不动如睡熟一般。太祖不觉下泪曰："贤甥，不晓汝一刻遂昏迷不醒，是何得此速疾之灾，倘真长逝，不独朕折去一栋梁少将，即王姑妹半世止得此子，岂驸马双双气杀也。"太祖纷纷悲泪。有苗军师曰："我王体得切伤，臣观此速疾无妨，公子只于马上过于劳动，以少年王子贵体，未经惯劳风霜，一刻入城用酒过杯，以至邪风乘入，一时晕迷耳。且用宁神和解药饵，可保平安也。"是日太医下药，公子暂回苏复阳，但只一病恹恹，未得痊愈。宋太祖略觉心安，天天探问病痊，多召太医驳察其疾，日望他痊愈。安养在后堂，再不提枪出敌，但不知王始大兵到城，如何解围。且看下回分解。

第十七回

陶元帅冲围对垒　余军师引敌交锋

诗曰：

忍辱方能定大谋，休教开语便含羞。
果然不入迷魂阵，数十王侯一旦休。

住语高君保染疾于后堂，宋太祖日夜留心，令太医院调理。再说，赵王姑自见家丁赶回报知，禀说三王爷有书，大抵回言君保御甥前五六天借兵万五千奉命奔报头功去了，安慰王妹不必心烦之意。那王姑无奈何与元帅陶夫人一同走马，一路大兵长驱发进金陵，水陆程途二十余天，是日到寿州大地安营于二十里外，扎顿毕。是夜埋锅造饭，歇过一宵。陶元帅次日分发各将兵，冲杀入城，许进不许退避。诸将兵得令，人人争先逞勇，纷纷杀入，大挫一阵，唐兵倒退。有守南城先锋程英大喝曰："弱宋救兵虽到，休得逞强，既无了主帅，又无将士，至用妇女出师……"当时正遇陶夫人拍马冲程英大力砍去，陶夫人大喝，张左铁锤隔了刀，开右锤，向程英一下打中其左膊肩，喊不一声，已翻身仆下马，再复一锤，打破天灵盖死于马下。唐兵无将已散，王姑三夫人一齐杀上，高君佩双枪银光闪烁发打，唐营中须有铁甲偏将迎敌阻挡，怎当得宋将兵生力军，精锐女将，一齐协力。唐兵偏将多落马，又有片甲不存者的败阵，飞报入银銮殿。

　　唐主惊扰而恼，座武班中林文旦勋武侯，年纪古稀之候，乃大元帅林文豹之兄，要请兵出敌，以退宋之救兵。有余军师急止之曰："此日出师不利主我军，老将军不必出敌，他鼓一束锐气而来，且由他进内城，我迟三天出兵，方趋避得此灾咎。"林文旦曰："兵临城而由敌人猖獗，待他兵大集，非我之利，言什么出师不吉日期，吾平素不信此无根之谈，军师勿以吾年老迈，小觑于我，比少勇时雄心未改的。"余军师曰："山人非以年高轻视老将军。吾昨夜仰观天象，只见南角轸星暗坠下，以分野参之，正应在我南方金陵地。今老将军乃古稀之人，又要出马，大不有利，故欲趋吉以避凶。且时迟三天五日出师，方得无碍，以避咎故也。"林文旦不听信军师劝止，且想这道人前时出敌，屡屡得胜，捉拿下宋将，不许我主执杀，今本将军出阵又多拒阻。莫非他见大宋来的将兵厉害，他不敢出敌，今见吾杀出又阻止，分明恐吾立了军功，便掩了他之类色。今且不中彼之计算，定显个手段杀败了宋将，看这道人有何言语对答，然后羞讽之。

　　再表明余鸿言将星下坠，应分野之土，是定准之数。今余鸿乃得道半仙之体，岂不明天文异征。原恐金陵将星这老材定必出敌，是他老命该终，天数难逃也，不能挽回。至有此疑心，硬执出沙场受死。唐主闻余军师趋吉避凶之言，也来劝止林文旦，但彼仍不允从，不带军兵，上马执持九环大刀，重一百二十斤，飞马出城。有余军师暗嗟吁一声曰："天机难背违也。"言却陶元帅一见唐兵逃散去，大大远离，正要整兵入城，忽闻背后一将飞跑近大喝而来讨战。赵王姑曰："该杀的唐将还来讨战，他死期到了。"上马出敌，大刀一摆，喝声："杀不尽的唐将，敢来受死！"当日林文旦乃好色之英雄，虽有了年纪，一片淫欲心不异少壮年。赵王姑乃中年半老佳人，然而丰姿犹在，体态娉婷，娇妍动目。林文旦一见，目灼灼、睛圆圆的注射着王姑，即喝声："尔宋朝绝了英雄男将，用着美人局来上阵迷人，惟本侯见娘子姿容佼佼，婀娜动心，焉忍将刀刃加在美人粉颈。且吾虽年老，然精力未衰，今目击尔宋朝亡灭不远，不若小娘子随了本侯回去，做个偏房，省得祸军尔。"言毕，乃故作叹嗟。王姑闻此秽语污言大恼，喝声："老牛畜生，不知廉耻，今日来斩不下尔畜类头颅誓不回兵！"上一刀项梁上砍来，林文旦架过，下一刀钩开，左一刀文旦化解，右一刀挑拨，斩个四门。林文旦曰："好刀法，只可惜力不趁武。"原来林文旦乃南唐天字号英雄，年虽老而勇锐未衰，与王姑战十合上下，王姑见他大刀沉重，抵挡不住，回马败走。文旦曰："休走！"催马赶去，言生擒回城做个小星。王姑败下，慌忙取出昔日所谙练三口袖箭，是百发百中的。一时扭转马，见林文旦提刀赶近，此是老命当休。王姑一伸玉手，三枝小箭犹如飞门之急，一枝中在额，两枝中在两颧，似乎乃一品字之形棋，林文旦呼喊痛一声，还未拔下，王姑已跑近大刀劈下，已作断头将军呜呼了。可怜英雄一世，死在女将之手，似此老淫物，一死何惜。是日王姑逞胜，亦不枭他首级回营。

只有唐兵将林文旦尸首收拾回城中，唐主惊惶，钦服军师天文有验，有先断决之能。唐主又言："此是老将不从劝谏，自出讨死，是惜不来，是怨不得。但他终于王事，可得旌表。"遂以王礼葬之。堪叹这林文旦身已古稀之年，一心味色之痴，终于丧命，真乃老淫魔，可发一笑。有绝诗二章咏之曰：

其一
痴男方欲把娇怜，谁料强弓出袖弦。
可见色中恒丧命，劝君深味作箴言。

其二
勿欺妇女胜无难，暗箭常施对面间。

堪叹年高痴欲汉，吊亡何用泪频潜。

　　住语林文旦身亡。唐主吊慰封赠，诸丧已毕。唐主又对余军师言曰："宋之君臣须乃被困，奈两次救兵入城，皆取全胜。我军一连败却数阵，伤兵七八万，折却大将两员，岂我南唐也属前胜后败者耶？"军师曰："我主勿忙，今老将军一死，已应其凶。待山人明日出马，必须胜他。"唐主大悦，曰："若得军师亲自赴敌，孤何忧也。"即传命排宴与军师预贺战功。是日君臣乐叙不表。

　　再说王姑转败为胜，杀了南唐老将。其当败下时，陶夫人正要拍马帮助，见王姑一发出袖箭斩了南将，大赞箭法稀奇妙技。并马回营，又天色已晚，权宿大营一宵。次日正要整备军马入城见驾，又见军士入报，南唐有余军师亲临出阵骂战。陶夫人曰："此妖道法术多端，须要防，勿妄进马追赶，还防中却妖术，有伤性命。"有翠华李氏大人曰："我帅连胜两阵，今妖道亲出敌，定有准备要来复仇，今王姑此去对阵，必须倍加提防，看势而行，不可躁进，方保无虞。"王姑应允。李夫人曰："元帅，今妖道法力精通，众夫人须要会同出营，与王姑接应，方见慎于行也。"陶元帅称言有理，一众出营掠阵。

　　再说王姑一马飞出，见一道人知是余鸿，擒陷他夫君王爷的。气得咬碎银牙，不问情由大刀劈下去，余鸿将茶条杖架过，知是王姑女将，杀死林文旦的女英雄，即大战一阵，余鸿诈败，拍梅花鹿逃走。有王姑一见余鸿战不合顷刻奔走，并非真败，此妖道必用什么妖法来算计，且不必追赶他。余鸿见王姑乖巧，勒马不追，不上钩饵，难以施法取胜。只得又兜回脚力，辱羞激他。言曰："尔大宋专以女色迷人于沙场，昨天林老将军被尔贱婢迷惑丧命，但吾国师乃有道根行仙翁，不凡身体，不犯色戒，枉汝生来千娇百媚，只好迷惑凡间俗子，野合勾魂。今在阵卖悄装娇，吾国师最所不喜。有手段再来冲敌，定擒尔回城，以祭老将军好美色之墓，待他与尔再结一段魂鬼鸳鸯也。"

王姑闻余鸿辱羞之语，大喝："花言妄语，妖道岂非邪魔左妖，哄骗仿唐主游魂失命，以妖术伤人，只恐罪盈满贯而亡，可惜数百年修炼尽倾，悔之罔及。"当时余鸿想来数次用的神锣不验，不知何故，若以力敌，断难胜此丫头，不免用神刀伤他便了。算计已定，拔出芒利小小神刀，向空一掷，口念咒言。王姑在马上只见半空中有长蛇一条，金光灿灿向他顶脑而落，心中惊惧，飞马跑走数丈地，哪里走得及，却被神刀金光追罩落下斩在右肩，伤了右臂，大呼叫痛，落于马下。李夫人一见大惊，飞马跑出。有余鸿发鹿赶上，要取王姑首级。却被李夫人恶狠狠长枪一舒照面刺去，余鸿反吓一番，早有余、罗两夫人急马拍走，将王姑抢夺回本阵。不知王姑受伤性命如何，且看下回分解。

第十八回

遇飞刀美容被伤　施灵丹金锭解厄

诗曰：

勇往当前不顾身，飞刀伤害觅医人。
情深婚约刘家女，只奈君王信未真。

却说李夫人见王姑落马，飞身上前，将余鸿对面一枪，差不多将道人刺中面庞。余鸿一惊，仅及将茶杖架开，即忙收回神刀，余、罗两夫人抢回王姑，回本阵。陶夫人又惊又怒，取出一面小小黑旗一摆，念咒有词，一刻间乌天不明，狂风大作，有无限豺狼虎豹，将唐兵冲撞乱咬，唐兵大惊，阵脚散了奔逃。余鸿也不知其故，借土遁逃去。只有唐兵受害自相残践，奔不及者，又被宋兵大杀一阵，尸骸满野，血流遍地，一连追杀数里方回。陶夫人收了法术，背负得王姑回营，面如土色，四位女英雄心忧。方暂按下，再说余军师借得土遁回见唐主，备言伤了王姑，今虽败去军兵，然女将被神刀所伤，不过七天不能生活，除则高仙灵丹，方能调救。

住表南唐君臣议敌，又言刘金锭自从送别了高公子，将比武招夫牌收回，他父刘乃尚未知其因由，询及起女儿缘何将牌收回，刘小姐方言与高公子比较武艺比败了，他是家传妙技枪法，故女儿收回牌，尚未禀知父亲。刘乃闻言大喜曰："女儿即日不早说明为父知之。我想高公子身是王侯之子，当今御甥，贵比玉叶金技，儿比输武艺于他，实乃鸳梦有托。但不知他约女儿为姻配否？"小姐对曰："彼言急于王事，但一进了寿州城，便申奏知当今，来迎接女儿。但此去寿州不过二十天已到，即回复来仅得四十天程途。至今将两月之久，尚不见公子的回音，女儿正要禀知父亲。"刘乃曰："汝父曾仕北汉，与宋太祖是敌国，此段姻缘原难对的。女儿不免趁今太祖受却南唐危困，往效力立下功劳，一来化仇为好，完此姻盟，与国家出力，青史留名，方不负圣母传训汝之武略工夫。"小姐闻父亲之言大悦，诺诺连声。次日于闺房中，收拾齐圣母所赐赠法宝，携同四婢，拜别父亲启程。是日父女洒泪分离，一程急赶半月，已到了寿州城。

正值是日王姑出阵被飞刀所伤，小姐当日见有大宋旗号军马驻于城外，只得令四婢通报知。初时陶夫人与李、罗、余三位夫人甚属狐疑，不明此女是何人，只得传他进见，要问个明白。刘小姐直入，四婢随后入内，又述明来意，又道出高公子乃背母私逃一番之话。众夫人信以为真，方知公子在中途比武招亲。今此女奉父命特来践约。有李翠华夫人将小姐侄媳一看，真有倾城国色，暗暗叹奖侄儿佳配，当时重新见礼。刘小姐坐于下首，彼是卑辈乃礼之当，然小姐又请命于夫人一众，要拜见婆婆。陶夫人曰："不要说起汝婆婆，王姑昨天出敌，被余妖道飞刀所伤，于今疼痛于后营，用药饵搽之不见应效，只呻吟呼痛。正在一同忧心，即要打点杀散四门围城兵，进城见驾。但思王姑如此疼痛，怎好移动？为此正无计可施。"小姐曰："既如此待奴一观伤处，自有灵丹可调瘥也。"李夫人曰："事不宜迟，贤侄媳快速往后营看调王姑婆婆。"语毕，众夫人一同起位，引导小姐到后营。小姐一看，已知被妖道飞刀所伤："此刀乃炉中锻炼百年，非凡间之药所能痊也，但所伤不过七天，便要溃烂，卸骨而死。今日幸毒气未深入五心，现有圣母灵丹在此，倘调化下，一刻可能出毒而痊瘥矣。"众夫人大悦。曰："幸得小姐来作救星，不然王姑一命难延了。"当时小姐令人取到净水，又于香囊取出一粒小小红丸，将水调化开，一半滤灌入王姑口中，一半擦其伤口。当丸一擦下，王姑不见呻吟疼声，不一刻王姑的膊上伤口，黑恶水流出碗多，其痕口已合。只闻他鼻息睡熟之音，半刻苏起，打个呵欠，坐定自思被飞刀所伤，一时怎得平宁痊瘥。有众夫人见王姑情况，忖度将刘小姐来投凑巧，方得王姑无恙，实乃吉人自有高明来解厄。王姑此时明白了，忙起位要谢活命之恩。刘小姐哪里敢当谦逊。是日李夫人扯过王姑一言，将君保侄儿怎生招赘了刘小姐一番尽言知，王姑又复知此。当日仍诈不知，只向金锭发问及起所来有此凑巧，托厄扶危，感谢不尽。小姐见问，趁此托言："曾叨世子不弃，许下婚姻之约，今又奉父命前来，并要与王家出力。只求陶元帅及众夫人收录，以立微功。"

　　有王姑见小姐既有活命之恩，且美丽超群，又精于法力，如何不嘉纳之理，想来正好与孩儿一对美夫妻。是夜，随即命人开宴撰，与贤媳洗尘。邀齐众夫人一同畅乐叙话多谈。且婆媳十分爱悦欣欣。酒至更深方散席，各自分投营帐去了。只有婆媳二人，一夜不眠的谈话多言，小姐又将自小失母，为父单生奴一人，并无弟兄，是刘门福称之簿，今公子不弃，婆婆叨爱，感恩不尽。王姑闻言大加羡叹媳妇贤良，安心之正。此是婆媳情深，不多细表。次日陶元帅发令，大兵一同起马入城，但想唐营结围兵四门尚不下四十万，且刘小姐是个法力高强之女，令他为前队，又代替了王姑之劳，且能制押余妖道者，必此女英雄也。是时一来报知圣上，早晓救兵到了，以安主怀，二来亦早与君保侄儿相会，与众人恭议过，多言有理。

　　此日刘小姐领命，便上前讨令符上阵出马。陶元帅问及小姐带兵多少可护卫入城。小姐曰："冲围比对垒不同，倘护徒若众多，反见首尾不能相顾的挂碍。今奴且同着四婢便足矣。"即拜辞婆婆元帅众人，结束上马去了。陶夫人大兵在后，迟半天之久，方发炮离营起马。先说刘小姐一马飞近唐之大营，自然奋刀大冲，刀如雪片挥展，无人敢拒阻，一刻杀得唐兵七零八落。一连冲七层大营，方见寿州城，刀枪重密。早惊动了城上牙将看见，又往报知宋太祖前来观望。有太祖料是王姑、陶夫人等大兵到了，即上城楼一望下，远见来的不是本朝旗号军马，心中惊疑不定。并无多人，只见一员女将，快马加鞭跑至城壕之下。生得一貌如鲜花，年仅及笄之少女，大呼要见驾入城投报，救兵到来，且进城与丈夫相见等语。太祖闻此言，再盘话一番，方知小姐乃旧日敌国北汉将军刘乃之女，认言是君保之妻，此奇事也。平日并未见高门说及，即公主夫妻并无一语达知，彼王姑妹既不同在此，御外甥亦耽病在牙床，难以通言询察，恐有反情中却南唐之计。

当时宋太祖呼曰："来的女将既言奉王姑之命入城解围，今令箭何在？"刘小姐曰："已曾带便了。"遂向令符袋内取觅，以备皇上验据。不料探取去，竟如赵子龙当阳不见了阿斗一般，大惊失色。想了一会，恍然记认起，急言曰："臣女虽曾奉带得王姑令箭，放在鱼皮袋内。方才在唐营中冲杀一场，料得驰发马急，失于唐营之中，故今不得呈上据验，只求乞万岁恕罪。"宋太祖曰："将来凭令，非同小故，可以谅情收录。非朕不肯容情也，但今两国交兵，恐有奸细混投，是以难于空信的。"刘小姐闻太祖之语，叩首再陈奏上："这也岂敢言陛下不容情，但今凭虽失，臣女尚有凭据之物，求陛下龙目注观。"太祖准奏，放吊桶于城下，小姐便将君保所赠别的金镯一双呈上。太祖细认镯上有高琼名字镌刊上，太祖惟信了。又思此女想是英勇之人，何不令他再冲踩唐营，一者验其来归之真伪，二者杀散唐围困之兵，岂不一举两得。主意已定，这是宋太祖为人未免立心透险之处，对刘金锭诡言曰："汝呈上金镯果有高琼讳名镌录刊上，但物有失去未可知，且人又有同姓同名亦定不得也，怎得为据验？"刘小姐曰："陛下还疑心未准信，且命高公子出城一面，可明白了。"太祖闻此言，暗暗自悦曰："他已中朕计矣。彼要会高君保，朕乘此得以有词哄之也。"即开言曰："汝要朕之御甥何难，但他已经镇守在南城，汝可往去相见，他自然开城迎接。"当时刘小姐无奈，只得允从，快马加鞭，杀往南城而去，不知会见高公子如何？且看下回分解。

第十九回

刘小姐敌杀四门　余军师战法两败

诗曰：

黾勉相从践约婚，沙场破敌五佳人。
立功佐国男儿让，兰阁名标表女勋。

当下刘金锭闻太祖称言高公子镇守南门，正是切心见面之人，岂惧亲冒矢石之劳，即拨马又向唐营南城杀入，奋着心气冲入重围，众唐兵纷纷让路，不能阻拒。四丫环刀剑砍刺也随马后，不一刻杀到至南城壕边。大呼："高公子守城在哪里？"见旗盖之下，又是红面君主，岂是高公子！原来太祖立心诳哄此位女佳人，他在城里先已转上南城，在此等候，当时刘小姐少不免山呼于城下，但问高郎所在。太祖又曰："为唐兵攻打西门甚急，故又令御甥现已往城西抵御，是以伏击此南城也。"小姐闻言，又疑又恼，但到此来犹如身在半途，进退两难之际，无可如何。又携四婢从南门杀到西城去，有守西城将兵拦截拒敌，被小姐大刀挥于马下者甚多，飞身入至西城内壕水边。想来三城遍走，历尽艰辛，还不见丈夫，一心以为即逢郎面。不料复到西城楼上一望，座下的仍是宋君王。及至询问，复言高公子往北门去了。

刘小姐闻言，声泪俱下，想来公子原在城中，难道宋君偏不收纳奴也不成？故不容与我夫妻想见。泪下不一行，呆呆不语，烦恼中也不叩见宋君。内中一婢夏莲曰："小姐似此，宋君必多疑心我们无令符为凭，犹恐是南唐诈投来赚他城池之意，故令小姐冲杀四城门。一来试验我等来投降真伪，二来替彼杀败南唐之兵势。故一连杀入三门，仍不令与高公子知之，故不得相见。我小姐既已三门杀过，岂可失此，功亏一篑，即也前功尽废了。况退后也要杀敌而回，均属一战的。倘不得入城为言，回家有何面目见我家老爷？今若再杀胜北门，难独宋君又有何辞推却？"刘小姐听了，见事出于无奈，只得复俯从之，观此倍见宋太祖心狠险毒也。

当时刘小姐冲杀过三门，已有半日之久，腹中已经饥饿，少不免取出香囊中之丹丸一颗，分剖开五女充饥。主婢再抖精神，即飞马复向北门冲杀。有唐将入报，一连三门俱被宋之五女将践踏蹂残，今北门又入报。有南唐主复闻大怒曰："一日之间却被那五个臭丫头如此猖狂，将孤的四大营盘翻作乱土，恰如彼之闺房地，由他要出则出，要入则入，又被他残兵斩将。有此凶狠丫头，定然军师出阵方能取胜也。"当时余鸿闻报，是刘金锭冲杀三门，已打听真明，知此女是梨山圣母首徒，岂不加心传口授法宝多端。是至他冲杀三门，一闻入报，只诈伪作不知。今现杀冲北门城，唐主逼请，不得不准依，只得强应，跨上梅花鹿一阵跑至北城。

见了佳人手持大刀，并无军兵随从，只得四名丫环，俱执刀枪棍斧。余鸿曰："来的女英雄可是梨山圣母高徒刘小姐否？"金锭一见冲出一道人，知是余鸿。对曰："然也，道长可是赤眉祖师令高徒余师兄否？"余鸿曰："正是。"又言："令尊公当初曾事北汉主刘崇千岁，又乃刘宗一脉，官封一品镇国将军，是与宋两为敌国，后为宋所灭。令尊公与宋得无是君之敌忾，今得我唐困了宋王君臣，无异替与刘氏报复敌忾一般。令尊公正当差遣小姐前来翼助我辅唐为正理，何得反帮助着旧君之仇敌？且今尊公当日忠气有名，今日亏诸皓首，可不惜哉！山人与小姐虽非同教，亦乃同道中之一脉，不便同师相残，不异鹬蚌相缠，非于两人之利。孰不若小姐反戈投明辞暗，唐主必敬重，起复令尊公一品首职之荣，小姐是一生显贵。山人敢竭诚心相告，愿小姐三思，免至他日有失身事暗之恨，又蹈着郑子明之辙。宋君是个无义薄情之主，其成功之后，猎犬终当宰烹，竟是已有前鉴的。如小姐不悟回思，终当悔忆山人之言也。"刘小姐曰："此乃不察天时违道上帝之心，不谙兵衰之愚者之言，又以愚人也。唯天命无常，有德者上天顺佑之，当初家父果曾仕刘崇，但主德昏庸，谄言是依，忠言逆耳不纳，以至上下离心，天命改革。家君见此无道之至，难以佐弼之，故早已洁身去乱，隐姓埋名，乃明哲保身，家或有训，岂得以小节拘，而责以常礼乎？且师长乃上帝之赤眉老祖师首徒，自当早明天心眷时气运当兴，今赵宋乃承运一统江山，四方割据者不过为唐末，俱皆为宋驱除之鹯獭也。奴实惜念道兄八百载功夫，丹候将成，岂不知兴衰进退之有定？倘偏要逆天道而行，辅假灭真，少不免死脱于凡尘，岂不尽弃却久，坐蒲团修练之苦心？今师妹之言，乃为正理，所见明而且大。祈道深心自谏，自知回头是岸矣。"当时余鸿闻刘金锭一席回答之言，又说他不免死脱凡尘四字，恼得满脸通红，将一片婆心，化作仇冤相待，喝声："贱丫头！大言不惭，与尔法力上拼个高低。"一荼条杖去，刘小姐大刀架开，战有十合上下，余鸿支撑不住，心中一想，自言刘金锭刀法精妙，难以力敌胜之，不免发出神刀伤他，看彼可避得过否？一刻拔出，祭起飞刃，透上高空，口念咒词。

又表当日宋太祖仍上北城楼上，初时见二人对面，不知着什么言语，只离城百十丈，一语不闻，一时辰之久，即杀起来，顷刻间，只见余鸿远远发祭起一小刀，金光灿灿，一向刘金锭那项上将落下来，宋太祖城垛上远观甚是惊惧。心急曰："今番女佳人必遭妖道飞刀伤害也，是朕误死汝了。"宋祖正在一心着急之际，又见女佳人取出一枝小小五色彩旗，向空中一拂，又不闻他口念什么言词，只见余鸿的飞刀跌坠地中。宋太祖看定言曰："不料此女佳人小小少年，有此法物，今想众将皆为妖道法力所困，今不意此女能破余鸿。将来要解此围，必此女将也。"不觉龙颜大喜："如此不失为御甥妇的，是国家有幸，生此女英雄以佐弱寡人者。也罢！待朕亲出战鼓，以助其威，可大胜余妖道。"

当时刘小姐正与余鸿赛开五彩阴阳，已将他飞刀打下。余鸿大恼，见飞刀被他打下，即招取回收藏过。又复口念咒言，向西北方吸一口气，拔宝剑一指，只见狂风大起，日色无光，飞砂走石不住打来。刘小姐一见，冷笑曰："妖道弄此小技，奴岂惧乎？"复喝声疾，五雷掌上一放，天上打个大霹雳，依然红日光明，狂风不起，砂石不飞。余鸿又见破了法，想来这刘丫头移山倒海，掩日遮天，喝草为兵，五遁之术俱全，难以胜之。正在心下筹谋。当日刘小姐见宋太祖在城上击鼓助威，正要遣出个妙手段立功，待太祖目视亲瞻。此刻向香囊中取出圣母相赠的宝贝钢鞭，此鞭专一击打旁门外道，一切魑魅魍魉之妖怪。当下一刻祭起，空中金光一道要向余鸿打将下来。然这余鸿乃得道之辈，明知打仙鞭非凡厉害，登时落下马来，将身一偏，忙借土遁走了。单将他脚力打得骨力飞残，已替代余鸿一死矣。

刘小姐见余鸿走脱去，复将唐兵大杀一阵，主婢五人纷纷追逐，伤唐兵千余，此日唐北城之兵尽皆散去，俱逃回城外，复报知唐主。是日宋太祖不胜大悦，早已命守城副将一众，将北城门大开，刘小姐下马而进。主婢一见太祖山呼参朝。太祖命之赐座。当时太祖方实言曰："非寡人方才不令汝与甥儿相见，但前月间一到城，报知救兵后队次到解围。岂知即染了卸甲冒风病症，已有两月之久，未得痊瘳，故不能出堂与甥妇相会。今现安枕于后堂，倘要见会他，甥妇往后堂可也。"小姐闻上语反一惊,丈夫久病两月。即奏曰:"陛下,臣妾虽非精于岐黄之技,然得圣母之灵丹,所调治凡人之疾,无有不痊而效者。且公子之疾,料必娇生贵养,不久惯风霜劳顿,是至易感风邪。今臣妾且将仙丹调治之,他的小恙即日平安痊愈也。"当日刘小姐取丹调治公子之疾,不知效痊如何?且看下回分解。

第二十回

刘小姐灵丹调疾　高公子奉旨完婚

诗曰：

>一朝便尔解牢笼，可见佳人法力通。
>寄语南唐须早服，免教后悔败亡穷。

却说刘金锭闻太祖言知高公子疾病，自言仙母灵丹可疗其疾。太祖闻此语，龙心大悦，命军师引导小姐主婢相随来至后堂。军师指明公子卧房的所在，即刻辞出，好待小姐调灵丹与公子服食。是日奴婢取上净水，小姐取出灵丹调化，遂行近牙床，只见公子面色青黄，昏沉两目，不觉佳人怜惜，滚下泪曰：“前两月相逢，公子何其英锐气概，不幸身染飞灾，为妾来迟，至郎君多日受苦，奴之过也。”令四婢将公子且缓缓扶起，小姐身挨近郎，公子昏沉无力，手扶小姐玉肩，小姐玉手插住公子背腰，一手持丹，四婢扶持定，已将丹汁一盅滤灌入公子口中，缓缓吞吸下。食讫，小姐慢将公子放按下床中睡，复抽锦被盖回身。一刻公子汗出如雨，仅半日之久，伸缩转动，元神已复，揉目呵欠而起。当时太祖放心不下，亲驾到后堂，只见君保伸缩起来，不觉满心喜悦，曰："不信甥妇有此灵妙仙丹，不三个辰刻，已调治痊了数月病人，即当时卢医扁鹊甘拜下风矣。"是日君保一见太祖自来在此，急下床参拜。太祖止之曰："御甥不可拘礼，只因汝疾初痊，不必即劳动也。且调养后营数天，然后兴起，可保于宁。"公子曰："臣甥今未知一刻精神如故，且刘小姐何日进城到此，正要动问，不觉陛下驾临，未曾问及明白。"太祖闻甥言，知其昏沉病中，未晓其缘由。微笑曰："自御甥儿到关时，排宴贺功，酒至半酣之际，甥儿骤得急疾，已经两月之半。今得甥妇到城，用着圣母灵丹，一刻调治痊愈，虽汝灾星当退，实由甥妇灵丹之功也。须当深谢之。"

原来君保一见了刘小姐到此，醒悟苏时，已暗暗吓得骇然，只忧太祖知其私订婚姻，不告禀双亲，来执责越礼之罪。不料宋太祖已闻刘小姐申明在先，瞒谎不得。只硬着舌曰："甥儿前者在刘家庄借宿时，不过向诺一言，并未有实约于刘小姐，今何得在人主驾前真实认来？小姐是何不忖思也！且此事未经告禀父王母亲，未知允准否，今小姐复公然认真，岂不罪及于高某受责匪浅矣。"刘小姐听了高公子负约之言，怒目而视，曰："公子乃负盟若此，奴非败柳残花，以附攀公子者。在双锁山比武招亲对敌为盟，胜奴者同订婚姻之约，前两月已经定约联盟。今日奉父命来寿州城，一者立微功于圣上，以退余鸿。二来践此盟约，是奉父命而践缘于公子，非奴专于儿女私情也。今公子负心出此无情之语，是亦何心不忖思的？"当时太祖听了两言，尽晓二美少年之意，笑言曰："甥妇二人休得多言驳论，朕是明白其中隐情，御甥果与甥妇订姻盟于先。只忧有私订婚姻之嫌，未知父母执拗否；又似乎阵上招婚于旧敌之女，有干国法。今朕做主，于两嫌之事，俱皆免究。且御甥得甥妇先有救汝母之恩，今一入城又调理痊汝之久病，岂可相负他两番救命调恙之恩？朕今反要汝先拜谢于他，谢者谢他救活汝母恩人也。今败余鸿，退唐兵，又有功于寡人，甥之姻约定必撮合的，不需较言。"当日高公子原非要赖刘小姐之姻约，一时认出，只恐太祖执正国法有罪。今见太祖将他两人心事透言明，大安心了。公子含笑向小姐深深揖去，正要依命叩首，小姐双手挽扶回礼曰："哪里敢当公子大礼，为子女辈本当代劳姑嫜的。"太祖一见大喜，得他夫妻相和，两相慰谢。

当时又报到王姑与陶夫人大兵已训。太祖命他大事及众文武俱出城外迎接。大小三军纷纷进城，王姑当时与众夫妇人一进内城，殿上参见过圣上太祖，俱备赐坐，慰劳跋涉辛忙。有高君保急向母亲请安，并谢过私逃之罪。末又将比武约姻于刘小姐，原该有罪，今叩蒙御母舅将功恕罪，一一禀知。王姑初怒他私逃之咎，不免要切责他。得太祖讨情，言私逃不过为着君亲急难，当得赦免。又有李夫人等众相求饶恕，王姑怒消允免。君保又与弟君佩相见，弟兄怡怡喜悦和乐。不再烦言。

当日太祖对王姑论这刘金锭与甥儿同年、同月，正乃一对佳偶夫妻。况此女法力无边之技，以后能制余妖道者此人也。况他先有恩于御妹，后又调治了甥儿，他一心奉父命来践前日之姻约，不免选择个黄道吉日，与两人完却婚配。待彼之一力担承灭除妖道，"早日奏凯班师，是个万全之策。且高妹夫为人性直心耿，若一回来嫌他是旧敌国臣之女，执拗不允此婚，岂不有负此女恩情，朕心也不安，御妹以为何如？"王姑曰："陛下王兄所见高明，此女恩义两全，美貌超群，臣妹不胜惜爱。况具此法力可制妖道，舍此女哪人敢抵当此任？况王爷执便成性，有些少碍于理者，断不依行，万一不允其亲事，即臣妹也难主张。今趁明日上吉黄道，即要完谐花烛，臣妹感谢不尽隆恩。"太祖闻言大喜曰："足见兄妹同心。"当日传出旨意，赞礼官预备停妥，赐宴合卺。当日王姑母子又问及起高王爷被妖道拿去，反投了南唐来骂辱君主，未知果确有此事否？太祖曰："果然妹丈被擒后即领兵来城下骂战，初时朕也恼他无智量。既被擒去，即贪生畏死投降了则已，何可反戈来骂朕？后得军师解说，言王爷是忠心耿汉，岂有此事？必受妖道暗算。想此猜甚明，汝母子不需以此事狐疑也。"王姑母子方安，又谢太祖恩量。次日音乐齐鸣，内外庆闹食喜酒，是晚送归洞房。有数言为证：

两个新人，原是旧人，本各路熟，自然驾去轻车；巫峡游重，总属荐来旧梦；花心再破，无复血染猩猩；暮雨仍行，可记云浓片在。

当晚二人是奉旨完婚，自然比前日暗里寻盟，倍加欢娱遂志，不言可知。但高公子因在圣上跟前不肯直认一心订盟招婚，犹恐小姐怪他薄幸不情，暗中说明心志，实惧畏圣上见罪，是以诈言耳。小姐闻此话释心不较，一夜谈情不尽，更感圣上用情主婚，得遂我两人之愿，誓以死报国恩，言言语语不觉五更之初。夫妻早起梳洗毕，先上殿，叩谢君王之恩，再回拜见母王姑请安。王姑心花大开，得见夫妇和谐。王姑曰："今得儿媳成双，皆王兄舅主持，是最大王恩浩荡，儿媳须当念之。娘今到来，仍未实知汝父王爷实迹，心有不安。明日出阵，定必与南唐拼个高低，打听真汝父降叛是否？方见分明也。"君保曰："一入城正要问及父王事惰，不意是日到关，即一病昏沉不起，人事不知，尽服太医药罔效，若非得母灵丹，儿只忧一命难痊。"

住语母子婆媳言谈。却言当初郑印一回城，太祖即令他各路运粮，此日解粮回。陶夫人见儿到关大悦。太祖吩咐印。"御侄路途解粮艰辛，且往后营闲息三天，再出听令。"郑印谢过主上，母子是夜又有一番言谈。次日太祖见粮草齐备，兵将云集，各女将分队伍出敌。两军对阵，杀得唐兵屡败。余鸿出阵，妖术皆为刘小姐所破，比不得当初刻日之间生擒宋将十三员，今逢了敌手，连败数阵，弄得无计可施。此回南唐主见余军师数败于女将之手，则视他如冰山一般，未免颜色上减了三分，有些轻慢，不似当初敬重。且唐主屡以怨言要激着余鸿，要他出个棘手的计谋，以胜宋师，免得将来丧败，金陵一郡危矣。当时余鸿忖知唐主之意，奏言："胜败无常，我主何须畏惧，山人千年苦修，难道败于阴人之手？不若再将前谋用去，弄得他君要仇臣，妻要仇夫，子要仇父，惑乱彼一番。然后趁他内乱，便得一鼓而擒矣。我主何须多虑。"唐主曰："孤一隅土宇，全仗军师一人破敌以拒宋人，既有妙谋，早为调度，以解孤忧怀。"余鸿曰："明日须当如此作用，管教宋兵猛勇女将皆可收除了。"不知次日余鸿用计，胜得宋人否？且看下回分解。

第二十一回

余军师再演迷符　高藩王覆被拘役

诗曰：

> 忠良中术作奸臣，幸有媳妇识缘因。
> 妖道逆天开杀戒，他年身首两为分。

却言余鸿当日领了唐主之命，要出个奇谋以败宋师。但想刘金锭法力不下于己，况他众将兵个个英勇无敌，以兵力交锋固弱于宋，以法术赛斗只得其平，似此难胜。不若再弄法符，拘役高怀德去讨战，以惑乱其军心。待他君臣、父子、夫妻自相残害一番，乃亦他损我益之事。主意一定，重施符咒，将高王爷对面一喷，高王心一迷，一事不醒，只依着妖道之令，带兵五千直跑至寿州城外骂战。宋太祖听报，复惊骇急上城楼，与王姑、君保同看，果见高王爷在城下，有唐兵数千，手指城上耀武扬威。王姑恼得白面泛出青红，气得手足冰冷。君保见了心惊惶惶，不意吾父如此糊涂。王姑曰："丈夫如此无礼，待臣妹拿他回来待罪。"太祖曰："朕思妹丈平日忠良一柱，青天可表，今如此反目抑或贪生畏死，定然被妖道来算计，但纵使不念君臣之义，亦当还念夫妻、父子之恩。今御妹、贤甥，正宜同出城外，以情理开导劝之，倘能触悟回感复归，亦未可知。若仍怙恶不悛改，亦只许生擒，不许汝母子伤杀，犹恐别有计谋，便屈害了妹丈。"

当时母子领旨，并辔直出城外。高王爷排开五千唐兵，只大呼喊战不已，将宋太祖哮咆大骂。王姑一见两泪交流，呼唤："王爷何故作此背主投敌之事？且回城与妻子在驾前同求圣上赦此重逆大罪，或圣上念着手足君臣椒房之谊，可以准佑赦我们。"言未毕，不知王爷何故，妻子也不相认，大喝一声："泼妇哪里来的？"一枪刺去，王姑一闪，枪已落空。王姑长叹一声曰："王爷汝乃一顶天立地大英雄，立下多少汗马之功，今日背君投敌，妻子不相认，何以一旦改变心肠妄为若此？独不顾名秽千秋乎？又不思少年时，落魄孤身失路，托足无门，一身漂泊，如水面浮萍。一遇吾兄一心结识，不以贫贱为嫌，遂将妾联成姻眷，又迎接汝母到府，同享荣华。后又因周世宗要征伐刘崇，王爷又要逞雄强出头，贪图挂帅，岂料世宗念着旧仇杀其父亲，反要将夫君治罪正法，幸得我兄一力保免，多方调护，方得保首领归家。及至我兄接彻江山，即推心置腹，封汝为一家王位。似此皇恩浩荡，哪有些少不周之处？今既被生擒去，还作己之无能，首宜日计脱身，复回故国，以图君臣复聚。次则见危以受命，效忠节臣。为妻自愿空房自守，各尽其心。哪有一败被擒，即日投降于敌人，反来倒戈骂主，此乃禽畜之类也。夫君还有何面目于世。"不料高王被妖道灵符所迷，心不醒悟，魂魄不齐。哪里听得出良言劝解？又有高分子亦早下马于远地跪下，在父王对面呼哀不止，恳他听信劝言。岂知王爷不独不从苦谏，复一枪照王姑面上刺来。王姑只得大刀撇开。王姑见他恶狠狠不少念夫妻之情，长枪刺上，似真仇敌一般。心中又恼又恨，只得举刀杀将起来，大战有二十合。原来高怀德乃左天蓬将军降世，天生神勇，王姑那里抵挡得他枪法？君保在旁见母力懈，犹恐有失，只得拍马上前，助着母亲。但一个是父，一个是母，岂得作为执敌帮助？只得依着太祖的生擒之旨。那高王被妖符所迷，并不知枪法，只顾乱刺枪无路数。是以一刻被母子生擒过马，押送入城。王姑母子将唐兵一路杀散，走回唐营报知。

只言宋兵将高王捆绑下，见了太祖尚不醒悟，不知见礼，只是咆哮大呼骂不止。有两旁文武官员，见王爷如此，皆来相劝，曰："若得王爷回心念主，下官等愿以死谏，力保无罪，定乞赦免。"当时高王两目圆睁，只顾辱骂不已，激恼得众将文武尽皆含怒。不知他是被妖道灵符迷了真性，魂魄不附的。以后无一人哓舌，当时宋太祖也觉得心烦意乱，闷闷不语，尚不明他心迹如何，对众文武曰："观御妹丈所为，倘若放他缚绑，必然动手，有伤于朕。他是臣，朕是君，固不可以为训。今一旦将他正了国法，又是有伤王姑母子之心，难以为情，似此如何处置？"有廷臣拟得国法曰："一人背主九族当诛，今圣上不罪及妻孥，只将他一人正法，是天大隆恩也。况大义灭亲，周公是大圣人作用，今王姑母子又非可以主持者。他乃一逆乱之臣，即死亦怨不得妻儿之难保也。"有王姑母子闻此立法之森严，一惊不小，不觉跪在当中，于君前哭泣起来。太祖亦惨然垂泪。曰："汝母子不必悲哀，朕仍念着汝母子姑媳功劳。手足之亲，少不免枉法从宽。将御妹夫割了足跟，只令他艰于走动，免至为国家之患即休矣。或长禁守之。"高公子含泪谢恩。曰："得陛下如此汪洋圣度，减法从宽，小甥儿百世报不尽王恩也。"

当时王姑母子不胜肝肠欲断，此日刘金锭在后堂一听婆婆母子擒捉了王爷公公回城，一出来正要劝解，又闻圣上要将他斩正国法。吓惊不小，赶急跑上殿，见过太祖，问及情由。王姑将王爷变心昏迷不悟，不受劝谏，又得圣上恩赦免死。负此通天大罪，有何面目立于人世？是何高门之不幸，作此恶孽之报也。说完悲泪不已。刘小姐听此酸心之语，也下泪纷纷，只得上前下礼王爷公公，王爷只是双目呆呆瞪定不顾。小姐见他诧异，又将王爷双目细看，只见他目睛青或黄数色不定。即曰："不好了。"太祖王姑忙问其故？金锭曰："臣媳来迟，几乎中着妖道狠毒之谋。"太祖王姑惊问之曰："难道他假高王不成？"小姐曰："人非假的，且受了妖道符章迷却真性。王爷的真魂离了人身，魄不守本舍，一时性乱心迷耳。他发髻上定有迷魂符，是至王爷迷失本真。"君保曰："如此即要找的。"跑上前将王爷金冠除下，不想王爷发际上露出一幅三角黄纸，绕结于髻上。母子摘取下拆开，一黄纸朱砂符书落下。即忙呈上，宋太祖骇异，即接上观看，但见笔书得左右奇离一朱砂符。不知其中作何使用，至令御妹丈如此昏迷糊乱，遂越思越恼，想见妖道恶毒。恨曰："好狠辣妖道！险些砍我朕的擎天栋柱。真令寡人气杀也。"随将此符付回金锭。太祖又问："甥媳用何术破此符，以救御妹丈？"刘小姐曰："不需用法力破其符，今将符除下，王爷公公自得复苏回醒了，定回元神，一无所恙。倘要他速醒悟，将符用火焚化过，将净水调化开，与公公吸饮下，不一刻已苏醒的，更是快速。"

那公子闻言即刻取来火，将符焚化了。但当初取下符时，只见高王一交仆跌于地。原来高王向借此符差遣，方能走动得身躯。故将符一去，即仆跌于地中，如睡去一般，鼻息呼呼响闻，直待王姑母子将符焚化，用水开溶滤入王爷喉中，又有刘小姐在旁念咒真言，以待王爷魂魄早回本体。不一刻只见高王一伸一缩，刘金锭即令公子急解公公绑缚索子。只有宋太祖尚觉惧怯，犹恐他苏回难制，有伤朕躬及众人。刘小姐上奏曰："今不比符迷时，断无妨了。倘王爷公公魂魄归元，自然心明性定矣。非比当初被符迷失却本命真魂，是至糊涂不分好歹。"当时君保急将父王绳缚松下。高王须臾之间似乎大睡初醒一般，双手将二目揉擦，即从地下挺然立起，觉得浑身汗下。举目两旁一观，只见太祖及众文武男女将士皆立于帅堂，至太祖离位起立，无一人下座的。看此不胜大异，又不明其故，不知何日到此？一心狐疑不定，正要开言动问情由。王姑一见丈夫苏醒了，触起方才一时要正国法，不觉两泪交流，曰："王爷险些一命归阴，不打紧的。惟得臭名难免种播于千秋，复罪及满门，今先于圣上驾前请谢过背逆重罪。待妾再说明汝之行为，只忧气恼汝也。"当日高王爷听了不胜骇异，大惊不明所由，只得依着王姑之言，向太祖跟前下跪。不知太祖有何言语为词，且看下回便知分解。

第二十二回

破迷符高王请罪　斗法术余鸿败奔

诗曰：

一遇法门便屡败，逆天祸出早当解。
如何险里幸偷生，复尔不忘此杀戒。

当下高王闻妻王姑言来，一心未明过处，正是茫然惶恐，只得跪于太祖驾前。王姑将前事说未完，心已酸了，切切中喉咙已咽不能复语。那君保急上前见父，将他投降了南唐，来城下讨战骂君前事，一一说明。高王闻此骇异事，一刻惊得面如土色，下跪不起。从只求圣上开刀正法，以免于国法有干，按大逆背伦大罪，奚过于此？那太祖也触动起前情，不觉目中泪下，御手扶起，曰："此是妖道所作弄邪术，以至妹丈受此毒陷。怎能怪责以执罪？只险些妹丈一命被伤，折去朕之手足栋梁也。今幸天佑，复得君臣一家，正为不幸中之幸矣。"扶起赐座，高王谢主下坐。又向王姑慰劳一番，当此夫妻见礼。随后李夫人等次第拜见。及见众夫人俱在，问及起，方知再回朝取救兵解围来。后君保、君佩、子侄叩拜见。又有刘媳妇一节之事，王爷方明白了儿子招婚是北汉宗室，以敌人之女，安可婚配？又乃自主不禀命双亲。正要切责君保，宋太祖曰："若非此女到来助力，妹丈焉得今日君臣、父子、弟兄、夫妇满门完聚，此皆甥妇之功力。有裨于国，又有恩德于汝父子夫妻也。况朕得他功恩两全，主赐为婚。并非御甥自主以咎错之。即皇姑已同意配匹，妹丈无多追执矣。"当时皇姑又将被妖道飞刀所伤，得刘媳妇灵丹救解之事说了："是此女素有恩于我家门也。况具此法力高强，为邦家之一助。"高王听君妻之言有理，只化怒为欢。

当晚太祖吩咐赐宴，与妹丈一家重逢作贺。喜酒饮半酣之际，高王曰："余妖道几乎将吾性命了决，但一死何足惜吝，独可恨将臣一生忠义之名化为万年遗臭之行，真与这妖道有渊海深仇。且众将被他所擒，幸尚未伤其性命。待臣明日出敌，定与妖道拼个死生，手刃此妖方泄心头之愤。"有刘金锭上奏阶下："公公，此妖道非可以力胜之，座中除却汝南王一人可避他妖术耳，今公公出敌无补，反受妖术所损。不免明日待臣媳出马，与公公复此深仇。或藉圣上洪福，得除妖道可知。况我翁被妖道符迷真性以来，元神未复，今难苏悟。尚需养息一旬十天，方得安宁如旧也。祈公公准依媳妇所请。"太祖闻说，深为赞同："贤甥媳高见可准依，明日着令代翁出敌，以除妖道。"是夜酒至三巡，更深方散筵席，各各谢过王恩而退。是夜高王夫妻父子一门许多叙话，乃非正传，不须多述。

次日刘金锭领旨出敌，戎装上马，高王爷发兵一万二千五百与之。再说上日高王爷被擒回，王姑母子杀败唐兵，有败残的人报知唐主。问及军师，有余鸿对曰："料高怀德被拿回，真魂未复，乃一呆废人耳。宋太祖定然恼恨他背主忘君，必然执杀。一来大宋了决一员上将，二来罪及妻孥子媳。若除了刘金锭一人，由他兵雄将勇不足惧也。"不意次日，饭后有军兵入报言，宋女将刘金锭讨战，点名要国师出马。唐主闻报一惊，即余鸿也是不能测。我想来难道高怀德被擒回，被这贱丫头殒退此符不成？想来实是怒气不息，切齿大恨，只得辞过唐王，踏上吊睛黄虎，持过茶条杖，带兵一万冲出城来，与刘金锭对阵。混杀一场，未分胜负。余鸿想来此丫头法术神妙，不如先下手为强。将脚连退了数步，取出一个小小葫芦，念咒有词，一刻间葫芦口飞出一颗小星鸟，飞上云端，忽化成满天烈火，如浮云千百段一般，向宋阵上乘狂风烧来。刘金锭一见，冷笑曰："金木水火土五行浅法，乃道教中初技，汝不须在班门弄斧了。"即拔出宝剑一指，对北方念咒，一刻即狂风大起，反将满天烈火向回唐阵上吹打去，吓得唐兵起散奔逃。余鸿一见，急收回火阵，心头愤怒。取出神刀，向空中一抛，化作千千万万刀，斩向宋阵来，如飞一般。刘金锭也将宝剑向高空祭起，亦化成万万千千，满天金光灿灿，刀锐利，剑锋芒，赛斗在当空，早将神刀打下地中。只见刘金锭将手一招，其宝剑依然收回。当时余鸿怒声如雷，大喝："贱丫头，汝破山人的神刀。"言毕，即将茶条杖飞起，只见此杖，一刻化作千百万蜈蚣虫，纷纷飞扑向宋阵上来咬嚼。那宋兵大惶，正要逃走，刘金锭见了，急取出念珠一串，向着蜈蚣虫一抛去，念咒真言，顷刻间化作一长蛟龙有数十丈，早将蜈蚣虫乘风吞吸尽，不见一虫，其茶条杖已跌下尘埃。

当日余鸿见诸般法宝，皆为刘金锭所破。思想还有一神仙厉害法宝，乃系赤眉大仙镇山之宝贝。原不得轻用的，今逢此敌手，顾不得不开杀戒了。此宝物名为百炼化血金钟，一祭起盖下来，不论仙凡一刹之间化为浓血，一尸不全。当时余鸿见胜不得刘金锭，今用此狠烈物，一心弄死他。顾不得师父嘱咐他勿开杀戒之言，只要唐主敬重，显彼一人之法力耳。当日一祭起金钟，有霞光万道，在空中滚滚旋转，正向刘金锭顶门落将下来。当此刘金锭早知此物非凡厉害，只得取出圣母所赠日月镇妖球，一抛起红光闪焰，将此化血金钟托住，不得落下来，二宝各有霞光冲射，真乃好看。余鸿暗想好厉害丫头，又有此宝贝托住金钟，伤彼不得，算来无别物除此丫头矣。二宝物在半空中旋舞，俱不落下来。余鸿只得念诀伸手一招，回收归香囊中。刘小姐也收回日月球。余鸿想来诸般法物不能胜此丫头，即五行外法只用来无济，倒不如趁此未败，带兵逃走了。正喝令兵丁退后，他即驱虎力相转而去。

岂知刘小姐领旨，一心擒拿余鸿，与公公复仇消恨，二者可除国家祸患。今见彼不战而逃，口中咒念真言，用真昧火连烧请神符三道催速，忽然天上降下四大尊神，赤鬓红髭，一执金鞭，一持大戟，一携金钟，一提大斧，立向佳人候旨。刘金锭曰："有劳四大圣尊神，今有南唐主不顺真命应运之君，抗拒王师，又收录截教道人余鸿，不从师命，逆天而行，以假灭真，该得打落酆都之罪，已经奔逃往东南方。今着四大尊神往擒拿他，除此妖道，以待圣王早日旋师，以安抚天下。"有四神圣，领了法旨，如飞电一般向东南角追赶上，将余道人四方围困住。当时余鸿见脚力金睛虎咆哮不走，已知有险阻，只开慧目一观，只见左青龙，右白虎，前豹尾，后黄旗，只见四大金甲尊神怒目而视，皆持兵刃相向。余道人大惊，恐难以脱身，早知天命难违，何必逞才能，开杀戒，至有今日不免，倒是弄巧反拙也。只得下气向四神圣浼求曰："山人此来，原奉师命以困宋主，罚他屈杀功臣之过，又许唐分以金陵一隅土地耳。今战争并未伤害宋将一人，只思困住太祖，许唐一隅地不受制，即放还宋将了。今既动了尊神之怒，山人自今回山再潜修，不理中天杀戒。恳望尊神念着吾之师尊赤眉老祖情面，放脱山人回去如何？"四圣怒曰："尔师不过因宋王屈杀功臣，令汝困他以警罪之。今尔不依师命，妄贪俗情富贵，立心开杀戒，动了好胜之心，犯着皈依之戒。虽不伤将，也损兵不下百万生灵，已撄上天之怒。宋乃应运，唐乃偏安裔土耳。今又助逆祸顺，不思早日回头。今立身于败亡穷迫，始来摇尾乞怜。今日本神奉着正法差遣，只知依法旨所敕办。断不徇私以容邪魔于世，定必打汝落酆都。"

余鸿一闻此，一心大惧。自想今番难以逃脱了，一时悔恨不已。

想来又恨师父打发吾下山，倾废我千百年苦修之功也。正在烦恼，忽然醒悟起奉赤眉祖下山之时，付下一小旗法物。教我若遇凶恶煞神，方可用着。今日刘金锭请来四位凶神，如此穷逼，岂非用着此宝方能制之。即忙忙取出一面小旗，信手展开。只见金光万道射目，当时四神圣立定敛威，收回兵又不发出。一刻之间，已高驾祥云若飞电一般回天去了。余鸿方才放心，但不知他此轴旗是何宝贝，能退去四位尊神。且看下回便知分解。

第二十三回

因败北唐主灰心　被讥消余鸿演术

诗曰：

　　正人不作暗中谋，妖道逆天有近忧。
　　每眼世间存此教，至今追论嫉如仇。

当时余鸿将小旗展开，四神圣一刻升天回位而去。但此旗非能制四神，只因其中有一尊神像名为斗风，此神圣专管一众天兵天将，是以诸神一见即刻飚避去。故今余鸿得此宝旗，方得脱身，复借土遁而奔，不顾手下二万兵丁。当时刘金锭一见四尊神避着余鸿小旗退去，正是目击成功在即，不料他偏有此解脱之物，此乃宋之君臣灾殃未该除满之日。当时无可奈何，将唐兵大杀一阵，收兵复入城中，见却太祖、公公，又细将战法之事一一陈明，大为惜恨。当日刘金锭又以收除余鸿不遂，心下不安，未知祸患何时得止，不觉默默不言，无心吃此贺功得胜之宴。宋太祖乃明白天子，聪慧之君，早已看出佳人不悦，只好言慰安之，反赐御酒与贺功，以表奖其胜敌之能。高王一门喜悦，深感王上加恩。即公子见美妻有此法力奇能，为当今所表奖，暗暗称快，深服其妻也。住语宋主贺战功。再说余鸿败走借土遁奔回。

唐主当日闻军师又败于宋女将之手，遂心灰惊惧，即曰："孤今知道法术之不可恃也，今若此屡败，须少折将也损兵，不若拜本称臣，遂不失南面一隅之土宇；何不下人为之退步，遂使荷戈赤子，为枵残沟中之骨，孤岂忍心乎？折人妻、孤人子，皆孤之罪过良深。此后请军师勿言个战字、守字，以祸孤国为幸了。"当时余鸿被唐主抢白他一番，觉得汗颜无地。想当初自己恃着法力一肩担，唆教唐主勿称臣于宋，果初时屡胜。今一遇女佳人劲敌，倘即罢手，有何面目回见师尊？即负愧言曰："我主何须匆忙，勿以一败灰心。余思刘金锭是厉害，山人敌于彼，亦不能奈我何。待山人出一狠毒奇术以绝此丫头之命，但山人受师法戒，不许妄动伤生，方得功成正果。今刘金锭如此法力多般，与山人作尽对头，不由人不大忿，定然出此狠术以了决之。但此绝恶行凶之事，山人只可惜弃却千年修炼之功，一旦付诸流水矣。皆因承千岁眷注大恩，托以三军之大任，故不得不为此绝计耳。此事非兆山人之福，在千岁当知吾一片之苦心忠于汝大唐社稷，即九死而无所憾恨也。"当时又有众唐将罗英、程于虎、王元际、李晖虎、朱修明、林文貌一班武将，人人尽是英雄，奏请："我主不可灰心称臣于宋，况我兵尚有百万之众，武将如云，岂弱于赵宋？今刘氏女虽称法术之能，不过与军师是个对手，岂可因一败以臣服之？"当日唐主初时因余鸿又阵上败回，故出此丧气言语，以讥诮之，岂即欲屈膝于宋，及至诸将认以为真，多言谏止，自然顺着准奏，拂袖驾退散朝。

到次日，众文武臣多往余军师帐下，请军师定必演个狠法术、妙计谋，以除宋女将。余军师听众将同齐劝勉之言，不觉长叹一声："也罢，山人只预得千年道炼倾消，也悔恨不得了。"未几排上香，注上明灯四十九盏于当空，即穿上道服恭身下跪，祷告一番，咒念真言，筮下一卦，占上刘金锭年、月、日、时在于某某往生。须臾占出三爻已准，又观其本命星，乃上界天魔女转世临凡，故有此等法力，想来非此狠毒计谋，断不能收除他。当日静中绘下个坛台图，此去离营二十里，在清流山下有所荒芜地，名为绝流墟，正与刘金锭姓有忌犯。是日发令王元济，即曰："王将军可带领五百军人，前往此地，用竹木筑成一个高坛，照此绘图为式，尺寸长阔皆依法度，于明日午后要作法应用，不得有误。"王元济领令去讫。军师又命李晖凤即日命人将柴草札成一女将军刘金锭形像，用生人发鬓结梳成鬙，其形身穿着真衣、响甲，准明日午后备用。又命宋继修备办下乌鸡乌犬及瓦盆二面等物，俱于午后备用。当日众将见此出军奇事，从未之见者，但一时闻令，自觉半疑半信的。惟有军中命令不敢不遵。当此众将各各分头准备去，以待军师明日所用。

　　到次日只见军师作法，唐之君臣皆来观营。有军师虔心沐浴斋戒了，果于午后众将各来缴令。候至二更时，军师更换弃服登上法坛，念诀烧焚过，邀遣灵符一道，以法驱役得一位勾魂野鬼来集坛下。是夜七月中旬，月色光辉，星明皎洁，余军师在坛上大喝："亡魂听令，可前往宋营中，将刘金锭魂魄待射箭完讫，勾摄到来，不得违令。"亡鬼领法令而去。又见军师披发跣足，手持桃木剑，在坛上摄诀，步斗持罡，向空中咒祝一番，只见女魔星莹然堕在坛台，铿铿有声，光芒散射。军师摘下女星，放在瓦击之内，复用一个苦盖着，四边外点起明灯四十九盏，悉用着宋继修备办来的乌犬乌鸡血煎熬成膏油，四围将瓦台盆口隙燃油融烛封固。又将禾秫札成刘金锭女身，用锁扣着头项，拴于坛台中，两足用钉铆下。一刻念咒，然后袖中取出一把小弓，放一箭向草人射去，止中左目。直待至五更，余鸿方下坛去。是每夜如此用其法，每夜射箭一枝，如射完七枝，是七七四十九窍，不论汝仙凡铜皮铁骨也要负伤而死。今且第一夜，妖道先向佳人的草形象，射在左目上，自然致效。亦是刘金锭灾殃当有的，正要绝此红颜。妖道以为除掉金锭，当即由吾横行天下，到处成功，心中以为得计。是日下得坛台，又向军中挑选了童子兵丁三十六甲，以充天将，屯在台上以应三十六天罡。又发出令不许俗眼一人私窥，只恐泄漏，如违令者，定斩不饶。差童子兵领令去讫。原来余鸿用来此法，乃系旁门左道，绝惨毒法。还不知女魔星降生于刘门，奉了上令佐护炎宋开基土者。今余鸿此日用着绝恶邪术，焉能绝其性命？但今被他暗中算计，亦是佳人活当有灾咎，故受折磨而苦在玉体。可见：

正是明枪容易躲，须知暗箭实难防。

住语唐营中，余妖道施法，只论刘金锭虽系法门弟子，是五行正法，呼风唤雨，喝草为兵，五雷、五遁、掩形、易体、奇能件件皆精。惟旁门左法伤生陷物，一并邪谋一毫未曾学得。今被这余鸿暗算起来，如何得知其由。是夜夫妻卧至五更初起，还未梳洗。刘小姐于半夜中觉得粉项中上下疼痛，伸缩不顺，起来时，双足硬着隐隐而痛，左目又如针刺一般，已失明不见人，颈项甚似被索拴住，心下着惊，不解其由。只得对丈夫说知异症，高公子是个恩爱的夫妻，一闻知心头着急，只思分受痛苦，又曰："想必贤妻上日一连杀敌，用力过度，劳损筋骨，如我当初入寿城见太祖一般的病症，但目得疼痛失明，此何故也？待吾禀知父王母亲。然后奏知主上，召太医院调理，自当痊瘥如旧矣。且自保重勿再劳也。"言罢，公子步出先请父母金安，随即将妻昨夜得疾之由，上禀双亲。此日高王夫妇闻媳妇染此异疾，即往奏圣上。那宋太祖一听知，龙心着急，即刻召传太医官，前往诊视六脉行药，是所必然。及至晚膳后，此夜各归安寝，各皆不提。只有公子夜眠不宁，一心忧闷美妻奇疾，不料直至五更天，又被余鸿在法坛上射了一箭，当日刘金锭卧牙床尚未起，不意右目又如左目一般痛刺，只可怜一双日月变化密密乌云。此日高公子越见惶恐切切心忙，一候大色黎明，先禀父母，即出殿奏上加疾之由。宋太祖闻奏，倍见惊骇，实无策可施。再急召大医一众十四五名，究问发药并病症之由，有众太医合奏上曰："据刘夫人所得之病，其症甚异，症患与六脉不符，然细察审脉，原及六脉调和，并无浮沉迟数，哪得有此目疾、项足疼痛之患，倘或邪妄伤害怪异之症，又非岐黄佐使之术所能疗痊也。求乞圣明睿鉴。然臣等是习岐黄俗人，只以君臣性使药饵对症行发，只今症患不符六脉，臣等于刘夫人病患，实不敢投发妄下药，求乞陛下谅情，恕臣逆旨之罪。"如今不知刘金锭被余鸿妖术害得性命如何？且看下回分解。

第二十四回

刘小姐被害中伤　苗军师观星排卜

诗曰：

逆天妖道弄真邪，术禁佳人命险毙。
七七便将尸解去，宋君恐折栋梁嗟。

当时宋太祖见众太医官不愿下药，一心倍加惶闷，又见高王爷夫妻一程来到御帐中参礼见主，问及媳妇得此奇疾怪症，好烦闷不安。太祖又将太医官皆言六脉调和，并非有疾，不敢下药言知。那高王夫妇闻此语心下倍惊。曰："可怜媳妇呻吟叫苦，不知是何怪症？今太医院又言若此，算来无救的。"言毕，王姑下泪沾襟，高王嗟叹。太祖又曰："我们须有雄兵数十万猛将不少，若非甥妇，无人可制胜这妖道，今不幸得此奇灾。病势日加，倘至不起，那再有何人代朕平服得强唐？"言罢，不觉龙目中双垂珠泪，打动得王姑夫妇倍见伤情切切。那王姑悲泪之际，一想起媳妇是个法门第子，哪有自己之病症，不明白之理？王姑说出此言，太祖及高王皆言有理。太祖即着王姑进彼卧房，问及媳妇，岂知刘小姐一被妖术所禁之，一时魄魂未全，正呻吟痛苦，乃沉沉朦胧非复如平日的明心卓见。王姑须细加察问，他竟糊涂答应，全无绪端。太祖听王姑回复知，倍加闷乱，正用人之际，不免忧形于色，坐卧不宁。

苗军师见主烦若此，即出奏曰："凡人之病必知根源，乃有治法。今御太医不识刘夫人病症，不免待臣虔卜一卦，自有应兆。我主不可过忧，有伤龙体。"太祖见奏，准命其卜，好察甥妇大限休咎。是日军师当着御前，虔心炷上名香，禀告历圣先师，占得一卦，默断一番。奏曰："无怪刘夫人得病如此怪异，察看卦象断之，乃被人暗算幽囚其病体，但以所临害之地，在东北方。想余鸿所畏害者，刘夫人一人耳。犹恐被他暗算，则刘夫人一命危矣。但卦象该得如此，但未知果准验也否？"君保急问军师料此难救，敛手待毙乎？苗军师曰："此卦只忧七天之外，恐不能逃其大数耳。"君保听言，不觉泪珠如雨，太祖亦为之惋然长叹，再问军师还有何救法？军师复对曰："今仓促难以尽知其暗陷之实，待臣今夜再观天象察星曜，可知夫人的吉凶矣。"太祖允奏。原来苗训军师善观天文，察星斗，纯精占云望气之学。佐太祖以定天下，不愧为国师之位。此夜登观星楼仰瞻万象，一派疏星，历历可祀，自戌至寅时，并不见天魔女星出现。心下着惊，嗟吁一声："刘夫人危矣。"细推测一番，遂决今被余妖人将他本命星收禁了。走下观星台，对太祖、君保言："刘夫人不独本命星明暗却，被这妖道收起了，暗中其陷害。是以受病危急如斯。似此如之奈何？"宋太祖君臣倍加惊惧的伤感。军师又曰："不苦待臣再卜一卦，看七天之内，刘夫人有救否？"王姑垂泪曰："有劳军师再决休咎。"当时苗训再占筮，得先凶后吉，六合之象。判曰："刘夫人大限固不妨了，不出三天自有高人救解其灾，且贺喜我主，复得一员上将，一两天可应矣。"

当此太祖、高王夫妇颇见心安。只有高公子虽收泪，仍是愁容默默。有王站见儿子过于忧伤，只因王姑中年只得此子，并无再有男女，爱如掌上明珠。今见他过于哀切，实怜惜之，唤他至跟前，慰曰："我儿不可过伤，有损身体。为娘半世止得汝一人为终身后嗣之靠，倘过于哀痛坏了身体，香烟之种倚向何人？虽然夫妇情深，亦当体念双亲以节悲痛也。"公子带泪诺诺连声，遵娘教训。王姑曰："军师曾言有救，先凶后吉，想必媳妇当有此飞灾。但今已大限不妨，自有高人来搭救，何须过忧。"当时宋太祖及高王夫妇少不得请求军师设个救转善谋，以破妖道收禁本命星的妖法。苗军师对曰："臣自束发受书编，只讲济世圣道之学，并未尝学得以法术杀人之技。但妖道邪术必须神仙中人乃能破之，其收禁之术，且要能人盗取其收禁本命星之物，乃能解之。臣是一凡俗之辈，怎得涉险以盗之？总之不一二天，臣料得有人来救，断非迕误也。我主且安龙心，王爷母子休疑。"当时君臣父子，只等候救搭之人。

单有高公子闻军师实断之言，回自卧房看视妻身，将军师占卜观星言知，那刘家四婢，春桃向夏莲等言知，私地曰："小姐既被妖道收禁之害，但忧者不知耳，不得原因难以见解。今军师又指出在东北方，我等何不向此方追寻，看他用何妖术收禁得小姐，或有可用力之处，于中有救未可知。"三婢皆以为然，酌议已定，于是借着小姐平日所赠的灵符，皆乘风架上云去寻觅。一出城来到唐界，向东北方上寻望，果然走上三十里，远远见一座高坛台，灯火冲天，四人催跑近，知是妖道收禁小姐之所，一同共商又借此隐形飞身而近。原来周围守坛台的童子，只是凡俗人，可以隐形瞒过。至坛上数员神将，奉符法以守高坛。况四婢女道行不甚高强的，不过平日间得小姐指教一二，仅足防身，如何闯得进坛中？众凶神不许他冲入坛来，几次却被驱逐出，四婢只得依旧回归寿州。按下慢表。

再说南唐军师见宋师一连三天不出，已知自行法术已应，只要上八天射尽暗法箭，乃能得刘金锭一命。扫除了心腹之患，敌手之人。奈南唐王李煜，不是真命应运之君，度量狭浅。前刘小姐败他数阵，伤残几名战将，恨入骨髓。但无奈何军师不能胜他。今见将此女将收禁下，正欲洗雪前损兵折将之耻，实再听不得三天五日，即欲攻城再战，余军师也阻止不得。遂点大将秦凤、薛吕、罗英、程飞虎一众，即统领大兵十余万，至寿州城外骂战。太祖、高王闻报，亦料得敌人必因刘数日不出特来索战，以探我军。但兵来将挡，不可示弱，定见个雌雄。遂差陶夫人、赵王姑、李夫人、高氏兄弟带兵出城迎敌。两军大战，杀得征尘滚滚，日色无光，各有伤损。程飞虎乃程咬金之后，一双板斧非比寻常，罗英乃罗成之后，丈八矛枪倍加厉害。即此，薛吕、秦凤皆有祖传之技勇，若非陶夫人、李夫人、赵王姑、高弟兄一班男女猛将，决不能抵敌。有余军师在后军，冷笑出而言曰："尔们休逞强，尔之女法师尚被山人收禁了，不久归阴，尔等要做第二名刘金锭不成？"有高君保闻言大恼，奋力杀退程飞虎，心中大怒，火上添油，正是仇人见面，分外眼明。长枪狠狠刺去，余鸿的茶条杖招挡不住，自知难敌君保猛勇，倒退虎力十余步，口念真言，一刻狂风大作，走石飞沙，将宋兵打退。幸得公子有刘妻符护，飞沙巨石打来不沾身，仍将唐兵大杀挑翻千余。其余将皆奔走回，高王爷在城楼见妖道用法厉害，忧多伤军兵，即忙鸣金收军。公子闻鸣金，只得舍唐兵不追杀，扭回马进入城中。此日唐人得胜，复将寿州城重重围困住，多添兵将，比前困倍加厉害。太祖忧虑心烦。高王爷分发将令，四门严加把守，日夜亲身巡逻保护此城，免惊圣主。

　　是日苗军师占算定刘金锭来天有高人到城解厄，五少阴将会合之期不远，但机会不可错过此日。奏闻圣上，要求暂掌帅印令符半天之久，待臣着令三少将往各方，自得五阴集会齐，可合破妖道也。宋太祖曰："前者陈抟祖有书相赠，说出五阴破阳指示，朕故特召取王姑等到来，以应其言，后又有刘女来破敌。今又有何五阴可来助的？"军师曰："原有五少阴，非今之五老阴，但天机难以妄泄。只求陛下王爷暂交印令于臣，自当有策划也。"太祖听了，只得准依。有高王此日将帅印、令符一并交付军师。有苗训即日升坐帅堂,众将重新打拱参见毕,军师拨令一枝,命高君佩听令:"要混入双龙镇,暗带火箭,于来夜初更后,射入南唐屯粮之所,绝他兵饷,不得有违。"君佩辞曰:"闻双龙内地有郁将军慎于把守,犹恐末将无能,有误军机,求军师另差别能。"军师赞曰:"少年足见老成、谨慎,直往放心,功必成,吾有锦囊一书交付,待至八月中旬,见了汝南王,始可与他观看,自有奇遇。包汝一生恩记吾苗某也。"微笑又命:"郑印往石州山后,借请助兵,只宜一往,不宜再行。"二将领令,分途去讫。军师下了帅堂,交还令符与高王,不知高、郑两人奉军师令,得何所遇?下回分解。

第二十五回

恩爱夫妻忧永别　情深师弟勉分离

诗曰：

　　寻常结缔且难离，况复恩妻逝可悲。
　　相慰劝酬皆决烈，永分何以慰相思。

　　住语高君佩、郑印两人分途公办，暂为按下，末文自有交代。惟南唐自得胜之后，见刘金锭不能出敌，唐主以为大宋君臣是釜中之鱼了，故催迫余军师连天带兵骂战。宋太祖心忧如焚，只恐唐兵大集，今深入其疆土，打破寿州，君臣危矣。今刘甥媳又罹此飞灾，何人可拒妖道？正在龙心纳闷不安，苗军师、高王爷不时安慰，言城池坚固，断不能移动。高王又曰："得将士当心保守，不惜辛劳，足见我主君臣一心一德，南唐一隅之地，岂能为我宋害，即兵围城，不过藉妖道一人之法术耳。他逆天叛理，岂能长久乎？"军师曰："王爷明见不差，南唐不过化外偏邦，岂吾大宋并驾？且待刘夫人明日灾星一退，五阴会集之期不远，那妖道高飞远走，难逃五雷显诛。我主龙心且安。"当时宋太祖闻高怀德、苗军师安慰之言，龙心暂安。

只有唐主果然添兵遣，不分昼夜，攻打四城甚急。城中守具亦甚备，灰石堆积如山埠，羽箭滚木如林。高王爷发令："陶夫人保西城，偏将十员协同督兵。又有兵三万，多备弓矢、灰石、火种。赵王姑保守北门，偏将十员，精兵三万，日夜当心。李夫人保守东城门，偏将十员，精兵三万，小心巡逻。余夫人保守南城门，偏将十员，精兵三万，紧守不离。"当时王爷见圣上惊扰，故四门令四女将，并多添将兵把守，不容唐兵近薄城下攻击。唐兵一来攻打，城上弓矢、灰石、滚木齐下，唐兵反折损太多也。

且慢表。再说刘小姐四婢环此夜出寿州，往探听余妖道收禁小姐之法坛，不料来至法坛，已被凶恶神守法台，不得入，几次倒退出。只得一路回城中，即将果然寻着妖道收禁法台，但被神将阻止不得进入，一一禀知高公子。有君保闻此实事，果被妖道暗算，正乃惨上加惨。眼看着一对鱼水夫妻，只恐要永诀别离，苦切处此夜何曾合眼。捱至四更天，只思想军师之言，三天之内，自有高人来救搭。据他卜筮来如此，但未知准验也否。又思方与四婢环之言，果见恩妻被妖禁病法术收本命星，终难有命，教吾怎忍恩妻受此暗害，况死得如此惨伤。

有刘小姐病中醒来，侧耳听公子自言自语，说此伤心话。即含泪呼声："公子，不可过伤有损贵体。妾多蒙圣母指点，得配好姻缘，圣上荣赐花烛，指望早日平定南唐，同归宋土，夫妻白首齐眉。不料被此妖道毒算，数日夫妻一旦分离，未免不无遗恨，实妾之命薄好比秋云耳。"高公子闻言带泪曰："恩妻倘有不测，吾与妖道断不两立，不是他死，定然我亡。只可惜并未一兄两弟以继后嗣宗枝，但父王母亲怎舍抛弃，为至恨也。"刘金锭下泪沾襟曰："丈夫岂可为妾身以弃双亲，但妾既不能事君父以终，是入不忠不孝之论，且不能见老父一面，心实有不安。倘妾有不测，只求丈夫班师回归之日，恳祈顺道说知吾父，代妾一言，恕我不能忠孝两全。好言安慰老人，以免因妾早逝过哀。至于刘门不祚，并无一兄、一妹以事奉高年。日后还求念着数月夫妇之情，照管妾老父一二，即妾在地府中瞑目，感君高情也。再者妾死之后，至嘱丈夫万勿因妾轻出与妖道争战，他有法术异宝伤人，非仙莫能救。妾还有破术图一幅，君可常常挂在甲怀中，以防妖法侵害。"言毕，命众婢于香囊取出此图，公子痛哭接受。又曰："愚夫不过念看双亲罔报之恩，不然决不令我恩妻独行于地府也，倘有鼓盆之日，小生誓不再续弦音，以报恩妻之遗爱我也。至于汝父令尊公泰山处，我自必待之如父，倘若得胜班师，必定过敬请归王府侍奉以终天年，尽却半子之恩，不须我妻挂念。"公子语毕，倍觉惨然，夫妇泪目汪汪。刘小姐闻丈夫说到不再娶之言，但想数月夫妻又未有孕嗣，岂可不再整珠弦，而乏高氏香烟。复曲陈谏道一番，公子只含泪光从，正欲复有所说，已是时交五鼓，眼看着又见妻一刻昏乱起来，想必又是余妖道下毒手之时了。那公子抱持着哀哀的痛哭，又无别方可救。四婢环也是一般嗟切。

公子想来军师卦上言三天之内，自有高人来搭救。按占卜寸，明日是第三天，三天之内岂不应于明日？但妻被妖毒陷害狠烈，倘若再迟三两天，岂不应了军师前卜之卦，不出七天之外，我恩妻一命难留于世了。教我君保怎肯独生？哭得倍加悲惨。四丫环见公子悲切过恸，皆言公子深于情种，与小姐真乃在天为鸳鸯鸟，在地为连理枝，在水为比目鱼，情好者比别人夫妻常的恩爱迥异。当日公子哭之切，四婢常安慰之，且按下慢表。

再说刘佳人初得此疾，梨山圣母已知金锭爱徒为余鸿用邪术所害，正欲即要下山搭救，一掐指算来，黄花山黄石公之门徒乃豹尾星名冯茂，乃宋上夫夫冯益之子，亦当下山佐宋，当得其时。不免待此趁机会往见黄石公，待其打发冯茂下山，一来救解金锭危厄，一来助力于宋以平南唐，早日班师，以免多伤军兵性命。算定即刻驾云，一时辰之久，已至黄花山。先说这黄石公，乃神农黄帝时得道，久隐于黄花山。于秦始皇末世，汉运初兴之先，化一老以试汉张良，一连三试，其心专诚，方真曰："孺子可教。"遂尽将兵书、将略、观云望气之学授他。后张子房佐汉高祖，平秦、灭项定天下之功，不在萧何之下，皆藉黄公授的兵符所至也。

此日圣母来至洞外，只见藤绕蔓蔓，又深进处，只见黄花满布，望去朵朵怡情，方玩赏间，洞内跑出一个童子，貌虽老成，年似十一二小孩儿，身不满三尺。圣母言知要见黄仙翁。冯茂一见道姑自称梨山圣母，要见他师尊，只得入内通报。黄石公闻圣母到山，即起位出洞门相迎。两仙相揖见礼，携手并进内洞，分座。仙童献过菊英香茗。圣母将余鸿违师言开杀戒，用邪术害门徒金锭，厄危在旦夕，要求道兄差遣令徒下山，一来救解门徒危厄，二来显师门有用高徒。黄石公曰："余鸿违师，定取脱体亡尸之祸，况门徒自到山八载，武技有成，俗缘当缔，他的君臣父子领旨意者正当其时。道长仙母不来言及，山人亦欲遣他下山。今令徒金锭乃五少阴之首，岂得中却余鸿邪术之害，哪得复有佐宋之人？今迟缓不得，即着他下山便了。"圣母称谢，即告辞出山。黄石公送出洞外揖别，圣母驾云自回梨山而去。

当日黄石公唤至冯茂。曰："我徒在山八载，长成二十之年，今当下山，君父期当会合，早结良缘，以救刘女之厄。但此去必须与余鸿作对，但胜他，不可伤他性命，以至令彼师尊嗔怪，惹起风波。"冯茂领命，又称："师尊在上，弟子久在仙山八载，叨蒙化育深恩，怎忍一朝违离师颜，是永无再会之日了。"言罢不觉珠泪双流。黄仙师微笑曰："好贤徒，念念不忘沐恩，足见天性之良也。但汝仙缘无分，只合享凡尘富贵，况汝是冯门香烟之种，定必离山觅缔良缘，以待真主成功，自此乐享平宁之世矣，就此下山去吧。"冯茂只得忍泪领诺。当日黄石公复传他些法物以应敌余鸿。当此冯茂想驾云易跑路，但出敌却要用马匹，即以无脚力难行走入阵望师赐教。黄石公曰："山后一众仙禽、神兽力赛龙驹，我徒任意往取为脚力可矣。"当时黄石公引冯茂至后园，冯茂一路想来，这老师父是一奇怪仙翁，吾在仙山八九秋他不带引入此园，我从不见有此地，今方到此。言想未了，只见后洞有所园林，上书有"飞禽洞"三字。师父已驻足，念念有词，那洞门不扣自开，随了师父进入，果见有许多仙禽猛兽，皆向师徒点头，似悉参见一般。黄石公遍看，只唤了一只神鸦，吩咐曰："今命着汝跟随冯茂师兄，同佐大宋，以协助除妖，成功回来，准修炼成形，入仙班去也。"神鸦点首再三。冯茂叩辞师尊跨上。黄石公又曰："贤徒一程不可逗留，致误军机，且急救刘家女，要速往也。"冯茂依命，起乘神鸦冲霄而去。不知冯茂回寿城如何？且看下回分解。

第二十六回

破神锣余鸿大败　踩唐营冯茂立功

诗曰：

生死安排有定衡，岂能国人任移更。
五阴只合扶真主，天谴冯侯到此行。

却说冯茂乘上神鸦，不两个时辰刻已至寿州城。想来初见宋君王一功未立，自己也觉无光，何不先杀败妖道一阵，然后往见君父，方知吾之本领。主意已定，将神鸦一拍飞至唐城，举目下视，果见千军万马，阵法齐整，遂按落云头，跨神鸦飞落唐主帐中。斯时李煜正在用午膳之际，方举箸间，忽见一矮人，手执双铁尺，如方板之大，从空中滴水飞檐坠下，骑着一只五色鸦，金睛喷火。想是宋人差来做刺客，慌忙起来抛署走离座位，大呼叫救。有帐下左右军兵，急急举刀斧相向，将冯茂围住。冯茂大喝："该死的囚奴，来纳命耳！"左敌右击，铁尺发飞不住，将兵丁一刻打死百馀人，兵丁大乱，各抵拒不住，纷纷走散，逃往他营报知。李煜早已伏躲于帐后，被冯茂须臾间搜出，方欲将他一尺打死，往报军功。但他粗中有细，想来彼是一国之君，不过与我宋争雄，又不是这余妖道，且不可造次以害之。遂手执持其胸，复唬吓之，曰："少爷本欲将尔打杀不为过，只尔逆天命，以抗王师，罪所应得。然此间非疆场上，明刀明枪，只至死还不瞑目，今少爷饶汝一死，即刻辞退余妖道不用。勿为妖人所惑，以至伤害生灵。可幡然悔悟，臣服于我大宋，是知顺命智者。倘仍执迷不改悔，下次再来，决不以情面姑饶。"

说未完，余鸿已得闻报，跨飞虎催兵而入。一见大怒，将茶杖从冯茂背上而落。冯茂目明手快，侧身一手将李煜举起来，拒余鸿茶杖。余鸿急收手，不敢发，不然将唐主早已打死了。当时冯茂将唐主一撒抛，余鸿急接扶而去，命左右搀挽往后堂安歇过。余鸿将冯茂一看，见他骑坐一飞鸦，身之侏矮，不满三尺，只似十一二年的小孩一般，不觉失发笑。又大言曰："宋朝没了大将，故打发此小孩子出阵，是该当邦家亡灭的。尔这小孩子该当下礼叩首请罪，便饶恕尔幼小无知。"此语余鸿分明欺笑着冯茂身材矮短相戏谑也。冯茂亦戏耍他曰："汝乃不肖孩儿，身入妖道异端，逆天行道。为父屡屡教责，只是逆命不依从，偏要助力于伪主，以假灭真。怜悯汝父，出此等逆命不孝儿，少不免五雷轰以危为父也。"当时余鸿见冯茂渺小，视为儿戏，只消一杖可以了决短人性命。尚不知这短小人得听传教，双尺如风雨之急，余鸿茶杖一下，他左尺一挡，右尺即飞过去，反弄得余鸿招挡不及。他或左或右的急打，手一慢已被铁尺打在左肩，不独疼痛，早已跌下尘埃。冯茂正急下手落尺，正要打死妖道，除却大患，好入城报功。忽醒悟起师长吩咐之言，不可伤他性命，只得住手，实在便宜了妖道。

那余鸿被打落地中，不料跌落了当门二齿，口血漂沫。方知矮人厉害，心头大怒，将身一跻，复上虎背。冯茂一见冷笑曰："好妖道，不独跌失二齿牙，倘仍不悟，改心退回，激恼汝父，只忧一命难逃。但今仍念着汝师情面，故以汝性命作个人情，即可早日回头，归山潜修，免失同道之气。倘若留恋俗凡富贵，下次逢着，小爷爷决不相饶。"余鸿火怒冲天，大喝："短贼，今日山人不取尔狗命，誓不再称道行清高。"言罢，一茶杖打去。冯茂呵呵冷笑曰："今不打落汝齿，只取汝性命。"双尺招架，当时余鸿牙门既痛，心中恼怒，恨不得将矮子一口吞下。但见他双尺如雨点一般不能招挡，一想不妙，犹恐被他再打丑，怎见众军人。不免用神锣擒此矮贼，遂将神虎一拍，诈败奔逃。冯茂已详知其意，妖道战不过，定然用的落魂锣。吾师已早言知他用此锣捉却宋将十多员。今且依师父所传的定魂神咒无碍矣。即将火鸦一催赶上，余鸿一见大悦。暗言，今番矮贼上钩了。即取出锣连连响振不止。冯茂一路默念仙咒冲上，只诈痴呆来算计他锣。持过双尺归一手，一手取出神锤，冯茂大喝一声："妖道！尔打的锣不中听，待小爷打罢。"一神锤飞打过，叮啴响振，余鸿收锣不及，已将落魂锣打得碎烂，片片坠地。气得余鸿面赤而青，哪知矮贼具此法力，即将神锣打碎，谅别有法物，又遇一劲敌了。不可再出丑，恐复闻法轮，他遂有何面目见唐之君臣？想罢即借土遁走了。当时冯茂见妖道遁走，但想他手下兵丁无罪，不可过杀，由他散走去也。不可在此圈内久恋，且归寿州见君父，救刘氏女为急要也。即刻架起神鸦，起在云头而去。及至秦凤急召罗英等一班武将闻知，统领大兵来至银安殿，冯茂已去。

　　不表南唐。再说冯茂飞至寿州城。下云一望，只见帅堂上君父俱在，即徐徐落下飞檐上座。宋太祖见形影惊骇不已，不知是哪位上仙下凡。但见此人跑下火鸦，远远行近阶中，原是一小孩童进来。他小小少童，如何会腾云驾雾，难道是个南唐作刺客者？妖道差来算计或为内应乎？宋太祖即忙大喝："小小年纪如何又会腾云驾雾从空下来，莫非南唐差来作刺客乎？"冯茂行近阶下，跪曰："小臣非南唐奸细，乃陛下殿前臣冯益之子冯茂，黄花山黄石公门徒也。"太祖闻言，想当初冯益有独子一人，只因游猎，称说被狼虎吃去，岂知又得黄石公救上仙山学艺，又乃与郑印同一辙也。但冯益之子一去八载，几年来已是弱冠了，长成二十，缘何身体仅三尺，像一小孩子十岁之上下？又看来不觉可发一笑。当日宋太祖即询问冯茂："汝在仙山将十载，料必神仙真不食我凡间粟食乎？故令汝身形长不恢大为可惜也。但汝不归汴京城家去，反来此戎马之地，此是何因的？汝既非九尺八围之躯，迥非对垒之能，到此非汝所宜的。"冯茂曰："不瞒陛下，小臣非无能之辈⋯⋯"当时说未完，有冯益在班列中，一见儿子申奏出一段前情，急出相认，悲中继喜。当日冯益年过五旬，方幸儿子得回，舐犊私情，人人如此，还忘却儿之矮姿也。但太祖不甚喜之，是个没兴的，回身下坐不问。冯茂复奏上："奉着黄公仙师之命，下山助我主平定南唐，先已顺道入唐营，将唐主李煜捉拿下，恐吓一番，又败却余妖道，已将彼之落魂锣神锤打碎，一刻借土遁走了。"

当时宋太祖闻冯茂复奏之言，又惊、又疑、又转喜，即急急追问前情。冯茂尽将仙师教付真咒、灵符、神锤宝物来抵敌余鸿，说了一番。太祖闻奏，龙心大悦。曰："不道小卿家，人虽渺小，立功却大，大败妖道，论功可抵一侯爵。"当时父子谢恩已毕，共回私寓中。父子初逢欢聚，晚膳后秉烛夜谈不休，刺刺多语，正是夜静更深时候。冯茂忽侧耳听去，隔壁有泣哭哀声。冯茂即问及父亲此哭泣之声是何缘由。有冯益见问，长叹一声，曰："孩儿有所未知，左寓所乃高王内室，君保夫人刘金锭，被余妖道收禁本命，是用着七箭定咽喉妖法来暗算。今已三天了，无可救解。目今凶多吉少，病势转加沉重，是以合家恸泣。真乃可怜，此年少女佳人也，只可惜具此法力奇能可制余鸿，今反为余鸿妖法暗算。可恨大功未成，哲人先逝可悲耳。然军师上两天占卜言，不出三天自有高人来救搭，未知是日果到其人否？倘来迟，此女一命殒了。"冯茂曰："救搭人已是孩儿也。方才未奏知圣上，吾下山时，师父有言，刘金锭乃女魔星临凡，原奉天帝玉旨，保宋江山，岂容妖道绝他一命？该得有搭救。他师圣母日间来相见吾师，故着儿即日下山，以搭救刘女为急。但要将他妖书盗取，方可绝此妖害后患，并要盗他七宝秘书，方能救得众王侯将士被迷，要在孩儿身上担当此役。惟两盗他的妖书，方见烦难领办匪易的苦差。惟师父之言，天机不预泄，只许做来自必成功。"冯茂此夜说出此事，冯益暗中羡着儿子奇能，又得恩师点化之功也。次日早冯益急出帅堂，将儿子昨夜之言，一一奏知，太祖喜从天降，又深羡军师占卜灵验。但不知冯茂如何盗取妖书，救得刘佳人。且看下回分解。

第二十七回

乱唐城冯茂盗书　破妖坛金锭脱难

诗曰：

棋逢敌手知难着，力到穷时欲息肩。
不若名山优净乐，强如争战逆苍天。

当下宋太祖闻冯益奏知他儿子冯茂可救得刘金锭并被擒众王侯。太祖大喜，适高王父子在此闻此奏言，不胜着急的邀请冯茂，求他此夜作速往救。又有太祖曰："今急救甥媳为先，众将只因被擒已久，大限不妨，惟甥媳受苦灾，被妖道禁锢，病势已险极，御侄今夜作速依师命而行，其功非小。"冯茂领诺连声。高家一门深以为幸，第一高公子放下愁眉，又道谢军师占卜有准，果应三天内得冯公子下山而来。

是夜不过二更中，冯茂将身一扭，土道入唐城中，探出头来，只见唐帐中银灯星罗布列，灿灿光辉。唐主当中，下座余鸿并一班文武臣俱在，当时冯茂在黑暗中，遁唐主帐所，听他有何言来。惟余鸿此被冯茂杀败，自跌下落了二牙齿，日前恼恨。唐主正在帐中设酒与军师解闷，酒过数巡，便闻唐主曰："孤想来胜败无常，难必成功，心亦久欲归附赵宋，免得生民涂炭。但昨天宋之刺客，被这矮贼弄得几乎一命不保，军师又受败伤落齿，朕已恨入骨髓，此回即锯刀在头，亦断不臣服于宋。"余鸿曰："我主既有此坚心，臣诚粉身碎骨，有以图报。但臣一向虑着我主辄因小衄便而灰心，今若胆雄心壮，安见破釜沉舟，不获成于一日！况臣已定下七箭定喉书妙法，将收除刘女在即。且宋将十余员英勇，除高怀德一人走脱，别将被禁迷魂魄日深，即除灵符烧毁不能救解，除非得臣枕中七宝秘书，依法咒之，方可唤他苏醒。今暂而小挫，何足为忧？"唐主深以为然。又曰："昨日前来的矮宋将，不料他小孩子一般，看不出有此奇能，并将军师神锣打碎，法力定然厉害，以后须防备他。"余鸿曰："宋之能异人不少，臣还有几位同师得道好友，倘果穷竭难敌时，定必请他来共事，何患乎宋人强勇。"唐主闻军师言来，还有同道中之友可请来帮助，自然倍加安悦。是夜君臣畅怀叙饮，时交三鼓，须臾筵宴，料岂难再酌，唐主要安息，军师亦酩酊如泥，即在帅营中睡熟。

冯茂在堂殿中，暗地悉听明白，复遁出帐营，向东北角跑去，果见坛场中有二丈高，下面有数十童穿的是齐衰服，执的是哭丧杖，冠履皆如孝子一般。知是妖道抢来守坛以应法者。时正三更中，个个低首合眼。冯茂仗念法言，对童子面上一口吹去，悉皆昏倒在地，如死一般。冯茂即欲跨上坛中桌上，观见四位神将把守四方，貌状狞狰，犹如金刚彪汉分立坛首。冯茂不敢即进上，即咒念真言，拔出师尊桃木剑一拍大喝："何方正神，因何遵着妖道陷害奉旨佳人，以逆天心？上帝岂不嗔罚？"四位天神见冯茂遣出原始正法责他，即云："本神亦奉余道人以法旨邀差，不得不勉力遵令，原知其行之非，是左道也。今法师即有此责备，本神遵正旨归位是也。"四尊神金光一起，各归天界，渺渺潜踪。当时冯茂一见并无拦阻，踏上坛中，只见星灯光灿灿香烟霭霭，中央放列一个大盘两相苫盖，心下想来不知妖道此盆中何物，伸手正要揭开看，怎奈此苦盆上下缘口如漆胶封固着，非以手可扳揭开，思算不来，猛然见坛上放下一口剑，知是妖道的法剑。只取下来，向盆缘口一刀，霎忽铿然而开，方得注目，即有金光一阵，从盆中飞出，冲霄而去。即远盼高空，旋见女魔星焰光朗耀。冯茂方知是刘金锭本命星被收禁今已复位。又见坛正中一桌，挨壁钉一禾草女将，真衣甲、真发鬓，身披彩敞，中矢箭四枝，两目、两肩，倘中齐七枝，金锭不在七七四十九之数，已是难救了。又见桌上有书一卷，插在坛炉底，即取看，首页有五字：《七箭定喉书》。细阅来，即乃妖道计害金锭法书。方法乃是立坛高大式度及用的器皿，并列着请神咒言，但书内自首至尾，并无解救法列上。冯茂一想来，料必不用怎生解法，将草人所中之矢，四枝一连拔下，将坛中四十九灯，向草人烧焚起来，一刻间火焰烘天，红光一派。冯茂早取书剑收藏，将足一蹬，下了坛台，只见坛中众童子，眼见烧成灰烬。

　　已是四鼓时，有巡逻军一见，急入报知国师。余鸿是夜有了酒困，正在梦中才醒，方欲进坛发射，一闻军丁入报，跌足曰："不好！定然守坛童子不慎之过，弄坏事矣。"急催兵队只望将坛火扑灭，岂知坛台十烧其六七，跌蹋杉柱，神将不知何往，童子烧得腥臭满郊，只惜恨七箭喉书及宝剑烧毁了，岂知为冯茂所得。当时冯茂远远望见妖道差人来救坛上火，又要遁入他卧帐中盗取七宝秘书，又可救众王侯十二人，正尴尬他趁救火未回。想为得计，急借土遁赶奔，一到后堂余鸿卧帐前榻中，且喜案上灯光未灭，并肃净无一人，只放心持了案上灯，将他卧榻照遍，果见一漆枕箱子，即投地双足踏破烂，只为妖道以符封口，不见痕线，凡人不能开入，碎破了果有七宝秘书在内，冯茂满心喜悦揣入怀中。再寻搜进他后营，果见本宋各将十二人多在一营，呼唤之，朦懂若不苏醒，似醉如痴一般。冯茂心烦，想来一众如此，怎能一刻携救他出城，即取出七宝秘书，披展一看分明，始知要依书里先念咒言，对诸将咒诵，将他头上盔发取下符章烧化了，方能醒转。冯茂依法书咒用，果见十二人不一刻皆醒悟，冯茂即将始末一一说明。众人尽皆惊愕，互相称怪，又深恨余鸿。冯茂与众王侯即欲一同杀出冲围逃走，又忧众人初苏，神力未复，唐营猛将雄兵盛旺，难以冲出。若惊醒他，反谨守倍加，再难解脱。有史珪、石弘二人曰："不若公子先回，放下他妖书，再统大兵刻来接应，放火为号，我们乘机会杀出，方得万全之策。"众同称善。

冯茂允从，身一扭不见矮人。众人多称他奇能故救了我们，是吾等之大幸也，不然十二性命死在南唐妖道之手。当时冯茂急奔寿州，仍是四更将末，尚未转五鼓。将所为遇之事，一一奏知，太祖及高王喜未已。又见君保此夜出殿言："臣甥妻于三更残四更初，已得双目明，左右肩不见疼痛，如平日之痊愈了。正要出殿奏知，以安圣心也。"太祖闻知龙颜倍悦，曰："此皆御侄之大功力，以救回朕之功臣也。论功为元首当表之。"

当时高王即刻点集雄兵五万，众男女将尽出，单留圣上及军师守关，要救脱众将非同小故，即随冯茂引道，一路偃旗息鼓，趁月光微明，一程来至唐外城。冯茂先进入将城门大开，杀散守城军士，大兵一涌而入。当时何以攻唐外城之易，只为城里坛中失火，一众文武大小三军，皆入城内扑救。即店主也出去看救。此夕坛已烧成白地，许久方熄焰。余鸿叹恨一刻前功尽废，况又失却剑书，此后再不能行此法，长叹中垂头丧气而回。方欲进帅堂，只闻远远地喧哗喊杀声，军士奔报，外城被宋大兵攻入城池了。余鸿吓得急忙忙带同救火将兵出城外重，只见大宋旗号在城中纷纷杀出，并十二员擒禁宋将，皆上马提刀斧杀散自军。忙乱中，不明宋将一时怎得苏醒回。当此黑夜中，唐兵怯惧，不知宋军多少，四野走散，只由宋将兵纷纷奋勇杀出城去。即余妖道气愤呆呆，有法似无法了。一刻唐兵只剩百十人在近身，只得目看着由大队宋兵回寿州而去。

正在五更中，余鸿恍惚回内城，有唐主闻此变，只道宋人乘火乱来取唐城，唐主吓得慌忙不已，正在催人寻觅军师众将来护救。那余鸿面色无光而来。唐主动问，方知外城禁押宋将尽逃回。唐主倍加惊恐，只有余军师不明宋将一刻苏醒逃脱，实推测不来，呆呆不语。只有唐之武将怒声如雷，计点军兵杀死五千馀，唐主纳闷昏昏，君臣面面相觑无言，唐主半晌言："宋果也难敌，屡次将近成功，不独无功，又得复败。似此果属天命当兴，难以逆行，枉自损兵折将耳。"当时余鸿不知如何对答唐主，抑或战降如何？下回分解。

第二十八回

赏战功冯茂升王　失法宝余鸿演扇

诗曰：

千里红线一线牵，岂容更改有违天。
一双鱼水同归宋，破敌成功理并莲。

当日余鸿见唐主一番悔错怨言，心惶愧而因起猜疑，即袖占一卜，拍案曰："不好了，原来坛中失火，并后营放脱十二将，皆乃矮贼夜来作弊，既放火烧焚坛台，料必将书剑盗去。但大宋有此奇人，真乃难敌，天弃子也！惟宋十二将皆被灵符所禁锢，一刻焉能苏悟？即有兵来接应，皆是呆呆不悟醒者，怎驱之以跑回？"自言自语，只有唐主心烦，不复询问他。余鸿当此亦愈烦恼，不觉亦意冷心灰，自归营帐。思归恨杀短矮不已，他有此伎俩，岂能复立于唐以建功，倒不如早回洞中，修身养性，以免烦恼。正回帐要就枕养神，按帐下去摸不见漆枕，只地下一堆碎破打烂，急搜索宝书，已空空如也。惊骇如雷轰顶，嗟叹一声，矮贼料想吾前生与汝结下渊海深仇，至有此作尽对头。不料此七宝书覆被汝盗去，故得放脱十二宋将，今日面光扫尽，誓不与汝两立于凡世。遂不进寝，坐至天明。军中早膳已毕，发令出敌讨战。先说冯茂领高元帅令，一同杀出唐城，与众将走脱回寿州，太祖大喜。旧臣复回脱离灾难，皆冯茂功力，又救解甥媳一命。旨命史官记为首功，将侯爵又进升平南王位。茂拜谢圣主隆恩，喜洋洋，又有高王父子亲来致谢。冯茂谦逊不敢当。

宋太祖此日传命大排筵宴，一来赏贺大功，军兵夜劳，二来幸得君臣齐叙回不失一人，高琼御甥免却鼓盆之叹。是日五更天早燕，真乃庆闹乐叙开怀，大小三军皆沾御赐，欣欢雀跃，不觉酒有数巡，将近午候。即有军人入报，有余鸿城外讨战，且声声要指名冯王爷出马。冯茂听言，即停杯盏，请旨要出战。太祖曰："余鸿定因昨夜御侄破他法，盗他妖书剑，今激怒而来，必有毒算奇谋。兵法云：拼命穷寇，当避之；愤激势头，终当暂谦。不如勿应其锋为高，且待数天，甥媳健旺，然后合力灭之何难？"冯依旨。太祖复命进酒，君臣只是放怀举杯，众臣文武吃得兴致，行酒令拳枚交酬，相劝不等交杯导食。未几，小军复报上唐军师兵马攻城甚急，只声声要冯王爷出敌。冯茂再请旨令，曰："陛下旨谕勿敌忿怒穷寇，固为兵法则训。但今观之，余妖道所恃者，落魂锣、宝剑、箭耳，至于呼风唤雨倒海移山喝草成兵，五行之浅法。还有别的妖法物，小臣或藉陛下天威，且出马一阵再败妖道一番，待李煜畏服出降未可知，又免余鸿日久为患，另有他谋。求陛下准奏。"高君保在席间亦要随阵以拒妖道，太祖着准旨。两少英雄上马去讫。当时亦各各散筵席。

高、冯二将带领一万二千五百精兵一出城，冯茂拍马当先，君保押后。有冯茂只见余鸿勒骑等候，怒目圆睁，将茶杖一指，骂声："矮狗强盗，既不能明枪上阵，效着穿窬之行，以盗窃为能，但尔众将及刘金锭命不该终，故今尔侥幸成功。今不计较尔偷盗之罪，至于七箭喉书、七宝秘书，皆吾师镇洞宝贝，急当送还，如若延迟，教汝宋人皆作无头之鬼。"冯茂冷笑曰："原当休念尔师情面，且送赐还，但尔出言不逊，令人可恼！今少王不特取尔秘书，复来取尔残命，以免再逆上苍。"当时激得余鸿五内火焚，一杖当头打来，茂双尺架开，余鸿一想以力难胜，不免用宝扇伤他，将虎一扭败下，冯茂只道余鸿没了妖物数种，未必复有厉害法宝，一心要杀败他，好劝唐主，岂知余鸿尚有风火扇。原来此扇，扇山山崩，扇地地裂，扇人人成灰烬。但冯茂昨夜盗书，未曾盗得此扇，所以各物俱亡，此扇还在。当日余鸿取扇对冯茂一扇，冯茂喊声不好也，热火厉害，大喝兵丁不可进了。急拍神鸦飞走高空，仅止四丈，余鸿连连再扇，狂风猛急，身不由己，一如浮萍随风吹飘，又觉火热攻心，如醉一般不醒，只因狂风吹上九霄而去。只君保押后，见余鸿用扇吹着风火，冯茂跑上云头，正要上前接战，只见头队兵早被火害，化为飞灰，心惊不可上前，强死无益，即喝令兵丁急退避，及走入城中，只后奔者又被焚烧千余。兵败入城奏知，太祖大惊不悦。有冯益倍加烦恼，痛念孩儿被风火吹去，未知生死，终日闷愁。当时高元帅查点一万二千五百兵，伤死人千馀不表。

再说明余鸿此扇火透数里，风吹人千馀里方止，是左道法门厉害之物，惟冯茂幸得神鸦原属火鸟修炼而成，此鸦非火可坏，当展开二翅，保着冯茂顷刻千里急奔，所以冯茂得以不烧死，此神鸦之力也。当过却千馀里，扇风一息，然后坠下尘埃，已落在一所地方，乃一所庄园，适有庄丁于五更天尚未大明，信步巡视，行到冯茂身边，见一物似小孩子一般伏地，看未真大惧，意是怪物形异，急走回入报庄主。

此庄主艾姓字万青，亦是南唐臣子，他因无子嗣，是以一生平淡，不愿富贵，退步奉祀于家，单生一女，芳字银屏，年以及笄，尚未受聘，万青视之如璧，父女相依。当日有一庄丁报知，有一妖怪物死在后花园内，父女闻言，即同入园来，一看果见一孩子僵尸仆于草际，手足短小，面如枣色，乃人非妖也。父女不解此孩子何来，尚见息气如睡熟一般。艾老急命庄丁取到百草药来救灌之。冯茂吃下，顷刻苏来，抽身起，举目见一老人一少女，闻他曰："死里逢生，不来叩谢，乱忙思行不顾何也？"冯茂始醒悟起，为余鸿火扇扇到此地，定然遇他们所救。只上前询及，果然得救，急向艾老揖谢，万青又复诘茂的来因。冯茂未将姓名提出，先将与余鸿交战被风火扇败走言来，一刻女子去了，正要跨鸦走程，忽一女将满身披挂，飞马挺枪刺来。冯茂一闪，讶惊曰："方得汝们搭救，何故忽以白刃相加？"只听此女曰："父官南唐，屡闻本国军师败于汝宋人，不料是我国仇敌，奴故即回取兵刃，好为朝廷擒捉敌人。"此时冯茂方知遇了仇敌，只得拔出双尺急架长枪，杀了数十合，女将败走下，冯茂意他一闺中弱女，有什么奇能，看近赶上，只见此女抛起一条红索子，飞滚在空中如游龙一条，正举目顾盼之间，索子坠下已落在身，神魂一晕，双尺坠落，两手已被绑拴，火鸦飞起高空顾盼，似欲救之状，是神鸟性灵者。万青父女喝令庄丁押过冯茂，一刻醒悟，方知女娘厉害，自思难道方免余鸿所害，又要死在此女之手？一刻押至内堂，有万青喝令庄丁牵出斩了，冯茂一惊，又想起金木水火土五遁俱全，他要杀我，不若待彼开刀，借铁金遁去。正默念遁咒，庄丁只顾开刀，一手砍去，反一交仆跌下地，不见了矮子。万青父女一惊讶曰："有此异人。"叹惜一刻。

冯茂复从土出，急向故处拿回双尺，骑回神鸦，公然自恃本领，定必登门再战，收服此女，以报却绑拴之恨。原本万青父女眼见矮子遁去，又料得他再来抗拒。那艾小姐早在阶前放着一件宝贝，名为布地网，倘人将足一少履，任是快捷如飞者皆不能脱其索绊，当日布定妥当。忽闻有人在门首辱骂喊战，秽语加羞，艾小姐即刻启扉备战。小姐一见，冷笑曰："败军之将，岂又言勇，再来困扰，难独不畏绑拴耶？"冯茂大喝："小小贱丫头今番休思活命，不打汝为肉泥，不显少王爷本领。"艾小姐并不多言，长矛对面搠进去，冯茂双尺架在旁，小姐不再还手，只拍马反走跑入室来。冯茂一想好奇也，这小丫头正在一枪托起,并不恋战,即跑走入室中,此是何解?莫非又用此索来绊我的?吾今见索即通走,怎奈我何,今追进去有何干碍?想罢将火鸦一拍,一程跨入中堂追艾小姐,只见小姐在内堂阶上弄枪,骂声:"矮贼敢上堂大战百合乎?"冯茂喝声:"好丫头专会逃走,还夸张什么?"催火鸦一进阶下,火鸦即不能起,似有牵绊住一般,犹恐中计,拍鸦高起,果然鸦爪利锐,登脱网绊,反将冯茂一侧,火鸦脱去高飞,反将茂倾仆阶中,四下网住。火鸦在空等候。但不知冯茂性命如何?且看下回分解。

第二十九回

恃技艺冯茂遭擒　荐姻缘银屏强合

诗曰：

弹冠相庆理当然，岂料同擒继后先。
此日两雄皆一辙，前知明哲是高仙。

当下，冯茂被艾小姐令庄丁捆绑了。小姐又收抬回地网。那时冯茂方才悔恨曰："若知此女有此仙家宝贝，理不应既脱身复来讨战，至重入他的罗网。但今事已至此，悔恨之已晚，只得忍耐。"又思有以走脱之计。少刻艾家侍女捆拥他入后堂，茂挺立不言。万青喝令推过一边，对女儿曰："今将此矮贼怎生处置乃可？"艾小姐答曰："女儿细思，此矮将初时会遁脱，亦是能人，杀之诚恐再走脱去，只合明日解押入王城中。倘此人果系宋之上将，父亲受赏不少。"青曰："女儿果也高见不差。"随命庄丁收管下。用过夜膳，万青复虑今夕何以看守宋将。小姐曰："父亲不必虑着，且必设个万全之策，以收管之。"

冯茂在旁闻此语，不知他父女用着什么设法来算计。正在疑虑心忧，至更深时，此女命侍婢取出一个大布袋。冯茂意他将自己抛放入袋中，放入河水淹没死不成？但不解绑捆，即借水遁去，亦仍被解缚住，怎得别人待解索子。岂料他仍绑着放入袋中。又闻女人曰："此贼非凡，尔丫环料难看守，不若权时将他高高悬于吾卧房中正梁上，好待明天押解。"诸侍女领命，即直悬于房上正柱梁。但冯茂且喜身材渺小，袋中反觉宽大无所苦屈。在上望下，见诸侍女尽出卧房，有艾小姐一人，待卸下素妆。望视下，双莲花未及三寸，面比桃花白玉，娜娜柳腰可爱。冯茂在袋中，饱看小姐一番，在袋中呆思乐境，原乃少年心性，人人如此。不禁口出言曰："我冯茂早知如此了局，实乃军师害我性命也。"当初艾小姐只闻得冯茂言与余鸿对敌，并未说出姓名。今小姐闻袋中人说出他是冯茂姓名，心下暗惊失色，即假发怒曰："汝既是冯茂，奴闻他曾学道于黄花山，何暇来此，被人所擒，难独天下有两个冯茂不成？"袋里曰："吾乃黄石公门徒，并非两个冯茂，只算自己轻敌，故中却女娘网计，并非力不足。"艾小姐听茂言，呆想一番，不敢造次。是晚父女食酒数盅，小姐有了酒，已觉困倦，上牙床睡去。

冯茂见小姐呆想一番，不知他是何主意，当时饱看成恨，及闻他有了鼻息，忽又欲走出，无奈袋中有符咒封固，一般实不可开。一想来，口齿向袋中紧啮噬之，一刻便穿，可突出一头颅，身仍然难以遽出，又急挣裂一番，方得滚地而出，开门走脱。岂知他与艾女姻缘宿定，正合其时，故有此番遇合。行未及出庄外，想来被他擒捉出丑一场，何不将他轻薄调弄一番，结为夫妇，若得此佳人，是一生心满意足。且法门武艺之女，亦可借他相助平服南唐，岂不两全之美。彼悄悄回至小姐卧房中，行近牙床，仍听小姐徐徐鼻息。又且喜灯光未灭，一时色胆如天，将身挨上牙床，亦是两人缘缔合当。及至艾小姐醒来，酒气过多，尚还动弹不得，方知失身于矮将，正要大呼有贼，冯茂着急，伸手掩小姐桃口。又曰："小将原是黄花山石老师门徒，奉师命下山保宋，又承军师之令到此寻觅良缘，想必前定无差，不然是天涯两地，一朝会合，已定百年，是非偶然也。今小姐失身于小将，岂容再更之理，望祈小姐海涵，恕小将粗莽之过。但吾一下山到寿州，已将刘金锭并三王九侯众将救回，高封平南王之爵。今小姐入赘于吾，不失为王妃也，祈小姐见谅。"小姐羞恼曰："汝人小胆大，不修廉耻，强奸闺女，罪该万死。况两为敌国，即奴允恕了，汝父亲闻知，岂容得汝如此强为？又命难逃耳。只可怜奴自小无母早孤，只依于严父，今一旦失身，教奴怎达与父闻？"不觉言来下泪一行。冯茂起来向小姐揖谢曰："小将未种玉于蓝田，能不慕小姐才貌，且武艺超群。目击南唐势危，小姐父女若一心依附于伪主，定然尔们祸患。岂如我大宋承运之君，一统之隆，一建功后，玉带横腰，享不尽人间富贵，是小将一片爱惜佳人深心，迥非徒效着桑间丑行者也。请小姐三思。"

　　艾女听了，叹嗟一声："此天定非人力可违的。当初圣母曾言出汝姓名，有宿世姻缘，但初时因不相识认，故而如此。及在房中奴闻道出姓名，奴斯时不知计之所出。今已失身于公子，又遇着圣母之嘱咐，但须两全终始，勿使奴有白头之叹，即感公子过爱也。"冯茂喜悦曰："幸蒙佳人不以小将粗蠢为嫌。岂敢言一弃字之理？小姐请为安心。"语毕时交四鼓，冯矮子又向佳人求欢，艾小姐叹一声不语，只恨姻缘不该匹对着此矮渺奴，大是不幸也！是夜试雨行云，春风两度，不须过表。

　　当时冯茂又问艾小姐，何以又精法力，小姐见问，曰："奴乃金光圣母门徒，日间所用之法物，皆圣母赐赠。"冯茂喜曰："今与小姐私结下缘，浼同归宋立战功，以示归附之诚。"小姐曰："业已成夫妇，自当合随君家去就，但且暂瞒过父亲。日间已说过将汝起解，今又背地成却夫妇，倘若父亲闻知，未明他心执责否？不若仍瞒过众人，直待到了宋营，然后用计招父亲来投，方为胜算。"冯茂喜其计高。未几鸡复鸣，银屏只虑众丫环早起进卧房，即催促冯茂仍入袋中。

至天明，众丫环进房侍候姑娘梳妆。艾小姐只托言身体有病不安。丫环报上老父，万青意女儿疾病，必因日间擒拿冯茂太劳，亲来卧房看视，又防如此恐误起解宋将日期。小姐曰："谅他插翅也难飞，待女儿抖擞一两天，精神平健，起程未晚。但朝夕须与他些水米，押解生人，方获重赏。"万青依从，遂吩咐众婢小心服侍小姐，以便疾痊解宋犯。是夜小姐以病为名，假厌喧哗搅扰不安，尽令诸丫环出外，反扃户自寝，天明始许到房侍候。众婢不解其故，只得遵命而去。自此房中并无顾忌，至入夜，小姐自将冯茂解下，同食晚膳，安睡，自然一夜于此房中不厌嫌也，正是祸灾之地立作巫山，真便宜矮徒了。自他装在袋里，只觉日长夜短，说不尽枕上风流。又问小姐昨夜被擒神鸦何在？小姐曰："不料此鸦有此圣物之灵，自汝阶下被擒，即飞上彩云，左顾右盼，一见公子入室来，此鸦即飞下堂中，犹如日前畜养一般熟性，现在堂中。"冯茂喜曰："此鸦原是神物，师父赠我为脚力，若非他性属火，余鸿用的风火扇来，吾一命早已了决。"当日矮仔在此活泼，独可惜寿州城内，冯益痛念，君王盼望，惜他少年立功浩大，未知被余妖道扇火害得如何？为何他去而不反？

住语寿州城君臣忧闷，再言汝南王郑印自奉了军师将令，往山后石州借兵。原来郑印一生性急鲁莽之徒，不减老父遗风，一听闻即行，不少等候问明得山后路途，石州哪方奔走，并费用日给未带腰间，且认不出道途，走来跑去仍是金陵境内之地，不分远近，便尔发马加鞭。此日带的干粮此一天食讫，腰间少了白银，只因性急心粗，当日忍饥疾跑数十里，又一府城，乃锦绣繁华之地，岂少酒肆茶坊。当时郑印饥饿忙忙，要进酒坊中吃个不亦乐乎，怎碍囊中空空如也，欲进又止，忽想来天下人皆要纳输国饷，自己身居王位，即进去吃了百姓的东西，说明免他税饷，亦无不可，况为着王命所差，即本土官员也当供应，何况芸芸子民。不知郑印如何？下回分解。

第三十回

遇敌仇郑高被获　得书囊萧郁从权

诗曰：

宿结良缘定不移，佳人才子高相宜。
男英女法同归宋，奏凯成功信有期。

却说郑印腹饥已甚，一见酒肆茶坊甚盛，闹兴地头，不计腰间空乏，踏步进酒楼坐下，大呼酒保拿进上品酒肴上来，须臾肴馔盛陈，数壶美酒。郑印放开大量，吃个不住手，真乃龙餐虎嚼，数次呼肴喊酒。当初郑印进店中之时，主家见他貌状狰狞，衣甲乃王家装式，又不是本土音谈，是生面客官，不敢言盘诘问。及郑印食个饱醉之时，止欲下楼趱路，酒保见此客人食了数两酒馔银子，便上马跑走，只得开言讨账。郑印大言曰："郑汝南王食了东西，本是土地供应，还要计什么银子，食尔的可算明所值几何，作除房店地该税课若干折免，不然且往本地头县主给发。"那柜上店主一闻郑印所言来，始知他是赵宋王侯，实乃本国仇敌，何不出首以图重赏，即刻计上心来，即上前喝退酒保，深深揖拱，赔笑曰："方才小伙伴狗目无珠，不识王爷驾临，以至冒污唐突不恭，恳乞恕罪。"纳头便拜。郑印大喜，又有诸店中人捧出名茶，酒家强为假欣欢的逢迎，店家又曰："小人有眼不识王爷光降，又蒙给赏准税课，但口命无凭，乞求王爷书下并玉印，以为日后催粮官到来，将凭字呈上，方不负王爷钧旨大恩典。"原来人最喜的奉承好语甜言。印见酒家说出领恩一片逢迎之语，心中更悦，大赞店主人贤明。本藩准汝，又令店主取过文房四宝，旨书免他此族房居税课十年。店主又假作喜色欣欣，领首谢恩，立命酒保再办上品酒筵一叙，挑的海味山珍贵品，佳肴美酒，恭敬王爷。原来郑印须方才食过一次，但他是个酒囊饭甑的黑王爷，食肠宽大者，一刻又食何难？况见此美味香气扑鼻，加料美酒，好不大称心怀，又放开酒肴量，只顾饮嚼。

有店主先已命人奔往官衙通报密禀知，有南唐总兵萧化龙一闻报，即带领兵丁五千，一路直闯至酒肆中。化龙大喝："宋贼好胆子，还在此吃酒！"郑印闻此喝骂，方知此身仍在金陵省南唐境地，误中店主毒谋。正起立举刀相迎，奈何吃酒过多，手软足浮，昏昏无力，且南兵数千围定，众寡难敌，软下马来，由他兵捆绑了。萧总帅发出五百两白金给赏，酒店主人大喜叩谢。

当时化龙方要带回关中，即刻审实，押解唐主报功。惟明日隔一天就是中秋节届十五夜佳辰，但官场中原有大小之分，下送上的节礼纷纷不绝，且同僚厚交者，尔邀我请，同叙中秋夜之欢，何异乎与民间之乐。想来且过了来日佳节动身。当日，又有一莫逆厚交同僚，乃郁瑞，官拜镇国将军，父女二人亦解来一犯，此犯人亦乃大宋高君佩，高怀亮之子。但这萧总兵未明捉获原因，问及起来，郁瑞将高君佩昨夜行险而来，他单枪匹马潜到本营镇上内地，敢胆子将火箭射入粮房，欲焚灭我邦粮饷，岂知天不从人愿，为本官所觉，统兵围定。不料此将少年猛勇，反将吾臂打伤，幸得败兵回报女儿生香，忙中赶到，方将他拿下，今正欲起解我主王城报功，及雪鞭打之恨。正虑路途上生变，所忧只因近日被主上将各哨营兵调去十之八九，今各营哨各边城空虚。今押解路兵不满五百名，正时虚道而来，与贤弟借兵三二千，以便护从押解，未审贤弟尊意允准如何？有萧总兵闻言，不觉微叹一声曰："有此尴尬之事，符合之由。"化龙将擒获了郑息之子郑印之事说知，不免一同路程押解。"但今夜是中秋佳节之期，正是与兄为通家之好，不免尔我在衙同赏佳节，二女儿在内堂一叙。明日一同赶路，得以尔我凭依，又不虑道途疏失，明天解犯未迟也。"当日郁老又是个酒徒，闻萧总兵赏节食酒，满心喜悦。

一刻萧小姐、郁小姐是金兰姐妹，萧小姐一闻他到街大喜，即出迎接。这萧化龙亦单生一女，名引凤。当日两个人在中堂庆月吃酒。内堂是郁萧姐妹登楼赏玩月色光辉，叙酌细语金斝，已是更深夜净，万籁无声，习习金风顺吹耳畔。静中忽闻嘘叹之声，姐妹饮酒叙谈有多时，信步只潜去侧耳听之，原来君佩、郑印捆缚在一所，推在囚槛，对面相逢，各言所遭擒捉，不胜憾恨。姐妹听来，初只闻一人曰："丈夫死在疆场，争光日月，自知尚有慈亲，日后衰服不能奉侍，但忠孝断不能两全，何须作此儿女愁态。"又闻一个曰："郑哥哥言来有理，但可恨者，苗军师别将不差指使，偏要命吾身入虎口，以至今日送却性命，至临行时，又言知付下一囊书，教我有灾咎时，见了汝面，方可拆开同看，即使危中有救，今已被绑拴住，手足难伸，怎能向怀中取出一观？看他原是个占卜高明人，或准验未可知。惟两人一般被绑奈何！"二人正在嗟叹，姊妹在暗中尽听分明，即回复进百花亭上。萧引凤呼姐姐："愚妹曾忆下山时，圣母言我二人异日皆宜匹配宋将，各得各姻缘。今夜又听二将自称苗军师付下锦囊之书，危中有救等语，若是有此来历，恐忧当面错过，以至后悔莫及。不若趁两宋将被绑拴住手足难动，不由他主，将彼怀书搜出一观，便知其中着落了。姐姐以为何如？"有郁小姐允从，同至囚车所，命婢环跑上索取。郑印一见大喝，不容与之。惟君佩曰："我原未知书中所指何事，我等既不能取看，且由他取去，或遇事其中得救未可知。"郑印怒解不语，来婢果向君佩怀中取了一个锦函，书封的谨固，即回步上呈二位小姐。姐妹忙接过来将外面锦绫展拆开，同向明月之下，看见上写着八句言词：

> 婚姻宿缔见机先，吩咐佳人赴百年。
> 引凤招郎人姓郑，汝南妃子女良缘。
> 生香秋夜原从玉，君佩灾囚合得娟。
> 匹配分明天作会，自行亲获自成联。

当日姐妹两佳人看罢，暗暗着惊。引凤曰："词中指明二将是尔我夫，看来又与圣母嘱咐之事暗合。今既当面相逢，岂可违逆天命师言，反囚害之？怎生处置才好？"郁小姐曰："天命宿缘固当从，正宜自谅。然而人生佳偶最是难结好对。"萧小姐又曰："虽则如此遵依师命而行，又见背君亲而事仇敌，何以见父于他日？"生香曰："天下之义理有经、有权，方为并济所用。今天命已眷注于赵宋，观南唐断难久享此一隅偏土。尔我一时背父私婚，以经常而论，似属不孝；不知身佐受命之君，转祸为福，不随败亡之主，日后可将功折罪，保全满门，又得身荣显贵，岂不又以权变而言，还算不孝中之孝，所见者更倍大也。"引凤小姐听罢，深服郁妹妹高论不差。姐妹二人复又细细斟酌一番，吩咐众婢环，皆不得走漏风声，即命闭上外厢园门，又复差心腹婢取到铁斧一柄，早将囚车打开，令丫环略道及缘由，又与除去手足扣链，引了两位公子进至百花亭上。二位佳人反觉含羞愧赧起来，只得告以君师所赠的书囊吩咐，随即交回两人，且问两公子作何处置。有高公子接回书看得分明，只是低头不语。只有郑印尚不明书里情由，正要骂着二佳人无礼，君佩头一摇止之。郑印接书看明，方知姻缘即在目前，又见军师是个奇人。但不知四人议得姻缘允合如何？且看下回分解。

第三十一回

两佳人经权并济　一美丽恭驳同情

诗曰：

　　君恩浩大及妻孥，殿内家人尽女豪。
　　谁道南行辛苦日，算来益就各儿曹。

　　当时两位佳人含羞对二位公子曰："汝军师来的囊书，与奴姐妹圣母吩咐姻缘之言暗合，想宿定无差，天命不可违也。请二位公子恭详。"当时高君佩感着二美柔情，有心脱救，若硬拒不从，势必交他父押解，只忧有伤性命，一身死不足惜，只惜念母亲膝下所依无人，况且军师已列上书囊，是前缘所定，谅难中改，然天与不取，反受其殃。当时对郑印说明一番，印俯从依。只有萧引凤议及此姻配，安所托属。郁生香一想来，恐自己所获来的高公子，被引凤错占，即答曰："谚俗有云，夫妻是个冤家，今各人捉获的对头便是各人夫妇，何必又另议之。"初时引凤犹嫌着鸳鸯面的王爷，不及高王之美貌。及闻生香说言有理，况苗军师书上又说明白，各人配合各姓名，何得倒乱？况郑印虽外貌不扬，但于诸臣中禄位第一显贵，日后王妃身份，声价首压群姬，均得便宜。遂让生香妹许配高王公子，他许匹郑印。男女四人议定许下姻盟，各出物件互相交执为蛰。二佳人又虑着两公子日后反悔为请。郑、高曰："大丈夫一言出口，即至细微事许之，不容更改，况此婚姻事，人之大伦，岂得食言。二位小姐不烦过虑也。"二佳人见公子言来若此，又挽他次第拜告天地。祝禀示信，以成二美。姊妹喜悦，再命婢子取过酒馔一筵。言曰："料必两郎今夜未得饱用，故再送酒来在百花亭石台上，两相对叙略饮。"郑印又曰："今蒙小娘姊妹不弃，现结丝罗，须当同归我宋，待吾奏禀君亲以图久远，但汝今令尊公，便要将我二人押解往唐营，如何走脱？"二位佳人思想一番曰："不若明日如此如此见机行事，何忧脱不得牢笼。"两公子喜而谢之，再酌饮一番，谈多时，已是报鼓四更残。且暂请二人上回刑具，进囚车。二女携手回归香阁安卧，以免泄漏机关，好待明朝打点夜算之事，彼此皆以为然。各各叮嘱而散。

　　是晚且喜两父亲是至交、酒友，各将兵丁开怀赏月，多是饮得酩酊大醉，众人沉湎了，毫不知觉，此是天数，故以颠倒中如此易撮合也。到次早各将兵皆起，唯有这位郁将军只因日前被高君佩打伤一臂，夜来酒肉过多，以至毒从热发，天明时只浑身壮热，筋骨疼痛，俨然大病一般，竟不能起。女儿一闻急往问请，又一刻化龙直来看视，郁瑞就伏牙床中，答曰："吾之疾患，不过酒多过伤而发，且诊视服一散药饵，待三两天料是不妨。但目下必须解宋将，所忧者，吾不能随往耳，怎生方算也？"引凤趁势进言："尊世伯此事到不必虑着。奴与贤妹皆有手段，非众将士所及，不若待吾姊妹齐同起解，尊伯在此养病，吾父亲自必当心请医调理，待身体稍宁，奴及妹定赶早回。"化龙亦深以为然。劝郁兄长且在弊衙署养病，待平宁方可回去。郁瑞允从，即吩咐女儿生香曰："解引朝犯须当谨细程途。"小姐领命。是日，化龙又命女儿一同起解宋将，又要点些军兵。生香曰："男女同队伍不便，孰不若侄奴处有侍女兵二百人，皆经教习，武技不群，即姐姐处亦有侍女兵二百人，多是拳艺精通，带同前往押解，一可当百，且属境内地，料亦无妨。"萧、部二人允请。

二位小姐暗暗欣然得计，即日改扮男装，点齐侍女兵，将宋犯起解，离却关中，迁道暗往寿州而去。一日天色已暗，投旅店安屯行李，继后又有一支军马进入。萧郁小姐方讶关中泄漏出缘由，有军马追赶来，心下不安，差去婢环探问明白，即进内禀知："小姐不必虑及，此支人马原系艾家小姐来此寄寓也。"君佩闻言，即动问来的女将艾果何人？郁小姐曰："公子未知此女，亦本国人，艾万青之女，表字银屏，他是拜金光圣母为师。我与萧家姐姐曾拜金花圣母受业，虽非同门，然自十岁以上，三人皆有些瓜葛之亲，来往不断间的，见此相得，故结拜金兰，姊妹一般情好。今亦寄寓于此，不知何故？两位公子且暂隐在里厢，待奴等请他到来一叙便知明白。"言毕，高、郑隐伏。生香即命婢请了艾女进入。三美一见，叙话一番，彼此皆瞒过投顺归宋之事，只言往解宋将犯人耳。是夜各散，用过晚膳。

原来艾女所言来，高、郑二人已窃听明白，皆悦。便要求两小姐向艾女求放了冯茂，以全一殿手足，郁、萧初时有难色，不知艾女心下若何，今见二公子恳请，暂应允相机而行。两公子复入内躲匿，引凤再命婢复请银屏叙话。当时艾女刚完夜膳，复随侍环进见，首问何事？引凤曰："久不会贤妹谈情来，久未候问得多言，今不意相会于客寓中，特具一杯淡酒相邀，与郁妹同心也，并无别情。"艾女曰："如此叨领二位姐姐情深记念。"是晚姊妹分次而坐，酒有数巡，不觉欢叙耐久，已经交三更时分。引凤满酌一觞，双玉手递敬上曰："贤妹请饮此贺喜酒。"艾小姐笑问曰："此喜酒敬在何来？"引凤曰："妹妹擒得宋将，明日解去请功，父女官上加官的荣显，愚姐来道贺有功之喜耳。"银屏曰："二位姐姐各各擒得宋将，姐姐二人有功，愚亦有功，均同酬贺如何？"于是姊妹三人酬酢交谈，更将四鼓。萧小姐又曰："贤妹，明早三人必须齐同赶路，以免参差有阻。"银屏犹恐露出机

第三十一回　两佳人经权并济　一美丽恭驳同情　151

关,即答曰:"妹明早还要等候父亲,只恐有误日期,须当先行为上,回归之日,自然亲登尊府,妹妹盘旋如何?"萧小姐一想,他已得宋犯,且登程途数天,还等什么父亲,内中定有蹊跷。遂虚说:"姐有一言相告,但恐我妹泄漏不稳当。"银屏曰:"奴三人义结一心,岂有将姐姐机关事泄漏之理?任是天大事情,高三何妨?"引凤诈作狐疑吞吐状。艾女一见发怒曰:"既如此,枉奴平日肺腑相待。"生香在旁曰:"姐姐,艾妹非比别人,汝何必狐疑于心。"引凤即命侍婢出外看过,旁间人窃听否?回报引凤,然后曰,"请妹复来,非因别事,又闻宋将冯茂乃黄石公高徒,因功显封正爵,福分非轻,已落在贤妹之手,正天假之良缘也,妹何不缔结此人,成却佳偶?强如解他唐营,不过老父得此虚赏耳。祝宋气运当兴,南唐不久必败,弃暗投明,保身亲大节,百年如水,两得其宜。诚恐妹妹当面错过,追悔难回,只虑美玉明珠投于壤土,岂不惜哉?"艾女听了不觉粉面桃红,看来两姐姐不住颜色数变,只呆想一番,银屏也颇明两姐其意。徐徐说曰:"凤姐姐为妹计颇觉近理,但姐姐擒得高、郑,此又当何以处之?"此回引凤不能即答,许久不觉想来发笑,反被银屏再三逼诘,生香见引凤被穷诘,答语不来,姑自转曰:"平日三人如同骨肉,有事须当实告,何必怀疑试诈。"银屏深以为然。引凤复曰:"奴二人一心归宋,故已结许宋将了,特与贤妹商知,未知可否?"艾女见他真言,仍未敢遽实言知,曰:"亦有此意,但不敢违背严亲所行耳。"生香曰:"今日须当从权,以免与唐同亡之言劝之。"艾女叹奖郁明哲知机。引凤又吐出曾与宋将业经同盟表誓了,曰:"我妹何不一体以同行,又得日后同居一国,方不失此机会。"银屏见他真情尽露,虽未说出曾与冯茂成了亲,亦认过已约为夫妇,正乘此投宋一节。生香复羡,真乃古云,英雄所见略同。言毕,入内通知高、郑出来相会。未知何日男女六人归寿州见驾,下回分解。

第三十二回

同归宋奉旨完婚　求借兵故旧重会

诗曰：

三擒三纵法前贤，冯茂宽仇独上言。
岂料邪心终不改，呼朋引类逆苍天。

时引凤、生香通知高、郑两公子，言艾妹允妥此事，可出见银屏请出冯茂相见。银屏允从，进寓内也说明缘故，冯茂喜悦称奇，一刻随到，三少年相见，各述所遇相会，喜之不胜，皆因祸得福，即于此言谈。男女分坐，复倒金樽，三人弟兄难中逢吉，正乐饮，不知不觉五鼓中天，此是别中逢喜故态。

有郁佳人自恃得了俊郎名王似玉，嘲哂着银屏曰："贤妹携出一个男儿来，愚姐看来是妹之少弟，即转念令高堂一向仙游后，并未有弄璋，何得有幼子。难独妹妹方定了夫家便即生育不成？"银屏见他作弄曰："姐姐不必相戏，凡天下人，往往有貌状魁伟，奇昂八尺，然而本领反不及孺子，岂少之乎？今隆中诸葛有三杰，孟、仲、季。郁姐姐已得占其龙，故来藐视于人，殊不明人小渺功力大，又非所论也。"

萧、郁见妹泄出甘露,先降风情,方知会合先期。引凤含笑耍之曰:"艾妹如此夜来已成,须妨情郎动粗颅头插破乳,他日产下公子即乳食不能,如之奈何。"三佳人一夜各相耍笑,外厢三少年食酒笑谈,言曰:"不期偶遇的姻缘,好灵准的军师,深服矣。"

当日男女早起,草草用过朝膳,催装急行,幸一路关津查无觉着,三十馀天方到寿州城。三少将先入城中奏知宋太祖,并告以出于保性命,只得私许婚姻,谢罪候旨。太祖一见三少将皆同回,大喜,又遇合招婚,与高琼夫妻无别,遂准旨,一概依婚。少刻召宣,三女英雄进见,山呼谢圣旨,命俱赐敕一品夫人。就日奉旨完婚,洞房花烛,和谐好事。冯益及陶、李夫人喜得佳媳。此是太祖一时欢喜得人处。次早,各谢圣恩,然后拜见舅姑。当日君、臣、父、子喜色扬扬。太祖传排筵宴。且喜五少阴尚后待一人。不须多日,今得其四,同仕一朝,亲热尽平日相知雅契。

此日诸男女将会集齐不少,但宋兵前几番遭败,死伤过半。但前日郑印奉令往山后借兵,于中途遇结姻未往,不若再命将往去借兵五万来助战。有郑印仍请旨复往,太祖因他前次去不成,恐彼粗莽有误,乃以命高王去。王领旨带兵三百,辞驾登程,一连赶速。数天已到了石州,行至寨前,着一通报,山后老将杨衮闻赵太祖来人面见,命杨业迎接。杨业初不知太祖差命一位官员到山,大开山门,只有君佩偏执孙子之礼,跟随杨业入内,复拜见太祖大人。口称曾孙王,拜见太祖大人,并请金安。杨衮一闻高王曾孙来大喜,挽扶命坐。原来当初高怀亮未出仕在家,残唐五季之末。亮来汴京寻父高行周不遇,后行周尽忠死节于潼关。亮不得知,至是流落,杨业见他英雄,收为义子,与诸儿子延平等十分相得,不异同胞。后亮归宋,随太祖出师,死于北辽阵中,其时李氏夫人生下遗腹子,杨衮父子久已怀忆。今见他来了,好生大悦。业对高王曰:"前汝父情同骨肉,即与诸昆弟不异同胞友爱。后汝伯怀德,知弟在此,太祖几次相邀,只得割爱,命之同事宋君，不料汝父死于征辽，老父屡欲兴兵报仇，未得如愿。今见孙儿如见汝父一般，令吾好不伤感也。今贤孙到来，未知何因？"杨衮闻杨业言起，也下泪起来。君佩起位，禀上太祖："祖考大人，不须伤感，吾父去世已久，喜得孙儿一脉香烟未泯，王伯功劳浩大，一门显贵，足见光大门庭。但孙儿与太祖大人各居异地，不能代父少报昊天之恩佑，莫大于此为至恨也。今因圣上被困寿州，命孙儿到来，求请雄兵五万相助，以定南唐。只因回汴路途遥远不及，今有些王礼上送，公祖大人请收纳。"杨衮曰："前汝父已仕宋，今孙儿又仍官于宋，今南唐不奉召，反拒王师，余妖阻兵，不得早日平服，正当兴兵助战，况孙儿亲来此地，岂有不发兵之理。今未建功，何当赐礼？"君佩又代主致意一番。衮方受纳。当日君佩要求见祖母、叔婶等辈。杨业引人相见祖母、诸叔，甚欣然。须臾排上酒筵，公祖父子、叔侄一堂庆叙。君佩是夜宿于寨中。然杨衮年高九十一，不亲往。命杨业同媳佘赛花、长孙延平，统壮兵五万，炮响登程。君佩拜辞太祖，洒泪而别，又进内辞过诸叔婶等，各各安慰而去。

军马离却山后，一路威威武武，已到寿州。太祖听报，命军师及众文武尽出城迎接。杨家军马纷纷入城，杨业朝见太祖，要行君臣礼，太祖御手搀扶赐座曰："蒙君闻旨即出师亲临帮助，朕何其幸也！倘成功之日，自当列土酬功也！"杨业领谢圣主。又言："臣久欲归身汴京，以代主劳，但历世居山后，父衮已经年迈。"太祖听衮尚在，即曰："令尊公父乃五代之初，马上见尽多少英雄，今犹尚在，九旬外之人，真乃福祉齐天的老将军。"杨业言："老父今已九旬有一也，虽及不得少年，但精力尚足十之六七，未为全安弱也。"太祖听了不胜羡慕之至。是夕少不免设御宴与杨家父子接下马洗尘。九王八侯，六节度使一品大员皆陪杨业父子执盏交酬。是夕君臣庆叙，不须多表。

当时寿州城，此日旧之战将一班尽归。用法的有刘金锭、郑印、冯茂，今复添了萧、郁、艾三女英雄，及杨家助战军马。太祖见羽翼已丰，料此日平却南唐不难，凑此军容极盛。是日金锭亦强健平安如昔，统领全师男女将士出城挑战。

唐人见宋城挂着免战牌十天之久，今反来讨战，即日军师领兵而来，两阵排开，余鸿一拍脚力当先。见刘金锭复出，想来要预备此丫头果及赛斗，法宝种种皆为金锭破解。复见冯茂更觉倍惊，前用风火扇除矮仔，只道他转轮去了，不料仍在此，想必风火扇用来又属无功。越看矮人，越觉愤怒，大喝："矮贼！乃偷盗穿窬之辈，汝宋主不用堂堂正士，反倚着一班狗盗、妖妇之流，不窃取，即来疆场卖俏，岂不知耻，不知辱者！矮贼须急速送还剑书则干休，若少隐匿，山人回岛请老祖到来，恐忧祸及满城。"冯茂冷笑曰："余鸿，汝要求还剑书不难，且回说知唐主，克日投降即还尔剑书，如若不依好言，并将汝妖道首领砍下来，岂止区区邪书、钝剑，何足道哉。"当时激得余鸿火星直冲斗牛，大骂矮贼，恶狠狠茶杖打来。奈冯茂此日步战，或前或后，打刺不住。余鸿在骑上不便转折，茶杖架得左边，右足上却被尺锋打中，喊声痛杀也，犹如童子拜观音，撞下地来，疼痛不已。不即借得土遁，故宋军拿定捆绑了。刘金锭仍忧他遁去，取出灵符一道，令冯茂贴他道冠上。当日擒了南唐主首恶，金锭不去追杀后兵，只等他纷纷走散回城。

只有宋将人人喜得拿了妖道，同押入城奏闻圣上。有高王父子、曹彬等众王侯，被他所擒害者，一见到他入城中，正仇人相见，怒目圆睁。冯茂已知众将愤恨，急于太祖驾前密奏曰："原余鸿向擒我将十馀人，并不伤害，且小臣下山之日，师尊也曾叮嘱多言，只许败他，待彼心服自去，断不可伤其性命。若今杀害了，若彼赤眉仙师出山，不独臣等有不便，即宇宙立变扰攘，孰不若我主卖个人情，将他纵去，俾其醒悟悔意，或劝唐主出降，亦未可知。如仍硬拒不服，是死而无悔。臣领旨下次擒回，断不姑饶，今只求陛下勿依众将所请，伤他性命如何？"但不知太祖允从冯茂奏请否？且看下回分解。

第三十三回

再鏖兵生擒复纵　屡败阵谗献成仇

诗曰：

　　自来胜负是无常，兵用输赢只有伤。
　　妖法妄兴邪士阵，难称旗鼓两相当。

当日宋太祖听冯茂奏上要赦纵余鸿，然太祖亦素听赤眉老祖上洞大罗元仙神通广大，岂可杀其徒以启衅端乎？得南唐又起此风波，实于邦国有损也。况今我将兵已足，法力之士已备，谅余鸿一者之力，纵他回，亦不能为我之害。升御座，将士推上余鸿。高、曹、史、石、罗、张众王侯，皆请诛戮妖道，以除大害。当时太祖拍案指着余鸿骂曰："逆天妖道，日前恃着妖法，助唆伪王伤兵害将，今日被擒即该诛戮，念你赤眉老师情面，网开一面，暂寄颅头，速回城教李煜投献降书，两相罢兵，称臣归附。如若梗拒，仍强唆摆多端，下次擒拿，定斩不饶。"语毕，喝令值殿军松绑纵之使去。有国舅曹彬、张光远、石守信、史珪等齐奏曰："李煜不臣，专恃妖道拒阻我军，今既一鼓擒之，国患已除，岂不放虎归山，异日恐有噬脐莫及之悔。求我王立命冯茂追还，方免后患。休听他放纵之误也。"太祖曰："妖道虽助李煜抗拒大兵，然自擒住朕股肱之臣，并未加害一人，亦念修行中慈悲，今一擒而斩之，可惜其修炼有年工夫。今纵他去，使之回头是岸，劝谏李煜归投，免动干戈为上也。"众武臣见太祖不允从，只叹恨而止。君命无奈之何！

当日南唐败兵回城报知南唐主。当李煜听知军师被擒，定然杀害，料得今番准归降的。正在惊惶，忽见余军师又回城中。又惊又喜，慰劳诘询之，被拿入城，怎生脱身得回？余鸿见问，面红耳赤，不欲说出己之丑，将太祖放纵他瞒过不说。又谎言被押至帅堂，自以法遁回，以宋之君臣断不能为山人之害。此是余鸿虽入仙班，仍不免好胜之心，嗔痴挂碍，故后来不能免于杀身之祸。当日唐主原知他是个术士，初时实实相信。以至宋太祖宽量之旨，毫不得闻。见放纵了余鸿数天，仍不见李煜投降之音到来，少不免又命冯茂出师声罪致讨。一统兵出城，余鸿推诿不得，只得羞愧腆颜相见。冯茂即冷笑曰："不须小爷半尺已屈膝尘埃，被捉拿刀寄项中，得我主大度开恩，饶汝狗命，即当劝李煜归降，不料偷生数日，仍不见降音，仍敢抗拒，今番拿捉，断不姑宽。"当日骂得余鸿羞惭不已，不敢答言，又禁不得辱骂，放马来战，冯茂双尺要照前擒他，岂知余鸿是惊弓之鸟，见来势不善，先借土遁逃走了。宋兵乘他军中无主，掩杀一阵，获军器马匹甚多。此回又是宋人得胜，唐兵损伤万余，宋不伤数人。

原来余鸿自料一切法宝俱被宋将盗走坏尽，别法术胜不得矮贼、丫头，故遁去不顾唐兵。但思独剩得一柄风火扇，乃是护身之宝，不敢轻用，恐被他们一体败却，岂不是赤手空空，怎好回山见师一面。且前扇这矮贼不得，今天出阵，被他将前数天被擒之事叱白，三军马上皆闻，倘回城泄知唐主及众将一闻，再有何颜面复立唐地？长叹曰："早知有今日挫败，不如静坐山中，只强违师命，等候炉火纯青，何苦为着俗事争名、偏出头，以至自生烦恼。但事已至此，仇恨已深，不能取回七宝神书，如何回山复命？实乃进退无门也。今悔恨无及矣！"正一心忧闷来，想起还有一师弟最相契好，同道修炼的，他乃鸦精修炼成形，名余兆，亦有八百年道行，与余鸿法力不相上下。他一想起，要请他下山相助，以便与己复仇。

　　主意已定，咒念有词，大袖一展，天降一朵五色祥云，跨上九霄而去。即望火龙洞而来，顷刻千万里，到却山门外落下云头，将山门呼扣。仙童应声而出，一见余鸿，知是师伯，急入内传达师尊。余兆闻报，出山来迎接，两仙相见，携手同进内洞下坐。余兆知他向凡心恋富贵，颇不合道教，故先讥诮他曰："近闻道兄辅佐唐主，料必成却大功，灭却大宋也。故回山相见乎？"余鸿即将屡败被挫辱原由、长短说明。余兆曰："赵宋既有了一班法士，自当速回，如何定必在此俗土生端，至失却许多法物宝贝？这仍是道兄贪恋俗凡爵禄，以至堕落魔障之愆，又大开杀戒，复乱乾坤，即汝不言，弟亦知之。现今师尊日前有法牒交来，着弟下山来拘还汝回山治罪。但弟念着同道手足之情，几番代恳，是以师父暂为允准停拘。正想日间师父又有法旨来催促弟了。"余鸿曰："此事师也糊涂的，是前后心性两端，命吾下山之时，原欲屈宋，由唐金陵一隅，以存偏安之祀，便尔成功告退。不料梨山圣母遣来刘金锭，华山差来郑印，黄花山差来冯茂，以及金花、金光二圣母，命着女徒一众。但他众我寡，断难对手。即脚力梅花鹿、落魂锣、七宝神书、斩仙剑皆已失毁，以至进退两难，求宋矮贼也不与交还，此事原非我自闯，乃师父命吾下山，至有此端衅耳。"余鸿复说谎曰："今冯茂诸人，有不堪言者，令听者发眉直竖，他们言彼师尊不日要将我等师弟兄一门教类尽行灭除，免得左道逞强惑世云云。如此教吾怎下得此气。今师父不知自强，纵由他教毁辱，反将徒执罪，目击他教有师弟，我独无。如此回山领罪，待此教日后灭尽我们。"言毕，即起位。

　　当此并非有赤眉祖来拘押余鸿，此是余兆要一时激着他试真明白。初犹辩及冯茂诸人,未必将吾合教一概藐视,是师兄言过其实是真。余鸿闻说,愈装着假激烈以恼他。大言曰:"师父既由人欺侮我辈,自当甘死无辞,弟是首祸之魁,说不得了,但城门失火,弟岂忍祸及一众师叔伯弟等。以弟是吾同道中至交,须早做准备,倘一体聩聩罹此辣手,后来悔弟之言,祸至已迟也,吾今回山去吧。"余兆闻言带怒曰:"此言是当真的么?"余鸿曰:"各当各事,如弟不信,勿怨吾言之不早,以至祸临迅雷不及掩耳,幸甚也!"余兆听此谗言,不觉拍案大怒曰:"果尔如此,诸人真是吾师兄弟之合对仇者,兄且不必回山去,可引弟徒见唐主,先下一毒手,免受后之陷害。"当时余鸿知余兆下山之意已决,犹要再激以坚其心,不至于中止。又曰:"山人因唐主待吾过厚,是以不妨替他屈膝为恼,又是奉师命下山,若云师弟大丹将成,不久证归大道,岂可再履尘寰,顿生魔劫。况冯茂诸人法力不浅,吾已领教,师弟决意去,恐为敌人所轻,反为不美,须当思之而行。"余兆曰:"仙凡一理,道元两途,他是横逆猖狂,浅浅之愆,固不愿与较,但过甚相欺已极,不由不较耳。今师弟但求胜负少分,显我教非弱弱可欺藐者。消一念之怒,即不为仙道,亦不反悔也!"余鸿听言暗喜。

　　余兆收抬要用的宝贝各物,吩咐门徒看守清净山洞。即日两仙高驾祥云,金光冉冉而去,一刻到得南唐地。余鸿乃先进殿中,来奏禀唐主曰:"聘得一位同师道友到此,法力倍胜于山人,祈我主令众恭迎,方见我主为国求贤之诚也。"唐主大悦,尽差文臣武将数十官员皆往接迎进。当时唐主只道是个什么谋士高人,原来就是一家道人。但见此道者,生得面如点血,发比朱红,五终点髭,生来状貌异凡,一见令人骇惧,迥非善良道貌也。但唐生为国计存亡所关,不得不敬信而周旋之。只见道人曰:"山人稽首,愿吾王千千岁!"唐主起位曰:"上仙休得拘礼,请坐下。"是日少不免君臣共同议敌开兵。余兆下山助阵,扰得赵宋如何?下回分解。

第三十四回

余左道施威伤将　刘佳人抱病出师

诗曰：

> 由来妖道不明天，已见摧残复向前。
> 李末终然臣服宋，伤生只为听邪言。

　　再说余兆到得唐城，唐主煜不知他初到有何奇能，正要道他督兵与宋法力之士见对一阵。然余兆初来亦要立个得胜战功，好待唐主敬信，文武悦服。不一刻统领三军杀来寿州城外喊战，指名刘冯二人出战。报入城中，当日正遇刘金锭又罹小疾，在床不起。当时只有冯茂请旨出阵。宋太祖想来唐兵不出对敌七八天，今又复来讨战，必有强来的，抑或妖道另有奇谋来赴敌，不可冯茂一人独出。有银屏见丈夫独出马，请旨愿同赴阵。太祖允准。当时夫妻并马押兵出城。唐之余兆早排队伍以待，一见城中大队宋兵，冲出一员女将，甲服鲜亮，丽艳丰姿，意是刘金锭出阵，正要与余师兄雪屡败之辱，大喝来的丫头可是刘金锭否？艾银屏未答，后面冯茂见不是余鸿，又是别的一红脸道人，遂冲近接言曰："不必定要刘金锭除野道之命，吾今夫妻难道不足取汝首级乎？"余兆一望后阵，只见黑鸦上坐着一孩童，出此言。即冷笑曰："汝言是一对夫妻，真乃俗言丑鬼伴观音也。但目观汝宋朝不能成大事者，来的手下将官是什么七手八臂的巡天神师、降世哪吒，原不过用的非粉面油头，定是侏儒矮渺，此来形秽者，只好与吾唐邦将士数阴毛、舐豚稚之秽事。何得在阵中驰骋耶？"冯茂怒而喝曰："好野道！难独认不得汝祖宗爷黄石公高徒？今要将汝这变未完畜生定诛不赦！"言毕，双玉尺打去，兆亦双剑相迎，一连混杀，将兵相对胜负未分。

银屏运兵直冲，唐阵散乱。余兆一见将宝剑向南一指，一团连天烈火，向宋阵中呗来，烧得宋兵大败而走。烧伤太多，胜中反败。唐兵追杀，当时火势腾腾又向冯茂夫妻烧来，妖道剑指之处，火即飞来。冯茂看来不好，即驾上火鸦高飞而去。银屏一惊，只道丈夫被火烧伤奔走了。又见火冲面吹来，只取出网仙索祭起来擒妖道，不料仙索反被烈火烧断。银屏只得急收兵败走入城。奏知圣上，又忧丈夫逃去，未知被人所烧害否？不一刻冯茂驾火鸦从空落下，方知妻身败回，伤兵四千人。当时冯茂又见银屏妻已被邪火烧伤些花容，又闻仙索被烧断了，实不胜忿怒。伏请出战，太祖不许。止命高、曹、张、石四将严守四城，预备御敌。且待金锭疾痊，协同开兵。旨意下来，冯茂夫妻只着回寓调理火伤，按下不表。

再说余兆见宋师败阵，冯茂驾云走脱，得胜带兵而回。唐主见余道人一胜宋师，败了矮将，想此人是宋之法士屡与军师作对，且被他将法物毁的毁坏，盗的盗去，今实喜得败他。惟有余鸿倍加喜幸败此矮贼，大感师弟雄才法力，正乃少雪山人之恨也。住语唐人喜胜贺功，到次日余鸿见有助佐之人，复领兵丁日日来宋城营中骂战，恨不能一刻灭去赵宋，争奈宋只是闭关免战。二妖道屡日来城攻击，四城亦力守不出一卒。一天有郑印在城楼守御，听道人骂战猖狂，忍不住大怒，急跑大殿，请高王元帅发令出敌。太祖止之曰："冯茂夫妻法力亦不在御侄之下,又已败回,御侄断不可恃勇出马,此妖用的邪火厉害伤人。"有引凤曰:"妖道所用南方丙丁真火,一闻污秽可破解,可取犬马血,令军兵向火漂射洒去,必可扑灭了。"太祖闻说,姑且准行。

高元帅拨令又戒他夫妻须要小心,见机应变,不可恋战云云。夫妻领令出城。两军相遇,余兆方知来将是郑印。余兆曰:"郑印,汝为人不分德怨的木偶也!吾师弟兄,只因汝父被不情君妄杀,是至托足于南唐,不惜辛劳,置身杀戒戎马之地,与汝父雪恨,不料恩将仇恨报,岂非有目无珠者?况汝非山人对手,可令刘、冯出马,早除灭他,好待南唐成功,山人复归修行净土。"郑印曰:"吾父虽然被杀,惟臣子无复仇君父之理。安容汝等借事生端,伤害生灵涂炭,罪愆非轻。敢来弄唇播舌,煽惑强词,强为他人俗事,果何益哉?且汝数百年苦炼,几登仙籍,岂可再堕杀戒以弃前功,败于将成,深为可惜!即速回山,继炼以补日前妄行之愆,可以免堕落深坑魔窟。"余兆闻印一番透根彻底之言,大怒,双剑挥来,郑印大刀架开,少刻余兆将宝剑祭起,一指南方,又是烈火连天,飞炮一般烧来。引凤令众军士齐射犬马秽血,高空洒去,登时烈火熄灭。郑印一冲破他烈火,即抽出打仙鞭,一掷当空打下来,打在道人左膊肩,喊声痛杀,已打落蟾蜍兽。郑印赶上大刀正要砍下,余兆一惊,负痛将蟾蜍一拍,已穿入土地中去了。不一刻在地复出,大骂:"可恼小贼,打了山人一鞭,誓不饶汝。"在腹中运气,吐出内炼成魔火一团,对宋阵卷去,此回不是犬马秽血所能破灭,他五内炼成三昧真火,火毒以成。当时郑印夫妻见秽血不能消熄烈火,恐被烧伤,即带兵逃走入城,五千兵伤却二千余。

太祖越不敢用兵,命将倍加紧守四城门。当日出师已将三载。有随军文武内中有文臣年纪高过者,厌日久羁于军旅中,不觉屈屈不畅。有诗恨之曰:

沧冥东望郁烟埋，盼捷空将老眼揩。
讨贼自惭张叔夜，治军谁似李临淮。
渔盐海岛惊风鹤，卒伍山村御虎豺。
何日尽教烽燧息，早纾宸虑慰民怀。

此诗是内中文臣伤乱所作，行军日久，不能如古之名王者之师，一出而天下平服。今擒捉放纵一妖道，一道又来，正忧虑着胜败无常，他日未知鹿死谁手。惟刘佳人疾病数天，有君保见妻疾未痊。余道人连日频来骂战，连败两阵，又增一妖道助唐，触起心情不安，不觉长叹一声。当时金锭病略起，病中初醒，耳边闻丈夫嗟叹长声，即徐言曰："丈夫勿因妾一时微恙，日见耽愁，此小小患疾，谁能概免？且放宽怀，只恐忧来有伤贵体，反虑妾不安也。"当时又见公子皱眉不语，未晓因由，金锭乃多心女娘，再三细诘。当时君保本不说出，诚恐刘妻勉力出阵，后被金锭再三追诘，不得已，遂将余兆先用邪火杀败冯茂夫妻，后用真火打退郑印夫妇，两次伤兵七八千，今天天讨战要贤妻出敌比拼高低。金锭听了大恼，推枕蹙然而起，即要出阵。君保阻止不住，悔恨失言。只能眼看妻身披挂上奔帅堂，请公公高王爷发令。太祖亦以甥媳疾方未痊，不宜轻出。金锭曰："臣甥媳承陛下嗟息，又奉主上公公命生擒讨逆，此微躯置之度外。今敌人城外辱骂，君忧臣辱，臣甥媳岂借此微疾之躯，受敌所辱，断不耐烦也。"太祖也止不住，只得下令协同各女将同出掠阵。当时余、陶、罗、艾、萧众女英雄，尽随而出。

余兆此回，各通姓名，方知金锭出阵。战斗一刻，余兆想来用南方五行火未必烧得金锭，运气吐出三昧真火吹来。金锭口念有词，对北方壬癸真水，以法致雨淋漓，将烈火洒灭。余兆想来厉害了，竟连吾火也消熄了，怪不得师兄称他法力精奇也，大喝："贱丫头敢破山人真火,看宝剑取尔首。"一抛飞出一口宝剑起在空中,一刻间化作千千万万满天丁当响,振灿灿光辉向金锭纷纷落下。众人皆惊,金锭取出神鞭一抛,当空挡住,不知二人斗法,何人胜负?下回分解。

第三十五回

斗法术大败余兆　破唐营进取徽州

诗曰：

修行日久忽更弦，善恶只争一念迁。
伸开毒手伤残忍，止得垂垂获罪天。

当时刘金锭见余鸿发出宝剑，化作满天交加影日响振，向他斩将下来。金锭也祭起金鞭，化作万万千千，鞭剑两主旋转飞舞于空。半刻金鞭将宝剑数千柄纷纷打下地中。兆一见惊怒，只得将原剑收回。又金鞭满天向他项上落将下来。余兆想来此丫头果然厉害，不若暂回城中，以免败辱。即将蟾蜍向地中钻下去了，唐兵四散逃回城。金锭不赶，收兵而回。太祖大喜，羡其带病出师，为国忘身。今天一出，又退却妖道，古今名将之魁首。又加进军功爵，封王妃正一品夫人。金锭谢恩，高王爷对太祖曰："敌不可纵，寇不可长。今宜乘胜大破唐营，徽州一带可下矣。"太祖亦觉被困日久，恨不能刻日成功，早日旌旗转换奏凯班师，免太后汴梁盼怅。遂将旨命遍传大小三军，文武尽起偕行。

再说余兆被金锭斗败失利，借脚遁回。唐主当日未知胜败，即诘问。余兆不说出斗法败了，只是含糊答应过。唐王一时捉摸不定，方欲穷诘胜败缘由，天色已晚。先说宋邦君臣，此夜偃旗息鼓，大队军马出得城来，已是酉刻时度。此时唐人正在埋锅晚膳之候。正好军马杀进，果然唐军营中正晚膳齐用，不虑意外未备之事。一时被宋兵大队突然冲入，透满大营。大刀阔斧纷纷砍来，四下践杀，喧哗大振。走不及者，皆作无头之鬼。五营八哨，大小三军，三十万之众，有的方拿得刀枪，又上不得马匹，四下践踏死者无数。杀入中军帐，李煜正与二位妖道共桌酒满肉饱，一时闻报，不觉醉意全消，杯箸坠于地，二妖道早已遁土而奔。唐主危惧发怔，只闻远远喧哗大喊，敌兵将杀入，大呼救驾。幸得皇甫晖挺身背负了唐主，冲围而出。薛吕大战拒挡宋兵将，秦凤、罗英断后。宋兵纷纷纷杀寻两妖道，遍搜不见。大队人马合着杨家兵非比寻常，大军直抵徽州。唐兵死者，尸首堆衢，残伤十余万，众将身带重伤，偏将一众死者无数，所遗弃刀枪马匹甚多。当时唐之将兵，只顾保了唐主，直奔至清流关外。守关主帅闻报，以兵接应，迎请唐主入关。主将姓姚名凤，原系汉时名将姚期后裔。同护南唐镇守此关已久，当夜见报到，唐主被宋人破营来奔，安慰一番，即欲提兵恢复故营，又因黑夜不便，难知虚实。倘若再败，危中加危，进退无归了。当晚仍忧宋兵乘胜直下，以窥清流，即发令四城兵马准备守关之具，以防守之。

是夜宋主帅督兵长驱直进。众将协力，大杀唐之将兵，正连夜穷追。高帅以穷兵勿逼赶，鸣金运回唐所失马匹，辎重。入城时，已天明亮了。只有唐主安顿在清流关，众将查点掩埋败死将兵十多万，被杀伤者无数，方见两道遁回，唐主好生不悦："孤因一时不度德量力，至与赵宋为仇，又将众武臣雄勇，以至数十万精兵尽丧，日费斗金。不料今日众人是个冰山难依倚，若即如昨夜一败，强寇方张，各图自免，不顾孤身，平日所说个个是忠勇，人人是义胆，不知化归何有？

若非薛、皇、秦、罗四将奋不顾身创重伤，保孤冲围而出，早已死于乱军中矣，断不能与二位相见。以此观之，我南唐终于不济，不若及早投降赵宋。二位高仙亦即请回山修炼，异日丹成，或能福及于孤国也。"鸿、兆听唐主讥讽，语塞了一刻。同言曰："吾主戏言反甚于恶骂，令山人当受不起，今须一败，不至于国破邦亡。惟山人上体天心，又承师命，一向戒杀，不伤宋将一人。今宋人反窥不济，不是明来交锋对垒，间谍吾埋锅晚膳，一更之初不虑杀来，哪人预备？伤我兵十余万，裨将百十员，好生狠毒。今既他不仁，我何须重义，已是计穷力竭之时，顾不得好生之德也！何难刻日灭杀宋人？但须我主勿要生退怯，必包得六龙终御，先业重光。"薛吕、甫晖亦以军师初捉下宋将时不肯杀害，至有今日之败。此后若肯任杀，何愁宋人不退败乎？况吾国中尚有雄兵三十万多，猛将不少，望吾主不可以再败，便尔君臣离散，受制于他人。倘宋君不纳，求为一县令不可得，只还忧性命难保。当日唐主听了二臣之言，改容色霁，故至令两道人复施毒谋。正乃宋之君臣灾殃未满，杀运未完也。余兆实深恨宋人败辱，被唐主奚落一番，心中念忿。对余鸿说："知有一法物，管教宋之君臣数十万之众，不出五十天，皆登鬼录，不算弟之功能。"余鸿听说大悦曰："只由师弟大展雄才，用来伤陷了宋之君臣，成功后，一同回山，上复师尊。是吾等奉命下山，未必吾师深责怪。"

住语师弟兄设计。再说宋太祖依高王乘夜大破南唐营，袭取了徽州府城，太祖深喜，记了众将士军功。所恨者御弟在汴梁城署位，好不坐享安然，不少念吾君臣苦困于寿州，日夕担惊，既不添兵，又不送饷。实虑及所需之粮草有限，岁月迁延，未晓何时平服？但粮食乃军中第一要务。当日宋太祖见刘金锭身体平宁如故，可以押制妖道。即点差冯茂奔回汴京，催解军粮三十万。又可令冯茂回见彼母亲，以安慰失离日久，是孝道当然也。他妻艾女亦请旨偕行，回见家姑，并顺道回省父亲。临归寿州之时，父亲染了一病，心悬两地不安，亦要归家看视如何，太祖准奏曰："亦是一点孝亲之心，理当如此，但路途上汝夫妻须小心，粮饷乃至重大事。"当日夫妻领旨拜辞而去。后来冯茂男女回归见母，安慰老萱亲。艾女回家视严父，仍然拜别，领旨解粮回寿州。一路平安，也无傍笔交代。

再说寿州城此日适值宋太祖万寿之日，高王爷率同大小文武之众会奏上："虽在军中，然圣诞芳辰，跻堂介寿称觞之礼，岂可废缺，正尽众臣一点恪敬之心。"当日宋太祖只因军旅事烦，诸事皆忘记了。即己之生辰不及记着，今见高王率同文臣大小武将上殿要行称觞拜献之礼，方始记着此日是己生辰。微笑曰："朕非众卿言，已忘记了。但今困于军伍场中，乃君臣卧薪尝胆之日，累及文武众卿大小三军别母抛妻，朕有何心复谋醉饱，免费诸卿盛心爱主。"高王、军师等皆曰："陛下念及臣等之劳，正见圣德渊深，王恩浩大。然陛下乃普天之下臣民大父母，今值万寿光疆之庆，千秋共祝，近者称觞，乃人臣重礼，安敢因羁戎马之地废之？众臣之心不安也！况今又值徽州大胜，正藉陛下洪福，臣等得以安心上寿。今李煜大败，亡命运奔，星夜走险，谨以身免。虽然倚着两个妖道，谅唐王自此心寒，无容多虑，可见邪不胜正，天心不附。且待粮草一回来，再进兵，目睹江南指日可下了。我王暂且开圣怀，允准臣等所奏，得以献忱少尽臣等恪恭之心。"太祖闻奏，龙颜霁悦，允受群臣庆祝称觞。此日大开御庖厨，大排筵宴，山珍海味丰繁，玉液琼浆陈列，自文武大臣一众，下至六军五营八哨兵丁，皆沾领御宴赐颁，各各喜欢喧闹。当日君臣乐叙畅饮于帅堂，颂鹿鸣，歌天佑，铭皇恩于煌煌。当此上下皆忘身在戎马之间，疆场之地，赓歌拜和的交酬，不觉酣饮畅然，君臣将快玉山倾侧，自辰时至入酉刻。各司共事撤去御筵，此夜各文武皆已酩酊了，比不得前每夜严戒巡查。正值事有凑巧，适值此夜余兆要设计残害，一刻生灾，未知宋人如何？下回分解。

第三十六回

下癀砂余兆肆凶　到军粮冯茂急救

诗曰：

妖道逆天开杀戒，至教宋士尽临癀。
自有高仙频解厄，癀砂毒物岂能伤。

住语宋城中夜宴君臣欢叙。再说唐城中，兆、鸿定下毒计，要残害尽宋之君臣及大小三军。当晚萌此恶念头，于近三更后，余兆身带着一根隐身草，此草生在蓬莱岛中，最绝顶之处，不结花，其长仅四五寸，形似蕤莱。其叶圆，其茎红，倘凡人带在身中，往来出入众人不见其形影，以此亦是一宝贝仙草，但长植于蓬莱，那有凡俗人得知。是夜余兆藏于怀中，一隐形跑入寿州城内。只见一众守城兵个个酒气醺醺，有的头垂目合，又俯望帅堂中的灯光明亮，诸文武所寓有醒、有睡的。知是宋人此夜为酒所困，更易于施法也。遂暗中取出黑小旗四枝，口中咒念真言，一刻间有四城土地到来，打拱曰："法师有何法旨差遣？"余兆吩咐："将四面法旗，分布寿州城四门，日夜看守，要掩着凡人眼目，不许擅拔。"众土地领法旨去讫。又念咒一番，一阵阴风飒飒切切，悲声呼响，敕来一班野鬼冤魂，有战死疆场者无数。余兆吩咐众鬼亡魂："今交毒物一种于汝，此名瘟癀砂，可在寿州城近宋扎营之所，不分内外，凡有河井即有水之处，即要将此砂放下，不许少有遗漏，成功之日，许汝等一众鬼魂着汝弄地头超生。"诸鬼魂又领了法旨去讫。果然将瘟癀砂于城中有水之处遍放下毒。余兆见癀砂完布尽，一驾上云头黑夜回归清流关中，取回隐身草，将此布置行为说知余鸿。余鸿曰："师弟有此毒宝，何忧宋人不一网打尽。"语毕，喜悦扬扬只候着成功。

又说明南唐只得两江之地，租税须多，地土须饶稔，但自用兵以来，一动辄数千万，月中军饷太重，日费千金。多了两位法师，日日群臣赐宴用度之奢，比宋加倍。况自五代变乱之末，民业调零，禾稻失时，耕植甚少，实乃生种者少，饮食者多。虽欲倍加抽征，奈各民室家悬磬，自然仓库空虚并无陈积。当日军中水薪告竭，唐主忧惧。想来，无粮不聚，只得命文武官员于各府州县四路催征，惟空仓廒者十之七八，即双龙镇固为国中总聚之所，不意一天被宋将差人烧焚得七零八落，并加乏竭了。唐主无奈，只得将内帑所蓄颁发出数十万白金，以充军饷。当其时，鸿、兆弟兄两人已经毒了宋之君臣大小三军之众，不出五十天，人人腹胀而死，一一奏知。唐主看来，值此军需不足粮食乏困，何暇有心与他师弟兄施为答话，半晌徐言曰："今须蒙两位法师许以尽灭宋人雪耻，正思肉食未能，此身已先填沟壑，当此饥馑乏粮，军用不足，怎能与来争衡，今免却二位费心，功劳枉用也！"余兆曰："山人昨夜亲往寿州城，施放毒物，要宋之君臣一网打尽，过不得四十九天，人人腹胀而死。只劳我主勉力撑持，五旬之内，那时御登九五，一统江山，何愁国用不敷。"只有唐主见余鸿说出屡誓杀害宋人易如折枝反掌，及至将成功，又即瓦解，此后说出天花坠，心中哪里准信。无心与二人驳论，免彼喋喋多言成功，只得半讥半诮，答之曰："若等待得五十天之内，孤看此乏粮之军，皆为饿殍之鬼，又何暇计及宋人之死与生？"余兆见唐主不闻，又嫌日久之意，是功所难成为料，又再启："我主既难等候多天，狐疑五旬之内为久，是近此十天之内，山人包将大宋君臣首级献上，方见山人手段。"唐主闻言尚且疑多信少，只得点头默待，看彼再行投施。又说明宋之君臣虽去恭祝天子称觞，酒巡过多，余兆又云，宋之君臣因酒所困，失计少于提防，易于施为。但余兆、余鸿均从师修炼学道，其时将已千年之久，不日证果仙班，岂有隐形五遁不全者？即宋之君臣不祝庆被酒，亦被余兆所毒算了。总之宋君臣当有此灾，三年困锢未消满耳。

又言宋太祖自从差点冯茂夫妻催取各路银饷，去后十余天。但冯茂夫妻是法门高弟，一刻驾云四路催趱，迅速而到。先言宋城中被妖道故下此毒砂，近营泉水遍下，想水火两者顷刻难离不得，饮食了数天，数十万食下不觉。数日之后，自宋君以至城内兵丁，腹中渐似雷鸣响的一般，又腹肿痛胀。初三四天，尤意是食中所滞隔，不甚介怀，又至三天，膨胀如孕妇一般，饮食不下，且不分九王、八侯、大小文武、兵丁皆染此奇症。只有刘、郁、萧、陶、余五女将皆有半仙之体，又得各圣母灵丹保命，不至大疾传染。只是诧异推猜，已见诸君文武情形，料然中毒，究不知被余兆所为，下此瘟癀砂，以至此毒归聚五心。即五女除须有灵丹保命，毒不攻五心，然皆卧藉不安，亦艰于履步。已下虽然明白，唯有敛手待弊而已。一日甚一日，满城中皆作睡卧慵夫。今幸冯茂夫妻赶急于国务，催速军粮。不满二十天已催齐，三十万军粮解到寿州城，已近黄昏时候，即要叩关而入。只大呼城下，并无一卒，旌幡不举，即骇然疑惑。冯茂即着艾氏妻押守粮饷，军马驻于外城。他驾上火鸦飞入城里，看其缘由，且慢开城门。岂料一落下帅堂中，一见太祖及高王、军师人等，如痴、如醉，或睡或倚床。问之，只摇头，不能出语。手复指口，将腹肚中一摩。冯茂只将太祖御袍一掀起，只见腹大高如盆覆。高王、军师、父亲各文武皆同此症形模一般。茂当时不胜骇异惊慌，想各人像着木偶一般，口不能言。忙速开关，接应着妻艾氏，将粮饷安顿，命军士收归仓厫。夫妻商议，怎生救解，银屏曰："细察一众情形异症，似食中毒物一般，且往刘、萧、郁姐姐房中一看何如？"

再说，刘金锭、引凤、生香皆得圣母灵丹调服，此症方除后一两天，方得略起，不敢饮食内城井泉。艾氏夫妻进来，五人相见。金锭等曰："前八九天献祝圣寿，食了酒筵，众人皆成此疾，料必被妖道所算。吾姊妹三人今初起蒂，全仗汝夫妻之力，探察分明，方得有救。最要者，入城运粮军兵及汝夫妻，不可食城中河井之泉。且看四城门，子午方位，有无插下旌幡，即要拨去。"冯茂夫妻闻说复惊，即辞出至城楼。茂将目一揉口念咒，果见四城垛有土地把守，将黑小旗护。茂遂大喝："卑劣毛神，敢插此妖旗，以害圣天子、诸星主大臣，罪该万死。"土神被骂曰："非关小神之罪，乃奉余仙师灵符差遣，不得不遵看守。"冯茂喝令拔起，土神诺诺连声，拔除退去。又见无数冤鬼野魂不下百十万，看守各处城河、井泉、濠沟、遂诘询之，众鬼魂皆告："一奉着余仙师下毒砂，以陷宋人，不日成功，要超生我众冤魂美土。"冯茂听此长嗟一声，喝令散去："不可依从妖道，即行复取罪戾，以至永坠沉沦，不得超生也。勿为所误，以困真命之君，更加罪咎。"众鬼听茂吩咐正言，呼哭一声尽皆散去。

冯茂回来与艾妻酌议要设救众人，银屏言曰："曾闻圣母所说此毒砂乃山中毒气所聚，埋烧各毒草，将其与土砂炒炼拌匀，其砂尽吮其毒气。而今落在井河中，服食者五十天膨胀而死。圣母又言过，倘中其毒，汝师黄花山黄仙师处自有仙草，可解救也。可即速往求来，以救君臣一众。"冯茂听言，依其指点，正要架上火鸦而起，忽见腰下宝剑无故自鸣，拔出鞘响动。冯茂遽止。艾氏诘问其不往之故。冯茂曰："吾且慢往，今夕定必唐人来劫掠吾城也。"不知冯茂怎知唐人来袭劫？下回分解。

第三十七回

畏行险唐将辞劳　　欺强敌余兆出丑

诗曰：

> 强将人事枉施强，岂意君臣寿命长。
> 独惜世唐程老将，翻身城下见阎王。

当下冯茂见妻诘询他止步不往之故，茂即曰："贤妻有所未知，吾初下山之日，师尊有言吩咐，付赠龙阿剑一口，乃炉中煅炼钢铁一百八十年，露天于日月五星一百八十年，吸云餐雾已久，其名唤作知来剑。凡将动着杀机，此剑必先自鸣出鞘，或敌人来投杀，或往杀敌人。今应验又刘唐妖道作弄此术，只忧夜来劫杀也。"艾氏闻言，亦着急曰："既如此，丈夫今夕不可离城而去，且协同守御孤城，用智退贼，方保无虞，再明日抽身。"冯茂以为然。原来此夜，真乃满城君臣性命所关。宋太祖乃及诸将士，皆乃上天列宿，应运临凡，岂容妖道一天陷害尽。即冯茂有此宝剑应兆，是以难灾得遇救星。闲言少叙，此夜夫妻分守，尚有解粮五千兵丁，可以应用。暂且登城备守，以观变动，是可随机应敌。

原来南唐只因军饷困乏，故天天催着余兆，不要等候四十九天以除陷宋之君臣。余兆知宋男女将内有术士不少，实候足四十九天，待他君臣人人命尽，然后入城开刀，易于为力。今被唐主追催不过，只得于半月之内，强为承应入城了决他君臣。当时心下忖思，下了瘟癀砂已十二天，必然人人腹胀抱病难起，即有能起者，亦断难披挂对敌，亦稍可入城强而了决彼君臣。岂知谋事在人，成事在天。适遇冯茂夫妻解饷而回，余兆怎得知？正料想不到也。次日食过夜膳，忽传令报鼓于下，排班俟候。诸将不解其意，但见他是国师呼唤，岂得不遵？众将忙上盔披挂，皆立列听发令。余兆即拨令唤程飞虎统兵三千从寿州南门扒上。又令林文豹亦统兵三千，从东门扒上，一下城时，各各寻搜宋天子文武官员百十人削首，病兵不必杀。大开城门，吾兵天明即到，不得有违。程、林二将吐舌摇头，共辞曰："往者明阵对敌，岂有畏惧！今三千岂能有济？况宋之雄兵数十万，猛将甚多，黑夜中岂无巡逻军兵，越境执城，非轻易事。他在城上我在下，守军一叫喊，石灰滚木齐下，四城兵包裹坚固，此去实送死耳。明争明战虽杀身丧命，亦所甘心，今一旦蹈险取亡，此段功劳自愿让与别人，我等诚不敢枉死，以误国家大事。"余兆曰："二位将军有所未知也，难怪你们。但山人弄得寿州城里将士人人受病，难以举动得刀枪相战，故用些少人马，与二位将军扒城进登，颇不费力，随意可杀却宋人，决然无碍。尔独不看十馀天，并无一宋将前来挑战？况山人昨夜已亲往寿州城窥探于外，果然旌旗不整，巡守寂然，更无出没火烟。可知他城里君臣皆乃僵死一般，何须畏怯？"二将又曰："虽则国师法力之高，但兵法上不厌诈也。宋太祖乃十八年马上王，能征惯战之君，勇略俱全，手下将士然皆英雄伟杰，谋士、法士萃于一邦。今若此偃旗息鼓，安知非诱敌之良谋乎？我二人死了不足惜，但长敌人之志，反笑军师为人所愚也。"

余兆见二将不知他用此毒砂陷倒宋人，若欲亲往，又碍着亲手开杀戒，有坏仙规，此杀戮只可令别人做的，是将杀罪移在凡俗人耳。今见程、林二将畏怯不行，不免用令赌赛法，可勉他往了。又唤二位将军："此去果无宋兵阻拒，只劳云梯一驾，便可进城，任你施为，倘仍不准信，山人与你自愿立下输赢断约。"原来当日程、林是个烈性英雄，平日心中倒有七八分轻薄道教一味专恃符咒，迥非正道之人。奈何唐主被他唆惑，当日又未曾疏上逐客之书，只欲凑此，奏他为不顺，便要斥逐一个无颜面羞去之。况所为总将成功又败失，未见一者成功。今又邀此奇功，不劳多兵，不折一矢，坐享安乐，便令强宋受毙，二将准料他办不来。今得其愿赌甘罚，只得允行。初议以颅头相搏，有唐主曰："以事无中主，必有一亏，彼此岂可自相矛盾，有伤性命？非自裨益于国，又有殒也。"遂从中议以赌三千金，更要输者跪献罚酒三盅，保令赢者坐饮。程、林二将只得勉从，各写下断约，押上花记，互交字迹，各为执据。

其时晚膳后，将交二鼓，二将各带兵三千，出城而去。是夜中旬，星月交辉，清光万里，不用火把，静悄悄，恰似偷劫夜营光景。来至寿州城时候三更，但此城是从清流关逆御者，只有东南两门可入。余军师原命二将一齐登城，东南各扒上。原来程、林算计不行，倘若一齐分上，一时中计，便无人救应。不若一枝人马扒城，一枝人马在下面提防。若是军师所说非谬，俾先登城者下去开城门，后队兵接继入城。不料二将声高，夜静顺风易闻。程、林之谋为语，被城上冯茂尽听分明，只暗中预备他扒上城时发手。当时程、林二人议定，程飞虎先登上，三千兵才架起云梯，程老将奋力一跃，疾捷而登城上。到城隅垛口，立足方定，早被冯茂发铁尺尽力打去，将程飞虎足胫骨打折，喊声痛如轰雷，翻身坠跌于城下，破额脑而死。可怜一位老将军竟作绿珠存节，坠楼粉身。有林文豹在下面，初时不知，只道他立足不稳，不知被宋将暗算。急奔扶救，忽被城上弓矢巨石齐下，打落如雨，兵死过半，又惧城中有兵杀出。林文豹见失手，急喝兵逃走,耳畔犹听城上曰:"不识手段兵机,枉来送命。我主帅特令偃旗息鼓,引鸿、兆二妖道到来纳命,故命我冯爷在此等候多时,不料他被别人替死,走脱妖道可恨。"当时林文豹远远闻此言,岂敢回头,只顾跑走,只乘着月光急奔,犹恐城上从后射贯脑额。

无奈奔回城中,已是四更天,文豹只见余兆尚在秉烛观书,以候二将回关报捷。旋见林文豹穿了只履回来,正见军师埋怨道:"白将程老将军送了性命,且城上人杀他不是别人,妙在又是冯茂。"余兆初时犹意文豹畏罚假哄着,又询及败残兵,方知是真。余兆不禁失声,气死在地。余鸿一见大惊,急呼喊救,越时方苏。翌日亲到唐主驾前待罪,唐主君臣原畏他是个术士,只可心里埋怨,口中还是敢怒不敢言。有唐主亦谅其本心无他,亦是为着国家之事,是至不言处罚。又有余鸿在旁言:"师弟一闻兵败,程将军一死,登时一气倒地。越刻始苏。"唐主不究,只得追赠程飞虎死节,恤其妻儿,以慰人心而已。然冯茂所为,果然余兆不知。自此心下更畏此矮徒,想必癀砂初下时,莫非早被看破?立时将解此毒,故他将计就计,至累吾一场出丑?真乃事难逆睹。此仇恨有海般深,当着众文武羞惭不过,与此矮贼势不两立。此后即有所谋,再不敢夸张于前,必须踏稳地脚,方可向人前施法,免至效着强言矜张,反遭磨折于目前。此话是余兆自言自语的,说来也不烦叙,但害人足以自害,是千古龟鉴,大抵如斯,岂是奇闻?

但此夜冯茂用智杀退了唐将兵,谅妖道君臣丧胆,决不敢再来惊扰。吩咐艾妻小心把守四城。艾氏领诺。冯茂即驾上火鸦,不一刻已到了黄花洞。进内恭谒过师尊,先问候过起居,尽门生之礼,后将出运粮回,不料宋主君臣概染此病状告禀,求请搭救。黄仙师曰:"余兆计陷,无非用此瘟癀蛊毒耳。原可以药味而痊,但中毒已半月,计日已深,且数十万多人皆被毒,何有许多药饵济调?贤徒未来,为师早知矣。曾向南海慈悲借备得一杨柳枝,可携回调疾。"不知冯茂回城如何?下回分解。

第三十八回

宋太祖悔纵妖道　刘佳人智赚旁门

诗曰：

奸邪示不受天收，左逆阴图岂遂谋？
此日杀身间底事，千年力炼一时休。

当时黄石公将杨柳枝付与冯茂，带回城中："凡有君臣中毒，大小三军，将井泉、河水放杨枝一洗，拿起杨枝取井泉一缸，将杨枝水对众人一洒，受疾之人即刻苏醒，其腹胀立消而痊，井河之水一经杨柳枝浸洗，毒气尽解，不妨再饮食矣。"冯茂闻师言大悦拜谢。领了杨柳，一刻火鸦飞驾回城，已是日午当中了。见妻备言师教设用，冯茂取出大士杨枝，夫妻急如教法施去，果然一众如梦方醒，人人大泻泄，其便黄黑不等，悉属腥秽异常。自太祖众文武，大小三军，一朝复宁如旧，方能饮食，渐长精体健。独有石宏、史珪二将年纪衰迈，肺腑虚弱，正气敌邪不住，不觉毒入膏肓。况前番曾被余鸿迷禁多时，两重受害，此日竟呜呼哀哉了。须则大限所终，亦因妖道作弄而死。有太祖哀之，见二功臣没于王事，随即着军中暂以王礼收殓下，待等班师之日运柩回京，再行加恩旌表。此是后话不提。

但请臣遭着妖毒，须然感激冯茂求师搭救。有等立刻感谢之，有等不平而怨恼，言昨日擒捉下余鸿，他偏主君不杀放脱，致至有今日反他下毒之害。然当时众文武不分得是鸿或兆所害。即太祖见此死亡史石二将，心亦不悦冯茂劝他将余鸿放脱。冯茂也觉其意。奏曰："非有心左袒护于妖道，即杀之亦匪难，但恐杀却，日后反劳圣虑耳。"原来冯茂此言乃是依师吩咐。倘一时杀却鸿等，必然惹出他师赤眉祖来，以至倍加扰吵故也。太祖哪里尽晓原由？但谕知刘金锭等，以后诸将但将两妖道得擒获下，即刻收诛首恶，断不姑饶，金锭及众术将，皆称领旨。只因太祖见妖道用此瘟癀砂，险将君臣大小数十万人性命一时尽灭。倘此妖道常在，又生别谋，我等忧无遗噍类矣，故安得不欲先降除两妖？

当日刘金锭自思，圣上天恩浩大，比别臣不同，一门国戚显贵。今因上虑不安，他是个女中豪杰，一心忠义，奋不顾身的女将军，次早膳后，刻日带领一班女兵，又领了高王兵将一万二千五百精兵，杀往清流关，发送直抵城外讨战。唐守城兵入报，当日程老将一死，不独唐主惊惧失色，且两道人亦见本领用尽，无别法可施。但为唐主之胆，余鸿素日把承拒敌宋人手段，岂得当时推诿？效得虎头蛇尾伎俩，即好歹亦要硬着出阵。余鸿想来此番倘果敌不过宋法人，然即回山，若请得师父到来，哪忧金锭众法士不收除的。心须怯忖，而于唐主驾前也装着色厉内荏。有唐主问及军师曰："今宋法女金锭讨战，可出敌否？"余鸿曰："兵来将挡，水来土掩。山人久炼仙山，岂及不得这丫头不成？"即带领二万五千兵，辞唐主飞拍虎力而出。

有刘金锭正在督兵讨战间，只闻城中炮响一声，冲出一旗军马，远远又见余鸿出阵，即勒马以待。见他对近，以马鞭指定余鸿骂曰："尔这野道，是屡败无能者，再有何面与人主强苦支持，凡心不改，又暗下瘟癀砂。今尔师赤眉老祖恶疾尔不法，不皈依旨命，有玷其门墙。昨天已命人前来与我主媾和，且不日即别差道人来拿尔，抑或亲身下山，捉回定罪，打尔下酆都，永不超度。看尔不久还来见阵否？尔必要迷而不悟，祸不远矣。奴不与尔角较，且待不日老祖来收拾。尔且回城等候，令别将出马，免来混搅。"但金锭非真知他师怒恼余鸿，不过一番劝词，以吓唬之，看余鸿怎生颜色，然后设计擒获他，方不费力。

岂期事有凑巧，原赤眉老祖乃上界首仙，得道数千秋，正是万载不朽金躯，有天地即有此高仙也。自能知过去未来，久明赵乃赤帝临凡，接李唐当兴应运之主。是奉上苍下凡，为四海苍生之瞻仰。然因一日酒色昏迷，不思郑恩是一粗鲁直率狂徒，初结义时手足相待，素知其品质鲁直，并无一点诈伪之心，粗鲁率性是难改化。今因一执怒杀害，未免君之无情，伤害手足之臣忍心也，是至赤眉仙责罚困苦他三载未之为过。但恨余鸿原奉师命本不为怪，先依师命擒下宋将数十名不许加害，是依师命顺天而行，后因宋来了法门之士多人，仍要狠斗，伤残众兵不下百十万生灵，怪不得赤眉也恼其不依训旨，预他脱死于凡。刘金锭阵上言来赤眉师有法牒来捉拿他，不过度理而言，以恐吓之耳。不意符合着余兆前昔下山初言，是师父命彼来南唐拘押回山治罪，与此言暗合。当此余鸿深信之。况昨天余兆放此瘟癀，并无一人知觉，今见刘金锭一一说出，似乎真系师父亲临凡土。指点明救解，至今余兆失手的。当日在阵上听得似醉如痴呆呆不语，无心恋战，不挥兵、不举杖，只喝令一万五千兵跑走回清流关而去。有金锭见余鸿不战带兵去了，亦不追赶，只恐枉伤军兵之无罪者，具体上天以嗜杀戮为戒。原是刘佳人存其戒杀之德，为将者不可不效之，勿蹈着秦之白起、楚之项羽坑戮惨忍，非上天好生之德，后二人皆不得善终。

当日余鸿带兵回入内城，对唐主曰："刘金锭与山人未曾对垒，两相罢。但观大宋亦因粮饷不继，亦无心于江南土地，不日班师。千岁不须忧虑也！但宋人若再逞强时，山人定必回仙岛，启达帅尊赤眉老祖下山，不吝三山、五岳、九州十岛、十八洞神仙、诸天佛祖也不干碍了。愿我王放心。"当日在唐主见屡败阵，料必不能力拒赵宋，略有翻悔之意，暂尔承允余鸿之言。又曰："待寡人明日与众臣酌议，看怎的处置。军师过劳了，请回帐后安歇可也。"余鸿听罢，即辞过唐主，来至后堂见余兆，师弟兄要酌量一个善后的方法。但余兆亦修道有年，原知余鸿须奉师命下山困宋，但迷乱好胜之心，已坠入邪魔之障。昨言师父有旨，捉拿他回山，亦恐吓之免其坠落凡俗，尽废前功之意。倘再妄杀戮，只自己一身也难保，诚恐师父果来深责，也难免罪莫大。仍悔恨着当初被余鸿哄唆下山，悔恨已不及。又不能私自一人脱身去，仍念他一日浼求己下山，是师弟兄之情，日后不好相见。故今余鸿亦弄得余兆进退两难，只一心惧怯师父下凡，一同拘押回山，定将深责打落轮回可悲悯也。今见余鸿到来与他酌议退宋安唐，又说出刘金锭恐唬之词言，昨天师父亲到宋城着令宋君与唐媾和，又言师要差人来拘押我们回山。据这丫头如此言来，但未知果的确否？当时余兆听了鸿言，也觉心惊，缘何用此瘟癀砂不验，莫非果然师父临凡破我设施？如此危矣。心下踌躇不安，又不对余鸿实说也。不强辨金锭阵上之言，是真是假，聊且安慰余鸿不需忧虑。师父断不亲临凡土，但我弟兄既不能胜宋，且见机以脱身为上。

住语余兆弟兄私论之言，且言金锭收兵回城，众兵无话，只众将问及余鸿不战心虚，何故不追获他。金锭言："鸿多能变遁，岂易即擒，今道着彼虚心病，明日易于擒拿了。"众将听言尚不准信。当晚金锭唤四婢令春桃受符咒，化成赤眉。三婢化作仙童，至清流关，寻觅着余鸿言道："昨天黄伯师、陈抟祖、圣母，会见吾师，言汝先依师后违，皆开杀茹晕酒，玷辱师门，特差弟来拘回山，且出见师面。"不知余肯见否？下回分解。

第三十九回

冒赤眉余鸿授首　倚师长余兆逃生

诗曰：

订交刎颈信平生，妖道凄然感旧盟。
不避虎狼尸枕哭，羡乎同学见情深。

当时余鸿欲不出见师尊，又忧获罪益深，无所措辞，更难免赦，反不如出去见师，辩明进退两难之意，或得老祖念着师徒之情，宥赦逆命之罪，也未可知。当日余鸿于众唐人尚搪塞数语，仍不敢张扬，实实认真以至出丑，只得跟随了那位夏莲化身的假道童出城来见师尊。此时春桃假师，装成怒容恼目，切责一番，余鸿垂头丧气，不敢仰视。徐徐方敢低声言曰："愚徒今之下山，原奉师尊所命，非徒贪恋着俗凡富贵也。"赤眉祖曰："为师只命汝将赤帝困苦他一番，未尝令汝妄开杀戒，伤陷多兵，屡施毒谋，有坏修仙人道之心，还不记下山为师吩咐之言。倘果有未妥，亦当早回仙岛禀知，不得妄作逆行，以至失却许多法物，罪大非轻，断难宽赦。"余鸿犹强辩驳。赤眉怒曰："不守清规，玷辱吾仙范，非吾徒也。"即喝令三个仙童，取出捆仙索绑扎起。余鸿见所言皆确，不敢多抗，惟有恳求宽赦，师尊念着师徒面情，大开罗网。原来余鸿师法宝皆被冯茂盗去，又毁坏了。金锭尽对四婢说知，故教春桃一并说的确话，切责之。当时春桃见鸿皆中计，不能辨他是假师，暗喜。见缚绑下恐忧彼遁脱去，又将小姐付下镇压一符，结于他发巾上。此符若贴结在人身头上，任尔五遁俱全，断不能再通，善变化亦不能变化。原算圣母之镇压符为仙第一有用之灵妙也。故金锭早付之四婢，知余鸿有百般变化，善于五遁，是先定此妙算。当下余鸿被绑，心中一想，方念着自己须然有罪过，师父未必下此毒手。何故又将灵符来镇拘我，毫不容情求赦，亦见奇的。但他以我为仇，要将吾性命收除，便不以我为师徒之谊，我又何以师长视之？今正死生交界，不遁走更待何时？默念真言，将身一纵，见绳索全牢不脱解，方悟镇压符利害，当时又惊又恼。

有春桃只碍久留唐城，有兵连救来反要费力，登时喝令假仙童速速拘押去，三婢会意，协同女兵急推押向寿州城而去。有余鸿见仙童与师父不是将已带回金鳌仙岛，反向寿州跑赶路途而行，实是忿怒。想来难独是这老乌龟还将我为进见之礼，解我往宋营表功献俘不成？当此不能遁去，不能变化，怒上心来，不禁大呼：“徒弟既有大罪，带回金鳌洞中，千刀万段，可以身任，若念函丈亲情，半生纳履，止图一只俗富，以博人主其心，将我解往仇家，死不瞑目。”只有假师童绝不回答，只顾将他一程押推。余鸿大恼着赤眉何得一时反目，竟至于此，今生纵不能复此仇，来世定必冤冤相报。语未完，行程急赶，已到寿州，一入门时假赤眉假仙童少不免复还本来面目，将余鸿献上请缴令。当时余鸿看出此情形，方知中计，但无可如何，欲逃遁不得。大骂一班淫婢下此毒手，敢冒渎吾和师尊。山人虽一死，吾师若闻知，不忧尔宋君臣有安席之日。

当时刘金锭心里须知，杀却了余鸿，定然惹出他师尊之祸。但一赦脱，凡心不改，仍要逆行伤生，是纵杀两难之虑。但想冯茂擒一次，纵一次，今捉回即再欲放脱，此回亦恐众将兵不允，心不服也。不免暂且先除却目前之祸根，以待将来理论。凑着太祖已知复拿回余鸿，又想南唐逞志争雄者，皆借此妖道之力，若将他除灭了，实乃剪却李煜羽翼，然后江南唾手可得。当日刘金锭奉着君命，不得不遵，即刻遂将余鸿押至金殿，圣主发落行刑。原者宋之君臣，哪里晓得后有赤眉不忿执责之患？皆谓除却余鸿，去却南唐腹心之患。最切眼是当初被落魂锣捉拿收禁的十三将。今又复擒回，怒上倍加，正记起昨擒复纵之恼，众将怒目睁睁。余鸿一押至帅堂，尚口出不逊之言，上座武将倍怒，高元帅怒甚，一拍喝："刀斧手推出校门外斩首！"不想去一刻，入报，言数次斩杀余鸿不得。刀砍杀去，反将刀口打崩，火光迸出，刽子手反跌仆下，今一连十馀人斩杀不得。将来禀知，如何诛戮？太祖高王众骇诧，不知妖道用着什么法术，不能行刑？如之奈何？有刘金锭曰："此妖道有异术，奇钢金于头颅顶中，是至刀斧不能伤，且待臣甥媳请宝剑剪除之。"当下金锭出至法场，将怀中小葫芦揭去盖口，念咒言，只见白光两道冲出，如双剪一般飞至余鸿跟前，只见头颅落地，鲜血淋漓，可怜一只北山鸿雁修炼将近千年，又得金鳌岛赤眉祖许多化雨栽培，将登大罗仙班之列，不料此日奉师命下山，不依训旨，强为强作，逆天佐伪灭真，伤害百万生灵，未尝无罪，后仍恋着凡俗荣华，忿心不灭，不肯回山收心，以至堕落腥魔尘阵，仓促罹凶，亦觉可悯。

有余兆此日只道真师尊亲来拿他回山，已是忧心惶恐畏惧，又不知师父怪责吾离山助他否？故不敢出城见师。今见等候了半天之久，仍不见余鸿回转，心中大加疑惑不安。复将隐身草藏在怀中，将身遁至寿州城里，打听消息。从帅堂地道出现，他有隐身草，众将兵自然隐形不见，便得一路遍寻内外，一来至法场中，只见已将余鸿的首级已是高悬号令，余兆想来可惜数百年道行，流下泪来，正是：

铁砚共磨趋步日，白衣犹缺送行时。

当时余兆一见同道余鸿身首异处，乃头高张，残尸横野，一时友爱之情难免不觉纷纷下泪。即于月光之下，枕尸放声痛哭。

不料身中隐身草却被鸿尸秽血所触，已成无用之物，已不灵验了，自现出原体。余兆亦不及知之，早被宋之巡逻兵，一闻法场有哭泣之声，看近月光下，乃见一道家装扮。分头暗报，会埋四伏，一刻三四千蜂拥困住，一刻拿下不放，恐他遁去，推押入帅堂。太祖一见，拍案怒曰："汝两妖道，逆天唆哄李煜不服，至两敌交锋，伤残军兵性命不下百万之众。昨天党羽被诛，乃唇亡齿寒了，尚不儆惧避迹潜踪，今黑夜中还敢来探哭。他是死有余辜的，汝奔来服泣，定必心还不下。若不尽诛妖道，何日得南唐平服？"那余兆想来，余师兄已见诛死，恐蹈着他辙，即假言曰："汝君臣好大胆子，山人的师赤眉到了，要拘余鸿回山，今被你们杀害，特命来探消息，敢将吾无罪陷害耶？倘吾师一怒，汝君臣人人化作飞灰，那时悔之莫及。"

刘金锭在旁听得此言，心中一惊，未知真假与赤眉到否？久闻他神通广大道祖，况冒认他师杀却其门徒，不过出于不得已，想来倒有不合于理。今若并将余兆又杀害，宜不复与赤眉倍种荆棘深也？倘触他一怒，吾等皆非其敌手。遂恳奏太祖："暂赦免之，他比余鸿罪未至于死，但念彼赤眉师面情，且又未知真否到来，赦之以改前非，劝谏唐主早日归降，即速随师回山，不许复唆唐。下次擒拿，开不姑饶。"余兆喜他中计得脱，抱羞借土遁急逃回。当日太祖屡听金锭、冯茂数言赤眉神通法力无边，亦有畏惹他之心，只得依从。放脱余兆去后，再命苗军师一卜，方知余兆假托赤眉下山，皆唬词，追赶不及。

再言余兆终念余鸿惨死，平日彼此戴笠情深，裨袍义切，有若联交刎颈，今一旦牙榻生尘，午夜鸣鸡倍感。方思复仇，转虑及孤身无助，难以独力成功。一夜思之，想起有帮助数人，未知哪几人可助力？下回分解。

第四十回

思复仇余兆聘妖　急退敌唐主纳邪

诗曰：

　　书来法令可通神，南北东西尽布阵。
　　左道须知能陷正，终于罪满报其身。

却说余兆痛恨余鸿被宋君诛杀，要报仇雪恨。是夜思记着助力之辈，乃北方一古洞，还交结下一众同道好友，皆是法力之人。欲报余鸿之仇，除非得此五仙，一同到来，方可协力帮阵。到次早，唐主闻报到余军师被刘女将用法赚去杀害，好不惊骇。又念他舍却神仙大道，为着孤江山而死，心中伤感，又请余兆国师求计，以拒宋兵。有余兆曰："我主勿忙，山人因师兄惨死了，宋之仇定必要报复的，山人算定还有一班同道，五位仙长神通妙术奇能，待山人尽邀他下山，见个雌雄。"唐主闻言，即日催捉余国师起身往请各仙下凡，方能拒敌大宋，不然孤邦难保。是日余兆领旨，高驾祥云而去，往聘各道友。

再说宋君臣见除却余鸿，正去一巨妖，又知赤眉非到，正要凑此进兵，灭却南唐早日班师。是日，高王发令君保夫妻督前往攻打清流关。当时唐主见余军师死了，余兆又往请各仙不在城，唐主不欲出敌，众将中亦颇畏怯宋之将勇兵强，正要悬出免战牌。有姚凤一想，自交兵以来，自己未曾赴敌，凭着平日威名，何不出阵定个胜负，以见急国难，解君忧。即辞唐主上马，提刀出敌。去后唐主再命皇甫晖领兵同出，在后接应，按下慢提。

再说北方有座清风山，一连五个野仙，一名白鹤，自号为紫霞仙；次的粉蝶，号为赏花仙；又次的猩猩，号为灵仙；更次的青牛精，号为安乐仙；最末的天狐，号为慧仙。五野仙次第相称，亦是旁门外道中人。与鸿兆原以禽兽身，修炼一派，皆已成形，日久得将成仙列。此洞原初因是元狐世居，因狐婆下去金陵，混入凡世以媚俗人，采补元气。此狐妻去，自觉孤寡无所，寥寥一身，故招来四野仙同居一穴洞，炼就得十分狠毒。忽见此天，余兆到洞中，白鹤仙迎接着曰："近日闻封兄在南唐李煜处，后闻屡败，弟正欲下山助阵，为道中出气。但四弟等皆鼠首两端，不欲闲理别家国事，是以未临问候，未知近日又是如何光景？"余兆遂将刘、冯诸人法力厉害，已将鸿师兄伤害了。今奉唐主之命，特来聘请道兄等，一同下山掌军辅佐李唐。遂于袖中取出唐主台书，其恳情恭切，也不烦言。各仙看此，即谦逊领旨。斯时余兆又请众道兄即日登程。犹恐宋人猖獗，乘胜来攻，一时军中无主，唐主心忧悬望我等心切，虑恐延迟。

只有五位野仙，日久修炼在山中，并未下凡一试本领。今见余兆到山邀请，唐主恭诚，乃一心喜悦，下山尘世走一遭。各野仙藏过各宝物应用的，即日离洞，与余兆一路驾上云头，一刻已至清流关。余兆立住云头一望，只见下面喊杀连天，认来却是南唐姚凤、皇甫晖二将被宋高君保捉拿去，兆欲与五道兄冲下去救回，又见刘金锭在后压阵。兆又想来屡战斗丫头不过，只碍着五人初到，倘或失利，不能胜他，倒先怯了胆心。不如只作不知，先见过唐主，议及开兵败却刘金锭众法士，方为高着。当时一同下了云头，有余兆先入关中，奏知唐主，差众文武出城迎接。

当此，唐主方闻姚凤、皇甫晖二将被擒兵败。正在十分惊惶，只虑及猛将擒亡，无人御敌，忽见余兆引得五个奇士回城，纷纷来至帐前，但见首仙白鹤精紫霞仙形容：

顶尖而锐，两目如晓星，闪闪有耀，面上毫毛寸许，豪长欲啄，虽体态轻佻，而满身缟素，飘飘有神仙之致。

又见黄蝶精赏花仙形容：

头面短促，眼睛达出，长须倒卷插天，两臂常摇频掉，进止无常，而衣袖甚是文采，而有可观之致。

又见猩猩精灵仙形容：

面如瘦枣，眉眼闪闪，更属狰狞可畏，两臂长长拖到地，一双长脚五尺馀，遍体有毛，松绒是动。

又见青牛精安乐仙形容：

躯体甚胖，头大面长，突目巨口，头角撑横，声如巨钟，虽动止迟钝，而肥满安敦，望之知为庸庸而多福。

又见元狐精慧仙形容：

容止光昌，身材细小，碧目闪烁，威仪逊谦，心似狐疑，顾盼不定，举动风流，或行或止，频摇自有定企。

当此异常之人，种类错杂，令人见而怖怯，幸南唐主素与此外道相近，惯杂类为常，当此救败之际，故无所惧怯。只知叩托以破宋助唐之谋。五妖道力任担承，唐主喜悦。是日，大排筵宴，与众仙接风欢叙。暂为按下。

却说宋太祖当日差令高琼夫妻带兵讨唐，**擒拿姚凤、皇甫晖**，得胜而回。但两人是南唐之勇将，且忠烈武臣，又与**李煜开辟江南疆土**者，平日立下战功不少。今被来所捉拿，**故唐主心下惶惶惊惧**，故宋之名臣欧阳修作《礼乐赋》曾记其事，今并书之，**以为此传奇之一证**也。看官以此勿道是假说。

昔余于五代干戈之际，用武地也，昔太祖以周师破李煜兵于清流关山下，生擒其将皇甫晖、姚凤而闻，修尝游其山川，按其图址升高以望清流之关，欲求晖、凤就擒之所，百年之间漠然，徒见山高而水清，欲问其事，而遗老尽矣。

按史宋师下江南之日，宋太祖命将出师，语曹彬等勿以妄杀嗜戮为嘱。当其时，太祖只命将提兵征讨江南耳。观史迥非太祖亲临戎马之地，然传奇与史固有详简之分，异而不同。但史实为根传奇为馀，有其形然后有其影，看者亦不需究史实录而驳论之。

再说南唐城中，众妖仙甫聚，要败宋恢复疆土。当时余兆教唐主煜尊紫霞仙为总帅。唐主允准，命人筑立将台，顷刻赶办起。唐主亲执帅印，恭身请紫霞仙登台挂印。紫霞仙谦让而后领受之，一接兵符、剑令等物，坐下帅坛中，即要点将。拔令一枝，命大将军林文豹前往清流关外五十里，于西北方，令手下能员设立一座法台，阔长周围一百九十步，高三丈三尺，台前又掘战坑左右二个，深俱要一丈八尺，限刻日成功。又拔令一枝。唤上护国公秦凤，前往擒捉孕妇二十名，哑童子二十名，带回往坛中应用。二将得令去讫，一日所办俱完，缴令已毕。

紫霞仙下出将坛，有唐主预先调命齐大小三军，众将士同随五仙

第四十回　思复仇余兆聘妖　急退敌唐主纳邪

长俱在法台下。只见紫霞仙来至台前，揖让而登，命将士推至孕妇哑童共四十人，教将妇童剖开肚腹，勿坏全副五脏割下来，自有作用，众孕妇始遇过刀杀害，恼哭曰："我等众妇人何事？见杀害。"紫霞仙曰："不过借尔等男女身以备杀敌，今主上不拘男女，赔偿银每人一百两与汝夫家或父母。事完之日，早要用法超升尔等好位置，以赏尔为国公亡。"孕妇人人忿怒，曰："我等丈夫家，岂是将人肉货售者？枉尔身居将士，许多谋略不用，以战攻时着邪行恶魔，妄杀无罪子民，上苍岂容尔左道伤残惨害，几见有用死人行兵之理？古来明将一夜下齐七十城，食顷踩楚二十寨。岂见有先杀人为用者？"言毕，狠哭相骂，喊振喧哗。即那一班哑子虽不能怒骂有声，亦且瘖语重重，一指相加拳里，旋作雷轰其顶之状。有一班妖仙皆恼，喝令兵丁刀斧手尽缚绑起。又曰："若不早灭宋人，倘清流关一破，尔等满城尽作刀头之鬼，死于敌军之中了。何止尔四十人之身？"不知杀了童妇如何？下回分解。

第四十一回

残童妇妖道伤生　探阵图佳人回报

诗曰：

妖阵方罹恶曜齐，欲将淫女阵中迷。
岂知邪教终无用，自有高仙合救危。

却说鹤仙喝将孕妇男童捆绑起，言："国中文兵以来，文臣武将不知死去多少，英雄、奇士，皆因王事捐躯不惜其死，汝等不过民家妇女贱质，有甚稀罕，即病哑之童染此痼疾，实乃一废物之虫耳，纵青春不老亦属虚耽人世，枉多食粟稻，不死何为？今日出于王事，国家出赏重资，还算死中便宜了。"令军士开刀。妇人大哭，个个骂咒言不绝，可怜妇童四十性命无罪，一刻间受此惨毒之刑。妖道虽则为着王事，亡非命所该终，何由死得瞑目。一时割杀完讫，各夫家父母多怨恨唐主，信用妖人，以至屈杀妇童。有一人两命童子未应所死，尚有数十年衍生，有不受赔偿十之七八，有等夫家父母贪财不惜妻子领银回，甘食不以为悲怆。

当时妖仙令将各妇童内脏互相置易，复用着针线缝密割口，以待备用。鹤仙当日沐浴更衣，上了高法台焚符念咒，手持桃木宝剑，法水四方咒喷，不一刻半空中金光一阵，来了一尊神，显露真形，祥云冉冉而下，有五言排律诗为证：

头戴三山帽，金盔杀气冲。连环披甲响，威森衬袍红。横插腰悬剑，邪窥隔挂铜。随带哮天犬，兼乘号骧龙。华山曾救母，追日显神通。

所奉符敕来者，乃是二郎神，杀气英雄，开口如轰雷："法师有何差遣？"紫霞仙曰："吾举教命摆下阴阳阵，特请二郎尊神到法阵东方，与下面诸神等候宋人打阵，不许走脱。"二郎领旨而下。鹤仙复烧符咒如前。西方又来了一尊神圣，露出形象如何？有五言排律诗为证：

珠冠头上戴，铠甲亮明新。玉带腰围阔，红袍黼藻绚。靴踏祥云绕，躯乘跨日驯。方天如可挟，多塔且兼陈。为卒成汤运，尘身立化神。

其尊神乃是托塔李天王，躬身问差遣。鹤仙即令其镇守南方去讫。又焚符一道，口念咒言一番，不一刻又从空来了一位尊神，有赞为证：

果是三头八臂，面如蓝靛，眼如铃，连环铠甲龙鳞布，水火红袍绘豸形，斩妖剑对缚邪索，乾坤野兼混天绫。九龙神火金砖现，丈八矛枪杀气盈，良御两轮风火驾，少年谁与子为京。

此位猛烈尊神是哪吒太子。当日也曾助周武王伐纣，诛妲己，追杀飞廉恶来等，全赖其力，封神榜上姓字高标，此际乘法遣而来。紫霞仙又令他镇守阵内西方去了。当时鹤仙又烧焚灵符一道，咒念真言一番，只见阴风霭霭，黑雾重重，来了一员神将，是何形貌，有赞为证：

红袍金甲，玉带玲珑，兽面金睛，须眉直竖，手拿金砖，坐乘赤骥。

　　此位尊神装扮乃是五道伤神。当日为商纣大将，赤胆忠肝，各为其主，曾被姜太公所灭，后追封在万花台前得道。此日亦得法旨，遂与各神圣候旨。紫霞令他与各神守北方，务使刘金锭等能进阵，不能出阵。当日如此阵中，皆有神将把守，不忧敌将进阵不死。余兆从旁又说知，中央未有神人把守。鹤仙只得又焚符差遣一位，有赞：

　　法体金身，高来支六，金箍扣顶，竖目横眉，须发皆红，如蓝靛獠牙，倒出长舒唇外，头角横生，峥嵘鼎峙，树叶披衣，腰际下系虎皮裙。

　　来的一位乃是如来殿中独火鬼，当日领旨镇守中央。至于深坑则以朱雀玄武守其阳坑，而丧门吊客住之，又白虎青龙勾陈守阴坑，而大耗、小耗、螣蛇、天罡地煞住之。一一俱已布定。紫霞仙又命人，多杀畜生及死尸之物放在二坑中，以供恶耀凶神所食。

　　鹤仙已遣齐各神将，四门中央齐备。又用法咒向众孕妇哑子法水一喷，死尸皆立起。鹤仙遂与他点开目睛，又向心口贴着灵符一道，令人与他装束。童子披麻执杖，孕妇通身白缟素孝服。且令他阵中四方分布，一见宋人进打阵中，必须缠身上前，呼叫性命哀哭，众尸领法旨去讫。

　　翌日，即是七杀日辰，紫霞仙第一令，命余兆带兵三百六十四名，俱要白盔、白旗、白甲守住西方庚辛金位。拨孕妇、哑童八名，在招魂幡下，皆立等候宋人到来索命；第二令，命猩猩精带三百六十四名兵，率赤盔、赤旗、赤甲守住南方丙丁火位。孕妇哑童八名，皆立招魂幡下；第三令，命元狐精带了三百六十四名兵丁，黑盔、黑旗、黑甲，守住北方壬癸水位。孕妇哑童皆立招魂幡下；

第四令，命青牛精带领三百六十四名兵丁，青盔、青旗、青甲守住东方甲乙木位。孕妇哑童八名皆立招魂幡下；第五令，命黄蝶精带领三百六十四名兵丁，黄盔、黄旗、黄甲守住中央戊己土位。孕妇哑童八名，立在招魂幡下。外阵用者，八名副将，分乾、坤、坎、艮、震、巽、离、兑，是为八卦；又选八名牙将，分守休、生、伤、杜、景、死、惊、开，是为八门。又焚符请来阵门土地，为预报。诸务俱已停当妥备。那八卦阴阳阵果然布得齐齐整整，杀气腾空，多端变化。阵阵毫光冲起九霄，显有五仙，暗有五神将。鹤仙又手执五色旗，往来台上，挂起落魂钟，阴魂砂，然后始教唐将往寿州骂战。

那将自称为引魂使者，他是倔做强词，言奉紫霞仙师大元帅之命，请刘金锭并有法之士前来看阵。刘金锭一想，倘不往看他阵图，便为敌人所耻，又须要看他阵摆得高低，遂与来将说明，看阵不许暗伤。然后带领着一班将士兵丁将近阵前，便觉摆法齐整，杀气冲霄，龙虎分明。阵门旗幡密密，刀斧交加，非同儿戏。即吩咐各兵将高君保九王八侯等俗人，不可逼近视之，恐为邪气所冲。自己与萧、郁、艾四人，各有灵符护身，这些僵尸、野魂不能缠害。方近阵门，只见阵中跑出一道人说曰："尔等女将既为法门弟子，能破得此阵即休，如若无术破阵，山人务必遣来九星恶曜，到寿州城与余鸿师兄报仇了。"金锭等领诺曰："有摆法，自然有破法。"鹤仙冷笑进阵。当时金锭顾此，知他是阴阳阵，但不善破法。况见其外不见其内，想来进陈中试一看。但陈必从生门进，便大所害。且由此生门入，细看动静，然后再设法破之未迟。四女将一闯入头门，遂从生门入，各有灵符护身，虽不敢近，然各凶星一动，竟被打回数次。如是无奈，只得强对："取备宝物，方来领教。"有紫霞仙谅他不知彼法，且姑依允。

刘、萧、郁、艾合众将回至营中，上奏太祖，始知南唐又来了一班妖道，摆下恶阵。且问刘金锭诸女将如何破法？金锭对曰："学道日浅，此名阴阳阵。其阵中九曜恶煞不少，且有正直尊神，协同守阵。臣妾不敢妄逞功能，以入此阵。"太祖曰："虽然如此，必须破之。"不知刘金锭如何对主？下回分解。

第四十二回

请群仙冯茂奔劳　差众将真人奥旨

诗曰：

少年喜事欠求详，幸得佳人共赞襄。
侥幸成功身到处，却缘国运值明昌。

当下太祖问及刘金锭破阵之法，金锭奏上："未能。"太祖曰："他布此恶阵，若不能破，怎得南唐臣服？须再设法破之为上。"金锭曰："臣妾算定，冯茂神鸦迅速，命他回山请他师尊到来，方有破法。"太祖闻奏，即命冯茂刻往。冯茂领旨，辞过圣驾，跨神鸦，三个时刻即回黄花洞，拜见师尊黄石公。将余兆各妖仙摆下阴阳阵，奏旨求请师傅下山破阵。黄石仙翁想来阴阳阵内有神将、天兵把守，其中九曜恶煞凶星很多．一人独力难破。非请孙膑真人、华山陈抟老祖，方能有效。今不惜辛劳，分头相请。先往水帘洞浼请真人，次往华山，会请陈抟老祖。是日，孙真人一闻黄石公相请破阵，均同为着宋室江山，理应真主华夷一统，今之见召，岂有不往之理？是日，孙真人欣然乐往，高驾祥云，不一刻已到黄花洞。黄石公大开洞门，迎接大仙相会，欣然携手共进洞堂对座，共话温寒。未久见报到，华山陈抟祖到会，二仙起位出迎，彼此草草叙谈一刻，各要动身齐往。先着冯茂回寿州安慰宋太祖，以免圣主悬望。

　　冯茂领命，一拍神鸦，高驾空中先回。再说三位高仙，各驾云头联行。是日，太祖见冯茂回城，禀奏上三位高仙已准召齐来。太祖大喜，颁命焚香迎接。三仙一刻又至殿中，文武将士、诸臣亦喜，纷纷恭谒，欣见上仙。少刻又报入，众位圣母皆到，诸文武复奉君命各出接迎入。是梨山圣母、金花圣母、金光圣母，各谒圣主，六位高仙过同见礼。太祖当中起立，请高仙圣母坐下。太祖龙颜欣然曰："有劳列位上仙，为着朕的江山俗务，至今辛劳跋涉，寡人甚不过意，不知将何以酬大德？"众仙曰："陛下乃应运受命圣主，南唐主不知天命，不臣服，皆由各野道唆使，妄起争端。今又摆此恶阵，犹恐各门徒学道日浅，怎能破此凶恶之阵？故闻召旨，各不辞劳，会合来解此恶曜，是理所应以顺天也。敢领陛下过奖酬德为言。"太祖不胜感激，是日有各弟子恭见过各师尊，礼毕。

　　刘金锭奏请圣上："即刻命人设将台，以便推举哪位上仙，权为掌帅，以便调兵遣将破阵。"太祖允请，即命日将台搭备。此日各仙同往看过阴阳阵而回，遂合议孙真人乃精于行兵、布阵，推尊为帅。孙子谦逊一番，然后允请，有高王爷，将此符令、帅印交呈毕。孙真人曰："山人未有甚德能，不敢当细柳任居。但今妖道摆此阴阳迷魂阵，否当初曾在天台山为王伯央所困，后蒙师鬼谷搭救。今日所谓见鞍思马，正与各道友、各位令徒争气，并且知我们等顺天而行，少助真主一统江山之力。"有众人仙凡合口称谢。

　　真人须臾登上将坛开言："冯茂听令！"茂应声打拱："有何差遣？"真人曰："山人有书一封交下，前往青峰垂珠洞素珠圣母处，借取定风珠一颗，回来破阵，事后完璧送还。"冯茂领令，接书去讫。又着令郑印，前往取高唐草回城应用。那郑最是性急粗莽人，今见真人一令，闻之便行。又命高君保："带二千名弓箭手直出北城三百里外，一山名聚兽山，山中有一鸟，名唤瘟瘟鸟，差不多有鲲鹏鸟之大，每月遇朔望日期末时始出，遇人啄人，遇物啄物，伤人害物过多，今当罪盈满贯之日，收灭有时，一展翅飞鸣，只见飞砂走石，生叶落飞。幸明天便是朔日期，汝于午刻可装定弓箭，待鸟出时，千弩齐发，将此狼鸟殪杀下，便割此鸟脑浆带回，不可违命。"又交一令，命高君佩带二十名家将，往取十灵头。那高君佩见得令在后，犹恐见功迟了，竟俨如郑印一般粗莽，得令便行。真人冷笑一声，又持一令，命杨延平带录丁二十名往取杜女雪，延不敢糊涂领令，即动问仙师，"究竟杜女是何人？在于何方？怎取得他血？"真人曰："且先到花之寨，问询花解语，便知。"延平又以平生与花解语未觌一面，不相识认，此事怎能浼求他代辨？方欲再问，真人不即吐实，又言："尔若到了花之寨，将军那里不浼他，他便先要代小将军去办。且好事在目前，正有无穷之妙，此段定一公私两济，愿遂平生，日后还要拜谢山人指点美差也。"当时延平漠然不解此语，但他乃仙人所命，又不敢再渎多盘，只得接令，聊且寻路，且到花之寨再作理会。其时诸将点去讫，孙真人然后徐徐下将坛。太祖早已令大臣接到帅堂上，称说劳谢一番。诸仙、圣母等谦逊。

是日太祖命教诸人预行斋戒，上有太祖，下至兵丁，无不素供斋戒，心表虔诚。人人喜悦，拭目以俟灭除妖道。日中无事，太祖亦要与陈抟师博弈一场，以续继前遇，以待诸将士取实回城，始行开兵破阵。陈抟欣然，但陈抟棋固高，今非昔比，当初太祖身为一少年公子，大运未及至，棋输与陈希夷，今日身为天下之君，进退有法，发手有叙，前之输却华山，与老祖捉弄他时，未该起耳。岂知此回一下棋子，陈抟已被太祖一攻击，便尔车危马困。陈抟急起称贺曰："今观棋局中，足见主上福至心灵，与赌华山之日，势有天壤之别。故今江山一统，观此天下梗逆，岂敌王师？迥非他旁敢与力量者乎？是足兴旺之兆征，机伏于此了。"太祖闻言大喜。后人有论弈之详论一篇：

  盖闻西伯圣人，姬公贤相，尚有日昃待旦之勤，岂敢游惰哉？今世之人，多不务经术，好观博弈，废事弃业、忘寝与食，穷日尽明，继以脂烛。当其临局交争，雌雄未决，专精锐意，神迷体倦，人事旷而不修，宾旅阙而不接。虽有太牢之馈，韶华之乐，不暇顾也。至或赌及衣物，徙棋易行，或因定位之迁移，虽属知交立生怒色；或因事后以言能，纵关骨肉且起争论。一时好胜之念乍萌，当下忿戾之意顿起。究其所志不出杯之上，所务不过方卦之门，胜敌无封爵之赏，获地无兼土之赐。彼非六艺，业匪九流，立身者不阶其术，征选者不由其道。求之于战阵，则非孙吴之伦也！考之于道艺，则非孔氏之门也。以变诈为务，则非忠信之事也。以劫杀为名，则非仁者之意也。而空妨日废业，终无补益，何异设木而击之，置石而投之哉！且君子之居室也，勤身以致养；其在朝也，竭命以纳忠。临事且犹旰食，而何暇博弈之足耽。方今大宋受命，海内未平，圣主乾乾务在得人。勇略之士，则受熊虎之任；儒雅之徒，则处龙凤之署。百行兼苞，文武并驾，博选良才，旌简髦俊，设程试之科，垂金爵之赏。诚千载之嘉会，百世之良遇也。当世之上，宜勉思至道，爱功惜力，以佐明时，使名书史藉，勋在盟府。乃君子之上务，当今之先务也。夫一木之枰，孰与方国之封，枯棋三百，孰与万人之将？兖龙之服，金石之药，足以兼博弈之力。用之于诗书，是有颜闵之志也；用之于智计，是有良平之思也；用之于资货，是有猗顿之富也；用之于射御，是有将帅之备也。如此则功名立，而鄙贱远矣。

第四十三回

取高唐郑印奇逢　辨十灵君佩偶遇

诗曰：

生死婚姻匪偶然，却难未事见机先。
头颅可割狐能杀，总属飞龙合应天。

住语上书一番棋论，原是陈抟老祖恐宋太祖耽于博弈，有误乎朝政，并书下以为世人癖此者戒。读之未免不惕然，有感于醒心，闲言叙过不提。

先说郑印奉师令行至中途，始悔及未曾问明高唐草落在何方？怎生模样？即刻接令上行，方悔己之心粗，犹恐误事。意欲回城再问，怎奈离城已远，且防被众将所耻笑。一想莫非果有高唐之名，有草发生的。随猜测度随行，忽见前面有座高山峻岭，飞瀑涓涓。郑印此时意想，高山有水下流，或有草生发，是高唐的，即塘是田土中挑锄，哪得是高。遂命家丁在下等候。单身登上，步履而行，扳藤负葛而升，一至山顶一望，果然高峻险绝，可插碧摩天，有诗为证：

绝顶通天护碧霞，神宫压海控中华。
　　笼中日月飞双鸟，掌上山河聚一家。
　　岚气昼昏埋玉检，石泉春暖喷金砂。
　　奇峰怪石多仙迹，岩里灵茅自作牙。

　　观诗中寓意，山之高险可见，登泰山而知天下之小。当时郑印望去，山侧果有一方塘。趋近瞻之，水亦不甚深，无鱼澄清。当日照去，形影彻底，只见左边有亭，一段大地青葱之色。即一见喜上心头，曰："失去草虽无觅处，得回全不费工夫。此草岂不是高塘之草也？有幸自己一时凑巧得到此高山，何不芟此一大束回去早报首功。"遂拔剑一连割下一堆，想来无索子捆缚，即将腰间五色鸾带束缚起。无心览此山幽景致，大步奔下山。即上马吩咐兵丁，从旧路回城。

　　正是喜色匆匆行来，忽见数人闯面冲上，中一少年郎，俊美恰像妻萧女，行近看明，果然是自妻。萧询以接令所办之草如何？印即欣然且告以己之聪悟，幸遇一峻大高山，故得此高塘上之草。今且与汝同回关中缴令去罢。萧女接过一看，冷笑曰："以塘在高山，又目之以名则是，其实则非也。因尔接令时并不问明，刻日就道。妾想尔必有错误，故急改装奔来，看郎所采取若何，不期果然乱拾此野草回，何能缴令？"郑印闻妻此语，不觉得喜转忧，前功尽废，急将野草弃于道旁。又问妻："高唐草果属何物？"引凤曰："此物乃是生产妇人当分娩时胎后血块之物，生产时座草为盘。俗人名以后人是也，别名为唐草。且仙人口不出秽语，故以别名为说。君必取得此物，方合破妖阵之用。"郑印闻言，愠而不悦。曰："任意呼名令人难猜，若非妻尔来说明，实属梦想不到。"萧女又教："须要往民家村落中，试询有无人家生产，方得此物。"郑印领诺，引凤乃返辔回城。

　　有郑印想来这真人千般万般不差本少爷，偏以此秽物相使，别件东西犹易办来，此物岂是当有的？但王事不得不勉力前寻。嗟叹曰：

"倘妖道当灭，便能乃遇，方得缴令。"遂催马夫取路往各庄村，但不想两位文兵，人多远避，门闾里巷，一片荒凉，实乃悢人心目。又行数里，穿街冲巷，突见一老妈子手携废竹箕，内有血灰成撮。印意他必是此物，急下马呼住妈子，施礼一揖，开声探问无差，便说自愿捐金索买。有老妈子默想，所携乃是至污秽之物，自家方欲弃诸下流，今来客欲以囊金购买，难独此少年是疯癫人不成？方自惊讶。印又索请买不已。妈子见印索买情真，又转念，意他或取来合药亦未可知。况自思一贫清淡，今媳妇初产下，姜酒无资，今乃意外得钱回家，亦可济一急用。管他真癫假呆，只要自己得利，即允成他买，亦觉自暗笑之。当时郑印即取出元丝一小锭，约有五两上下，交他。老妈子拜谢。印便上马，令家丁连竹箕接过，转马回城。

中途忽遇高君佩，佩即问郑印："所领办若何？"即喜对曰："侥幸成功，无心遇宝。"佩又曰："彼此接令皆不问而行，今兄既幸成功，但吾不知如何复命耳。"印即便安慰之。曰："是吉人天相，吾即亦不期得之，断无空回之理，贤弟只勇往向前，或有所遇。"佩无奈何，只怨着自行粗莽误事，与真人差遣无尤。只得辞过郑印，勇往加鞭，分头取路随意所之，再走二三里之遥，忽见前途挨肩成衽，人海人山，不知何故？正是：

群男青兖民康富，六市雍梁地沃饶。

当时高君佩见一街衢，一路挤拥人稠，恰值一老人迎面而来。君佩打个揖询问其故，老人曰："此处不是迎神赛会，又不是演戏歌坛，乃是前途一里之遥，是凤阳岭畔张家庄上来了一位卖卜先生，号为张十灵，判断吉凶有准，祸福无差。真乃子牙不过，鬼谷一流。所以一时引动远近多人，皆去求判吉凶。"佩忽闻十灵两字，难独是此人，便是真人命稼取他的头也？一拱相辞过老人，聊且驰马往前观看，再作处置。

遂一路催马过凤阳岭，一刻已到。果见许多老幼人人说。曰："张十灵今日何故不垂帘出招牌的，难独是一连数天求问的太多厌烦了，故今天暂且闭门辞客不成？"内有附近同里巷者说曰："尔等众人有所不知，他数日前已对人说知，今日是他尸解之期，天数已定，不得留于人间，所以闭门处分后事。仙化后以待人有用，不知所待何人？"众人中闻言叹惜。曰："诚如是，乃吾们来迟，不获此高明判断吉凶，真可恨也！"一路上人纷纷议论，络绎无味而回。独有君佩在马上一想，前闻十灵两字已关于心，今又听闻此人尸解，以待他人用者，更觉骇然醒悟，今若此，岂不是凑成暗合取的十灵头？真乃仙人有先知之见也！遂决意亟待看个明白。

即刻到却岭畔，果见一间小小的占卜肆舍。忽有一人在门首迎着，指马头唤声高叫曰："马上来客，可是高将军否？"君佩惊讶，与此人平生未睹，何故乍见相呼，已知姓字？只得下马回应。那人又言："若此请进。"君佩一见是卜卦舍馆，想他是张十灵了，故有先知先见之明。今已相识认，当下吩咐家将人在外伫候，自己下马步进。转问此人姓名，始知那人非张十灵，乃十灵门徒李万是也。又言："师尊知将军此刻领真人军令前来，恐将军未曾识认门庐，故命小子在门首立候舆马。"君佩又询问："师尊现在何所？"李方告以在内堂，登时引进。高佩随入，适见一人道家装束，鲜衣盛服，独坐蒲团，若有所候。甫入，即起延客坐，并说："早知高将军今日定然奉令到来，取山人头颅回城，破妖阵以应用于中央戊己土的。今将军既来此，祈开刀以便两就。"君佩曰："圣主不杀无辜，利刃不斩无罪。我君佩虽非敢望于圣，然安忍加害善人？虽真人有令，断不能下手，自愿空跑而回领罪也。"十灵曰："小将军有所未知，山人原是唐相魏征后身，当日斩却东海老龙头。后来被老龙王阎皇殿上告我，唐主既许救，不晓机关，累他见杀，以至刘存进瓜，东海老龙恨犹未熄。在唐时屡屡力灾后山人，在阎皇殿前许以还头代主示罚。今喜大丹已成，正合飞升时候，故真人先知，特来成我美举，并可以为破阵之用，非害我也。将军俗人所以不知，倘事非出有因，哪有人不畏死之理？"不知君佩取此十灵头否？下回分解。

第四十四回

杨公子因功结缔　花小姐比武为媒

诗曰：

国运当兴岂没因，邪难胜正古来云。
公私两得君臣福，从此江山巩固新。

当时高君佩见张十灵如此说来，乃是一片无根据荒唐之语，岂得准信？非仇非敌，何能下手？只不肯开刀杀他。有十灵又催速一番。君佩只不忍闻，想一刻旋离位，要告别。十灵急留，改口曰："深感小将军如此仁慈，不忍亲手杀山人，今无以为报，吾与兵书相赠。但求将军酬座一刻，待吾取出相送。"君佩信以为真，复止。他转入内。君佩乃与李万闲叙多时，久不见十灵外出。佩即问催尊师何故许久不出？李万即潸然泪下，告曰："讣此军师已飞化去。因将军仁心未泯，奉令不行，有误其登天时刻。故假说取书入内，必然自殪，以便将军割取首级。"君佩听了一惊，即速催李万引入观看。果见十灵尸解去。有李万枕尸哭泣哀尽，一刻起来，请君佩速割首级。当时君佩亦从旁堕泪，悯他无辜受死，又默念他有此先知先见，所说必属无讹。即死不能复生，又何惜一头，只得忍泪扪心割来。刀甫下即已身首异处，并无点血，诧异。君佩藏过，又赠些白金埋葬。李万叩谢。君佩又言："成功时，定请圣上追封尊师，以酬他恩德，助成破阵之功。"李万感谢不已。君佩上马泣别，两相洒泪。又命家丁一众同回不表。

再说杨延平奉了真人之令，要取杜女血。此日一离开，少不免要到花之寨。且地非曾游，路上逢人辄问。果然到了一所寨庄，适见农丁布种，延平便马借问此是否花之寨？农民见问，将杨公子定睛一观，即请他住马。一程飞奔而去，报知庄主。这寨中庄主非他人，乃是花解语，一美丽女英雄。当时闻报大喜，披挂上马，前来见询问之客，果然一翩翩少年公子。银枪白马、白盔白甲、白袍、白旗，混身雪片一般，真有潘安、宋玉之美，令佳人一见，暗暗羡之。当时杨公子正等待庄主出来询问，意是男子抑或老或少。不料岂知来了一位女将军，容光佼佼，真有沉鱼落雁之容、三寸金莲，一双媚目，淡淡远山来。公子想来，自己见人不少，不见过此女容貌超群，好生可爱。只见女将双刀一摆，便问："贵客到庄有甚缘由？姓甚名谁？"有杨延平先说出姓名，且说曰："贵地既是花之寨，此地有无杜女其人否？"花女见问，已知延平来意，随意答曰："此女诚有，但公子先与奴家比并武艺一番。倘果系手段高强，始将此女献出。不然，勿劳下问。"延平一想来，此女要比较武艺，何难败之？一金刚铁汉不足惧，可笑不知厉害丫头。当即承允。

须臾男女各人放刀，刀枪相迎丁当响，共约战个辰刻，不分高下。花女暗暗赞羡好枪法，又战数合，拍马诈败而奔。延平扭马一催追杀，刚得赶上。忽一低下，连人带马跌在坑中而去。谁知此坑乃花小姐预先设立的，上用青草浮泥掩过，特地诈败，诱杨公子至此，令其中计。延平一跌下，方欲翻身发马，四下绳索一动，即紧束了手足，系定牢牢，命庄丁几人挽上。又将马匹索上，牵在大树旁系住，将延平推至一高堂大厦中。延平见座上有一妇人，年纪五旬上下，端肃庄严，面溜圆，双目澄清，厚重貌容。花女禀上："有宋将一人，名杨延平，被女儿用计诱敌获下，待母亲与话。"语毕，对公子媚目一瞧，微笑进内。

延平不知此女有何因由擒他，又不恶相待，想测不透其中缘故。入内一刻即卸下披甲，艳束雅装复出，更觉一种国色天香之美。但闻得老妇人曰："美英雄被获来畏死否？"延平怒曰："汝这丫头战不过本公子，用此陷坑计，本领有何稀罕？但大丈夫视死如归，有何可畏？吾父山后杨令公，谁不知大名远振。倘若吾父及宋主闻知，尔一庄大小寸草不留，还要诛灭九族。"妇笑曰："老身特戏言耳，实欲仰攀屈将军为半子，以终残年倚靠，敢云相害？"延平一想不料他来求婚。即曰："婚姻两字事关人伦之大者，主张自在严慈，小子何敢遽诺自专？"妇人曰："言及此，足见杨公子年少老成，英雄行止，真令老身敬服。东床首选，舍公子哪人可属？且老贱寡居，单生一女，曾在素珠圣母学法多年，颇得宗传手段，归家时又蒙圣母嘱咐下言小女曰：'后与火山老令公长子，有宿世良缘，归身于彼后，享万钟贵爵，玉带横腰，万不可错，为嘱。'是至今闻驾到，姓字皆符，故小女敢于得罪。然老贱以强颜说合，贵贱悬殊，原不敢攀。且圣母嘱来，小女原与公子前缘有定。故老身敢于以母权作冰人为请耳。至于公子欲取杜女血，圣母预知，与小女说过，若非女儿相助，此事断不能取成也，愿公子恭详自择。"

延平自语，原不识杜女是何等人，不知如何取法。况真人说明花解语便是，岂不是求浼此女，方能取得？又闻真人微笑言，好事已成，公私两就，定然是婚姻之事。既然与花女前缘有定，况属又是圣母法门高弟，貌赛西施之美，且允其所请，取了杜女血，回去奏闻圣上，谅亦无妨。主意已定，即说曰："许结婚姻不难，必须待小将取了杜女血回城，奏知朝廷，禀明父亲，方敢完婚。"老妇闻公子两得相宜之说，十分喜悦。即亲手上前松下索子，延平抖衣见礼。花小姐见此，反面红两颊，进入内厢，是夜治酒留款。延平见天色已晚，回关将有八十余里，且权过一宵，只得承他款酒。当晚延平在客位一席，命丫环酌酒，母女主位一桌远远相陪。

酒谈叙中，延平说起破阵，军令催速，今奉命取杜女血，小子究竟不明是人是物？真人只管遣差数番，动问他又不明言。正说在宝寨中小姐方知可办。花母冷笑曰："此因由小女受师嘱托，方知其故，女儿可历情说知郎君。"小姐含笑曰："公子怎得知此来由？圣母说明此女非凡，原是清风山妖洞中狐女所现，今元狐精已在南唐阵中为佐妖阵，今狐女子前数十番变化下山，混入流娼，媚人精血，若能迷媚得此大贵人百个，便尔成功，为狐立上者。方今且采补将完，便有几分道气，但杀人过多，触于天怒，罪盈满贯，今已难逃杀身之祸。奴得乘他罪恶而擒杀之。但此雄狐须藉人之手，方易于收除。奴须有灵符镇住不能逃走，但以阴压阴，他心不怯怖，犹恐开刀时，他略成些道行，恐妨借铁遁走，一脱难以迹寻之。须藉公子开刀，方不能临刑走脱。计须如此如此，可收除此妖了。"小姐说明此故，公子心中大喜。细想若非入赘此美佳人，怎能取得此妖狐？既不能缴令，又难以取用破阵。实乃天子洪福，国运当兴，至有此凑巧成功。延平见大功将成可缴令，是晚更觉开怀畅饮。有孟氏岳母着令丫环频酌劝贤婿，不以粗馔为嫌，多食数盅。公子曰："蒙岳娘不弃，结成姻缔，半子非外人也。今叨盛馔相款，更感情深，岂可见外之言是责？"当夜实乃母子情深，孟氏又暗中喜得佳婿，生来堂堂一表，真是女儿有此福厚，又为己身日后有靠。真乃：

　　三生石上前盟在，吴越终虽是一家。

是夜延平开怀乐饮，用过晚膳，宿于寨中。不知明日除取杜女血如何？下回分解。

第四十五回

花小姐改装赚妖　杨公子缴令招婚

诗曰：

妖狐淫媚变娇颜，法女乘机灭怪奸。
俗子凡夫仍不悟，皆云惜恨美人残。

却说女狐精下山混入流娼家，改名杜玉兰，以至媚人真精。自卖身与娼家，但变化形貌美丽非凡。娼母以千金买售之，声价远振，果然美容善于迷惑凡夫，一夜中倾囊相赠。鸨母收此女后，为摇钱树之首。凑及淮阳地面，不尽酒色风流，油头粉面，满泛珠江，尽是笙歌彻耳，灯火光辉不夜天，何下数千粉黛。自玉兰到来，扫尽群艳，占尽虚恩，月姐风姨，皆罕其匹。一时价重连城，远近争委蛰者纷纷，车马履填不断。然杜女又极性高，一切庸夫俗子，不愿接见，必须文人墨客、公子王孙，始肯追欢。故所采者皆贵人精血，原是他妖计，俗凡人那里得知？故被害者皆贵胄上人。然皆说他有此才美颜色，怪不得择人而交。

当时花小姐尽知此狐底里。为着圣母吩咐姻缘，要仕于大宋，凑此成功破阵大功。一夜思之，此狐已入娼门，一时难以强取而擒获，必须用计投其所好，可算神机。忽想起本土有一世宦之人，陈姓名理，乃是先朝功臣，今犹世禄，不世官，有家财千百万，雄踞一方，亦算一富星近贵者。久闻杜玉兰绝色，果然交结以来，最是相知雅爱。陈自结识杜女以来，真乃挥金如土，不下撒去十余万。鸨母腰间满贯，迩来或陈一到女室动辄经月，俨如伉俪一般。或陈久不来，女便乘舆亲到陈所，流连信宿，习以为常。鸨母借此肥囊，不敢少禁。不料妖狐媚迷日勤，陈理不能支，沉湎无度，已抱病归家。不到追欢，将已两旬。杜女日中悬望。

有花小姐探听真实，即将此窍惑之。此天用变化术化成陈理一般身形，备下镇压符。先着延平与二十名家将拔刀在中途接应，教他下手，延平领浩伏在等候。小姐一程来到鸨母室中，即着杜玉兰出迎。有妖狐喜色欣欣，不想陈理贵精将竭，今见颜色倍加喜也，以为其有异人本领。二人相见，两相安慰，皆说恩深义重。小姐曰："近日沾微恙后，性颇厌喧哗。故在室中设备小酌，要请美人到领，俾得把盏于幽静中，负荆于前别多日之罪。"玉兰只要一心媚断此人精血，哪有不依他言之理？又是重新装描。故小姐诈与摩头弄面的理云鬓，暗将镇压灵符结在他顶发内，此狐妖毫不知觉。须臾辞过鸨母，上了轿来，只有小姐前行引道。

有里许，延平手执大刀呼喝，一众家丁拥上，刀剑将轿攻去。两名轿夫早已走散，延平一手捉出杜女。此妖一见大惊，摇身一变，不知何故变化不出。将身一纵不能起于空中，身似俗凡人一般重坠。又见延平大刀晃亮，惊怖不已，要土遁，两足不能穿土。心下彷徨，不明何故不能逃脱，只得跪下哀求乞命。此狐还不知小姐用此符镇压，足由汝百般施来，不能变动。延平大喝："妖狐罪大通天，伤残千百人性命，败尽人产业，绝人宗枝，分析人妻子。今日岂轻容汝！"一刀将头取下，又破胆取血，弃其狐尸于郊野。有愚人个个只言可惜，一个如花似玉美娘，不幸遇刀惨死。不知此狐杀人过多，罪已期满之日，除去本土媚杀大害。这些凡俗愚，怎知内里根由？当日只有两名轿夫，回到娼室家报知。鸨母大惊，及追至广野中，延平等已去久了，并无踪迹。只复饮恨吞声，痛及钱树忽枯，备棺收殓。亲身至陈理家中探问杜女，因陈相公邀请，及至野中被害说知。岂料陈理被妖狐所迷，日久精血已枯，一病恹恹将死，岂有复起来到得汝家。鸨母闻言，惊骇不已，疑惑不定。明见陈大郎到舍邀杜女而去，缘何又一病将死？怎知花小姐弄的神通？无奈已只娼门，难以迹追，忍之而回。

当日延平取了杜女血回寨，小姐早回。延平即要告辞动身，拜别孟氏岳母回城。孟氏曰："今取得社女血，是功已成就，仍办酒筵与贤婿荐程，并有腹心话相托。"延平只得领命。是日酒筵排上，进位就席。酒叙间，孟氏曰："贤婿，吾女儿本奉圣母之命，有言嘱咐在先。所云身生南唐，功立赵宋，不可违逆，方得全五阴并同显贵。今日贤婿回城缴令，在驾前申奏明小女来归。圣主立此战功，主帅定然收纳，以便就此拜见令尊严慈。老身是得所托也，望贤婿俯就依从。"延平固属暗中心痒，小姐又喜色欣欣，低头不语，杨公子满口应承。酒罢，夫妻即日拜别尊严。延平又曰："小姐此回成立功之后，定必回归山后石州。且待回故土时，禀明高堂，自然来迎接岳母同回叙会，以便朝夕侍奉。"孟氏深感公子厚情，当时母女洒泪分别。后来延平与花小姐回山，果也即日迎接孟氏母同到山完聚。此是后话，难以长编。

延平当日回寿州，先将杜女血呈上缴令，孙真人微微冷笑，看着杨公子曰："山人所差各将，未有及得公子一人美差。"当时公子知真人取笑为着许姻之事，不觉面色红红，双方仍将许姻事隐过，单有真人得知其故。又言叙出花小姐助取杜女血，方得成功，且系奉着素珠圣母师命，到来军前效力，不敢擅进，求旨及主帅定夺。太祖未言，真人曰："花小姐，真人早已算定，此日必来投我主。但他不来时，定必聘请，方成五少阴将。若缺其一，破阵不成也。今圣主当兴应运，万事不期成就的，况又是素珠圣母高徒，即可圣上旨命宣进。"太祖曰："况此女又助取杜女，有功于寡人，正直召见赏功。"须臾花小姐奉宣入觐，山呼见驾，奏明圣母命，及老萱亲到投陛下效力，求准旨收用。太祖一见佳人年方二九，一貌如花，与四少女将一般绝色。且延平未及有室，又蒙杨令公一见召命，他夫妻父子一同兴兵相助，正无以美事报。不着将此女赐以为婚，正两得其宜也。太祖想定不差，即纶音："花小姐助与延平，彼此有相助同功之恩。一路同回多时，何异凤鸾好偶？此中遇合定有良缘。今朕做主，准赐婚配。花之慈母亦无不俯依之理，况又与前四少将御侄等撮合，如出一辙。更见姻缘相配出于千古奇闻也。且为朕爱将之心，后日志之。"有杨业佘氏夫妻不胜欣悦。见此女艳色无双，正堪与吾儿对匹，即班俯伏谢恩。宋太祖喜色欣欣，双手扶起。曰："此女乃圣母高徒，正当与延平匹配，正是卿门福，娶得此美贤媳也。"杨业复谢主恩。当日太祖敕封花小姐一品夫人。赐下金魁霞佩，一品夫人朝服，脂粉银五万两，明珠三百颗，玉珥宝环丰厚，择吉当殿完婚。有花小姐闻旨谢恩，面泛出桃红，自然美女有此羞态。

当日同师五女皆为法门弟子，昨日天各一方，虽然相交已久，会少离多。今同一殿所事，一般姊妹五人，彼此皆遂所愿。今五女同归于一，正应着当初陈希夷有书与宋太祖所说五阴之数。今当风云际会，龙虎赓歌，可破妖道得胜了。斯时郑印、高君佩与冯茂各取物先回城缴令，真人一一收接藏各待用。此日良辰吉日，正当杨公子、花小姐成亲之日。正乃圣上为媒，非同小故。五音频奏，设彩张挂珠帘，帅堂内外尽皆肃诚，请二位贵人参天交拜。先谒谢君王，后拜见严慈舅姑，是礼之大观。天子命设御筵喜酒，是日各文武同叙大赐赏喜筵，六军沾惠。不表杨公子夫妇和谐，再说孙真人见待用之物已取齐，别无所需，以翌日乃天赐吉辰，占度正合破阵除妖。着令众将兵大小三军，太祖以下至兵丁，要五更饱食战饭，上将台听令，六军响应。不知如何破阵？下回分解。

第四十六回

五仙师进兵破阵　五妖道扶伪伤生

诗曰：

自古害人终害己，岂容群妖恣猖狂。
呼群引类归何益，助伪无功反自伤。

却说孙真人预日嘱咐定各将士大小六军，次早饱食战饭。俟及诸务完备，真人仍谦让与一班道友登坛，众将早已会集，俟候礼毕。孙真人拾令一枝，呼曰："陈希夷道友有请。"陈抟应声而起。真人令统兵一千五百杀入东方甲乙木之位，并带五员老阳将：高怀德、潘美、曹彬、张光远、罗彦威，俱要白盔、白甲、白旗、白马，以金克木。道长自带护身宝贝，用诛仙剑。此方乃牛精把守，谅他怎与道友对手？又令五将，山人有灵符五道，各贴在盔额上，方免妖魂野鬼缠昏之害，马到便先斩他魂幡倒下，将各孕妇、哑童亡魂杀了，便可成功。陈抟祖诸将领命而去。真人又令黄石公统领一千五百兵丁，杀入北方壬癸水之位。此门乃系老元狐把守，此将成仙狐，法术虽高强，尔须将他妻杜女血污去，必然以邪攻邪秽之，为尔斩下。至相克法，则用五名少阳将，郑印、冯茂、高君保、高君佩、杨延平，皆黄盔、黄甲、黄旗、黄马，名为土克水。亦有灵符五道赠与五将，贴于盔额上。一到阵中将魂幡倒斩，杀却孕妇、哑童亡魂，可全胜了。又令梨山圣母带兵一千五百杀入南方丙丁火位。所守此门乃猩猩精，可将黄昏沙一撒打，他原形毕露，杀却无妨。所带随者，五名老阴将，则陶三春、罗凤英、赵美容、李赛华、佘赛花，盔甲旗马皆穿跨黑色，名为以水制火。五将亦各贴上灵符，一度进阵砍倒魂幡，杀孕妇、哑童亡魂。又令金光圣母，统一千五百兵丁，杀入西方庚辛金位。此方乃黄蝶精把守，此精将有千年道行，恐他变化多端，可将高唐草施去，他污秽必现回原形，可将灭仙剑斩却。又令五阴少将，刘金锭、萧引凤、艾银屏、郁生香、花解语，甲袍旗马皆用红色，名为火克金。亦各贴灵符，马到阵，先斩魂幡，杀却孕妇、哑童。一时仙凡奉令已毕。

孙真人又言："诸妖惟紫霞仙乃是千年之外仙鹤所化，最为厉害，非山人带了定风珠、十灵头前去施法不可。"众文武皆请高仙自作成功可也。真人又带兵一千五百，盔甲袍皆用着青色，杀入中央，并以土填塞两深坑。十灵头可冲散恶曜诸凶神鬼。

点兵将已讫，正下将坛出城赴敌阵所。宋太祖冷笑曰："诸将兵点齐讫，何以真人独外寡人而不便令？"真人曰："陛下贵为天子，万乘之尊，岂可轻出行伍，以犯险敌，与诸将比列乎？"太祖曰："寡人正从马上三尺剑以定太平，今大敌当前，实有刘先主之心，何必以黄袍加体来，便不与六军同其劳逸？"真人须壮其言，终不欲使人主效力于疆场，轻身试敌。止请其满身披挂，登上城楼，擂战鼓、鸣进金。以真龙人中之主，为诸将士镇压妖道邪魔，便胜于披坚执锐。太祖欣欣喜悦以为然。

当日分摆已定。宋兵争门而入分破四方，皆以众仙为首，兵居中，将拥后，自然队伍晓从生门出入。有太祖在城楼鼓响处，大喝一声相应，各将兵奋勇杀入阵，诸神妖亦相角厮杀，那黑法术可敌众仙许多法物，阵内一齐动宝，只阴风霎霎，日色无光。原来阵上托塔李天王、哪吒太子与及二郎诸神等，乃系堂堂正大尊神，安肯替妖魔伤害忠良，以残败真命天子之理？不过因紫霞以符法所遣，不得不遵，正是勉强为所差也。初虽遵其令，及各真人破其法，诸神将此回亦要反戈相向，以顺上天，的是正神大道所为。由来用邪术者，一被人斥破机关，无不有杀身之祸。以此好左道邪教惑世者戒之、慎之。诸妖道见一连五位上仙进阵，见敌头不好，自料难敌，意欲遁走。又被阵破乱，诸尊神各回天位。单剩此阴魂野鬼，一见众将灵符护身，不敢近前抢吞食，被众仙正法驱打逐去两深坑。恶煞、凶曜，被真人入阵，即放五雷轰天死尽。一千五百兵丁，各将泥土一囊刚填满之。众将兵踩入中央，不妨仆跌陷下。当时各仙用着各宝贝，开天罗地网，弄得众妖上天无路，落地无门。仙剑诛的诛、斩的斩。可惜仙鹤精号为紫霞道颇可人正，已有千馀年工夫，一夕为余兆所诱，入此妖魔之类，不得善修，反死于阵内，是其失于明察，有逆天命耳。不然再修二三百年，身证大罗班列了。当时至狡猾者余兆，一见众师叔入阵，早已弃阵不守，即刻先土遁脱身而去。只死了紫霞仙、赏花、安乐、慧仙、灵仙五怪，一时妖气消灭，天晴气爽，阵场中复霁。但南唐排阵时，所用的将兵，人人杀死。孕妇、哑童皆作无头马足之尸。沙场地烂尸体如冈相枕，遍野中血染野草，真为可悯。高王令人于野中开掘俱掩埋之。

　　当日太祖见仙凡即获全胜而回，大开城门候着，纷纷全军而进，并无士卒损伤，喜扬扬而得功。太祖早已令庖人安排荤素筵两用，以赏仙凡战功。席间太祖以无大可以欲物酬谢为言。诸仙亦答以陛下洪福所至，我自正当一统，南唐一隅土地焉能持久拒命。只众妖乘机妄开杀戒，故不免逆天授首耳。此非尽山人等之功也！席散，各仙又向各门徒取还所付的法宝回洞中，从此太平无事，不劳干戈，此宝无需用矣。男女门徒等取出送上，各师尊收藏过。刘金锭复禀曰："梨山圣母，在阵上早不见余兆，恐其走脱去，其邪心不死，再来扰乱如之何？"圣母未及回言。有孙真人曰："他不来则已，倘敢再扰，山人有五雷阵图付下，自能除灭他，不劳过虑。"金锭拜礼而藏下。有诸仙又向太祖告别回山。太祖依依不舍，请五仙再留数天。"且待南唐降服，然后回山未知可否？少尽寡人感铭之心。"陈抟师曰："仙凡异路，不能久留。今赐此留款纶音，足见陛下感念抒诚。山人等莫不铭志诸怀，今陛下与天齐福，珍重自爱，以优龙体，日后不无再会之期。"太祖准谢各仙语毕，各驾祥云而起。太祖也起位相送，众门徒皆下拜送别师尊。但见五仙冉冉霞光入云远没，君臣皆觉诧异。

　　一日苗军师议论，又言破阵诛妖已尽，只可惜众唐将兵死亡者很多，说出来太祖亦觉不开怀。又言此祸皆因李煜不合误听妖道余鸿之言，来函且不逊，以拒宋命。至两下交兵，伤残百数十万，皆由妖道、李煜罪之各均也。君臣叙话多时，只因大破唐兵，众将兵劳力。方议歇息三两天，再整甲兵，前往清流关攻进，擒拿李煜，便可再一劳而永逸矣。奏凯旋师有期。及至第二天方议进兵，又有探马军回报，余兆已复归清流关，未知李煜再入寇否？太祖闻报，又虑妖道败后，势不甘心，复呼群妖类，引来扰乱。但恐不能再往名山，请众仙降临擒他。金锭曰："圣上免忧，真人临登程时，付下五雷阵图，为诛兆计。倘他不知进退，是妖道命该一网的。"太祖曰："果然邪不胜正，又不能两立，必要铲草芟根，方免后患。"金锭领旨，君臣散去。

　　再说南唐此日见阵破，兵将死亡者十馀万，五妖仙皆亡灭，带兵在阵者一无生还。李煜一见关中止剩得数万兵丁，馀者老弱兵数千，将士死已过半，料不能济，且忧为宋虏，不若拜辞七庙，寻个自尽，以免被宋将所辱。又思去杀却妻儿，死后免得落在他人之手，受辱不安。内有文武大小臣二十馀人，各来劝慰唐主，只是不依，踌躇未决别。不知此一回关中又有何风波兴作？下回分解。

第四十七回

因兵败李煜残臣　欺敌劣余兆殁阵

诗曰：

一劳永逸在于兹，三载披坚未敢辞。
从此金陵平定日，凯旋齐唱乐班师。

却说余兆败阵，斯时不敢即回关。到次日奔归清流城，进至帅堂，只见唐王君臣哭泣，李煜要自尽寻此短见。余兆劝曰："均之一死，千岁何不背城一战死未迟。况今日之败，皆因他各师下凡相助大宋，所以一阵各仙道中计败亡。彼刘、郑诸人有师尊，山人亦有师尊，但吾一向不敢回山禀请者，只惧老师责罚山人，不劝归余鸿师兄耳，故吾屡屡欲进又却。今既一败如斯，祸延众友同类皆亡。此仇此恨梦寐难忘，即回山受责有亏，必要力恳家师到来申雪此恨。宁可粉身碎骨，亦所甘心。倘得吾师下山，不但刘、郑、冯诸人扫灭，即孙膑、陈抟、圣母等仙，亦要甘辞下风。"斯时李煜正在进退两难，闻余兆此夕话，还有侥幸于万一之心。自然暂且免寻短见，看余兆可是真否请得老祖下山，再作处置，此是人人贪生，物物畏死常情耳。再隔一天，余兆又探听真，各仙师一众三位师叔及众位圣母，已回山洞中去了。并将大宋所有法门弟子，往常所用的法物宝贝皆为师所取还携去。那时将宋之将士不在目中，刘金锭等又失所恃，妄足惧哉？且不必往请师傅，如今山人可复此众道之仇也。

余兆原是邪教修成，野鸟成道。与余鸿好胜留恋凡俗之心未改，故逆天心，不顾再三至败，伤残过多。该当此野道罚之不守清规，定有杀身之祸，今孙子件下五雷阵图。他若回头改念，悄悄奔山岛悔过潜修，不五百年后，身登大罗神仙之列，岂不美哉？无如魔幢不修，凡心迷惑，死而不悟。岂料五位仙师先见先明，五雷阵一排，又是他授首之日也。唐主闻余兆探真宋营各仙已去，又将各法门男女宝物尽收回山，已是君臣破哭涕为笑。且萧引凤、艾银屏、郁生香三女皆本国人位，父现居有职。前想着他三女是圣母高弟，恐其为患。唐主久知他是从夫背父归宋，尚不敢杀其家口者，只忧他见父母受刑起见，心无所顾虑，只死力来攻。今闻众女失了法物所恃，正要将他父母正法，以快投敌之心，以绝内患。君臣筹划已定，发旨一道，命将前往洋子关，召萧化龙、郁瑞前来共议恢复土他之谋。二将闻主召命，不俟驾而行，飞赶至清流关中。唐主传见，萧郁二将齐入，暗令重门随入随封。二人哪里得知，上前行君臣礼。唐主一见，发来暗号，左右已先埋伏下三百刀斧手，一齐走出将二将拿下，不由分辨一言，即刻乱刀杀却。又命偏将继领一千铁甲军再去艾家庄，不分男女，一刀一个，不半刻不留一人。然后发火一炬烧此庄，数天有火焰不灭。堪嗟李煜，自救死而恐不暇，犹有闲心诛害萧、郁诸人。况引凤、生香二女，背父归宋，他两父不纳其女，不与往来，不与其事。今竟以此见杀害，还算属无辜残忍之心也。

当此三家诛杀殆尽，又令再整兵车，招集来往各间会兵还不下十万之众。此回军将号令，仍交余兆执掌。唐主只自日夜取酒在内与爱妃醇醉沉湎，解闷消忧。一日余兆自发兵二万，不暇告知唐主，自率领而行，到了寿州城讨战。有军兵飞报入，有高、冯、杨、郑五员少将皆欲出马，刘金锭阻功之。又言："有预备，乃可无患。且忍迟二三日，再收灭除此妖未迟。"五将遂止之。余兆骂了半天，只见城中紧闭，绝无一骑出阵。竟候午刻下，兆只得带军而归。明日又到讨战，一连两天，关内诸人无有应者。一近城濠，巨石、弓箭齐下，反伤唐兵数百而退。军士亦渐渐懈慢，自此三天后不复来。刘金锭知他不过暂退，究竟此妖道恨已深，岂有收心之理？正所谓不死不休，杀机已萌炽，不日又来索战，难道又不出敌？

是日取出孙真人付下阵图，细寻绎过，遂命冯茂多带兵丁出城，就在东南隅枕近山限找个方平所在，掘地五尺上下，火药填实其中，上用落土掩盖，四面周围树起青竹五条，中央一条名为五雷阵。冯茂领令去讫。又令郑印带兵五千，用鸟枪手伏阵外，在山后，待吾信一响发，即便扒上山头齐回五雷阵内，尽迷绕环发枪，不得有违。又令高君保，选找五名老弱废疾残兵，假扮为敌将，在阵守以诱敌。吩咐妥当，自己沐浴更衣，亲来阵上。将真人付下的灵符，分贴在五条青竹梢上，以为栖神之所。然后烧焚心香，祷告天地，为诛妖道为主天事。咒毕，忽闻轰天雷震一声，往来于阵上，金锭拜一番，然后请雷神各归方位，便令高君保一往诱敌。余兆闻报大悦，即双剑上马。君保一见余兆曰："今日不需力斗兵刃相加，尔等前日摆下一阵，为我各仙所破，辱国丧师，尔门五妖道今皆沦亡。尚不高潜远避，还要与南唐争气，尔智穷力竭，杀却尔且不难。但我家女将军摆下一个奇阵，要尔前往观看。若能识得，并说明破法，我们君臣即回汴梁城，不与李煜争此江南土地。"

余兆曰："尔既有阵，山人定必来观看，难道惧敌不成？"君保见他允看，一程先跑曰："如此且随后来。"余兆果随君保缓马而往。君保先回阵中，说知金锭来迎对他。未几余兆之马亦到，金锭指阵相视，且曰："余兆尔敢阵中出人三次，我等自愿回恳太祖，将东南一带让与南唐。不能入阵，尔且归山潜迹，不必在此困扰。"余兆举目一看，见他阵内并无入门法纪，不见天兵神将把守，毫无杀气凶光，只树下青竹五条，分四方中央。颇有隐隐霞光冲起，意是抄土有火一点，是必金锭将出用火烧吾兵丁之意。但吾一卒不带来，岂忧入阵不能飞遁的？且观阵中既无神将、天兵，即精悍将兵也无，所把守者，二十余名老将，何得是阵中之厉害者。料他众人不过因师长取回法宝，并无得胜之术，又恐被君王拆破他，故特设此疑阵假树，令人不识，为孔明智退司马之计，故弄得假阵冷冷落落耳。何不进去令他失计，然后吐出五内真火，烧他未迟的。量定，即呼刘金锭："尔之阵，山人不独三次出入，只三十次何难？"金锭即假失色，复饰成勉强激他一般，余兆别无所疑。

原来此阵内上布天罗、下布地网、中央陷不过五尺，涧到有三丈，尽是雷火炮，四边围的阵脚，密布地网。要遁不能，除非在中央，大坑中央尽是雷炮火药，五方青竹梢上五度灵符，是雷神所伏。孙真人只虑摆得齐整，神将法宝当现，诱余兆不入，故特素办此冷落难当，令妖道欺藐，姑允进阵。余兆一马飞跑入阵来，有来二十五名老将，举刀枪便砍刺。余兆双剑斗数人至中央。金锭信炮先发一响，城中五千人马鸟枪手突起，阵外山后五千鸟枪手亦齐集，将山中四面围定。满山烈火腾空，连环炮响不绝，喧振数十里。下面四围地雷、火炮、火药齐发，金锭念咒有词，顷刻雷神发恼，闪电交加，轰天裂地一般，在余兆头上震响。余兆方知不好，哪里敢吐五内真火烧别人，只得念念有词飞上云头。不想被雷神五位固定，打回阵中。心下惊惶，方知中计，不免遁去，弃了马匹。岂知四下铁网遁穿不入，大惊。只见阵中火势，地雷更烈，只思入中央借火遁，岂料一入足已仆跌下火坑，一路飞起，幸念着避火诀，不然早死于坑中。金锭见余兆逃生不脱，只怕雷神，不诛妖道何待？五雷一齐响振，火光透天，已将余兆击死阵中，化出原形成灰。不知后事如何？下回分解。

第四十八回

缘城破乞恩准降　悼亲亡奏主阴封

诗曰：

两郡华邦属宋君，三年争战伏开恩。
于今寇敌从无警，归马牧牛颂圣人。

却说余兆当时飞遁不得，已被金锭敕五雷神轰震死于阵中，烧成灰烬，原形烧现，腥臭异常。当时刘金锭知余兆死于阵中，即将五雷阵散去，请雷神还天，单损老兵卒二十五人。又虑着唐王李煜风闻，逃走往别关，不知伏有雄兵猛将否？又要费动干戈，合议连夜进兵，出其不意，攻其不备。即刻回城，尽起三军众将调齐，执持火把灯球，飞至清流关外。各大兵驾起云梯，五阳将奋勇先登，扒城越险而入。杀却守城兵将，大开关门。宋师大队拥进，直杀入帅堂。四下觅寻唐主，一至内室中，唐主仍与妃嫔等数人围炉下酒，犹不知城外宋兵杀入。当时君保弟兄人见，喝令军兵执而缚之。一后四妃、左右嫔妃一概下跪乞命受降，刘金锭准之皆免执。封宫门，不许一兵一卒入乱，如违按军法处置，肃严军令，谁敢不遵？是夜将李煜缚解回寿州城，天色光亮，将煜献于宋太祖驾前，太祖赦其罪，命左右解其缚绑。李煜谢恩感激，不觉泣下拜命。自陈翻悔，误听左道并众武将唆言，自后改过自新，世守臣节，罔敢异萌邪念，悔陈一番。太祖初时责罚多，后见煜泣涕奏陈之诚，悔过之语，遂准之。又进封他为顺南王，仍命他镇守金陵一带地方。自此东南太平无他事。至宋仁宗时，翰林学士欧阳修作《有美堂记》曰：

  金陵钱塘二邦，皆僭窃于乱邦，及圣宋受命，真人出而四海为一，金陵独以后服见诛。今其江山虽在，而颓垣废址，荒烟野草，过而览者，莫不为之踌躇而凄怆。

庐陵数语，正指宋太祖三下南唐，擒李煜时事。太祖自计被困于寿州三年有馀，始成功于一夕，自然喜之不胜。又念及南征将士三年于外，各宜回家拜见双亲，下抚妻子，少息征尘之劳苦。是太祖深知将兵之心也。今喜得：

  止戈下斧归全统，牧马放牛祝万年。

当时苗军师只见圣上要急于班师，又请主上先出靖民榜以安反侧，并且设立官员守土，以防不虞，乃可撤兵而回。太祖准旨，即命军师秉笔，倚马成篇，雄才略曰：

  两日不并丽，两帝不并立。王者入一统，弘九有，非从以拓宇开疆，为黩武计也。盖以天生烝民，无主则乱，主多亦乱，故天经地义，理有大归。自残唐失政以来，奸雄割据，所在风起，民生其间者，争地则杀人盈野，争城则杀人盈濠，无他，各为其主也。朕起自布衣，为周室辅臣，恤然念五代分争，今日则彼胜此败，明日则彼败此胜。究之肝脑涂地，中原膏润万草者，民耳。势必使天下定一德，然后可以放牛归马，使民不见锋镝之忧。所以朕自黄袍加身,盖欲使臣民日奉正朔,视天下为一家,中国为一人,无有彼疆此界,以日事纷争。故朕自承世宗遗诏以来,十八年戎马倥偬,不敢少爱其身,诚者皆为此耳。尚赖皇天眷佑之诚,大兵所到,功成宇宙,绝无梗化。不料李煜伪称唐代宗蕃,除州割据。惟朕一旦有事于西陲,是以不遑爱整大师。后又闻其招集妖徒,鱼肉苍生,驱民为怅,朕复不惜九重之尊,大兴天讨。幸邪不胜正,妖随无常,加以将帅用命,士卒一心,用是伪唐君臣相寻知罪。三年困苦,始获仁臣。朕非有所欲,实欲扫平枭虏,使百姓无复进战退戮,从此卖刀买牛也。固负者皆已服刑,至于诚意归降,忠心来附,不论军民人等悉赦。即或旧属伪官与煜亲谊,倘知革命革心,亦概置不究。务宜归告其长,而父兄奔走偕来,同享太平。威谕示知,毋违旨命。

此纶旨一出,果然人心安然。并无前来与旧主报仇者,此是善于调停靖乱之雄才者。宋太祖依议处之甚善,又可以令李煜死心不敢复萌邪念。

当日又有女将萧引凤与郁生香,自破却清流关以来,绝不见父亲在戎伍一走,并且音信全无,即暗惊骇。后风闻被李煜执杀了,并同艾银屏三人各跑回家中寻觅。但见家门冷落,庭廛蓁芜,骇极大呼,无一人出应,入内人影皆稀。潜然下泪,始意归宋后双亲必被李煜所害,不禁哭晕倒地。诸女从侍人扶起急救、数次乃苏。只得含泪遍访。后遇旧日家人子,被害时逃出者,细细说明三人父母,果是为女过刀而亡,不得已回至寿州。合议重赏寻拾得各父母骨骸者,依此重赏。有三婿闻知,且以奏闻。太祖又念着三女战功,彼父母皆因女归宋受害,太祖叹息,途命人书下赏格数百份,分投四处遍贴。倘有指寻出萧、郁、艾三老骨骸者,官赏银三千两。不三二日,即有投报者,原来萧尸为同学友所收,郁尸为旧将所收,艾尸为园公所收。皆说昔日曾沐他深恩,以义相报答,不顾罪之累及,密地偷尸蒿葬。幸当李煜正在兵戈危急之秋,不暇搜察得以掩过。今日报投,非因重赏。不过见大宋念功忘仇,故特来相报。三女闻报,急出叩谢。艾夫人尚能识认向日园丁。即引凤、生香回忆膝下时，约略见过父亲的旧友、旧将，一般谅所报说悉属无讹，且求引指葬地之所。三婿亦渭然泣下，六人皆去分头往寻，到了此处，各夫妇不觉哭倒山窝。诸婢仆劝解，正请回去，蠲吉择地，复备棺椁衣衾之类，然后破土寻尸。诸婿依议，与妻叩拜乃回。

及见了太祖，先问事体若何？三女跪奏曰："以情恳主阴封起庇，再行礼葬，少赎不孝之罪。"太祖曰："此请正合朕意。"即命风鉴各地卜定牛眠，迁葬有日，仍命随以南唐将军冠带负身安葬。又招复旧人各家人仆从等，守管宅墓。并拨金陵一县钱粮，为三姓庙食费用。章程草定，到期各棺椁具备，自太祖以及诸臣文武，无不临山吊祭。诸女披麻扶杖，三婿亦半子如礼循行。一时奠帛焚黄，香烛遍山，光冲霄汉，远近来观，何下千百万人。无不羡慕来圣天子隆恩重典，各家追封，歌声载道。又转羡诸将军之一死，与其败后死于宋人之手，倒不如未败死于李煜之手，今藉邀荣也。岂得天子亲驾吊祭，诸王公大臣同奠，实乃千古重光，不孝中之大孝者。住语旁人争羡，埋土已毕。墓上重加封植，高坚将军旗，石马石台，威仪与别墓不同。太祖发白金十万两，旨交府尹县主督修，不多烦述。

诸男女天子将士徐徐回城。又有刘金锭一天想来，念及前日摆五雷阵，引敌二十五名老卒，虽则死于王事，但斯时实将他拘入死所，与别人遇敌而亡的大是不同。遂要延请法师真人超度此亡魂。请过旨命，即差冯茂驾一云头请得法师真人到来。金锭并将张十灵、杜女等辈皆登入灵位。有萧、郁、艾三位夫人，见父母、家属人口、婢仆众人皆死于非命，亦有此心超度之。故将一众各家兵将百十名，皆登灵位，以便早登仙界。这四位夫人不约同心以行此善果。其时请到真人登坛，朗诵真咒，经符忏礼九昼连宵，追荐超升。果然苦海群生，绝不与俗世贪婪僧人、骗煽道士、掩耳盗铃、愚哄俗众者同科。当时超度已毕，真人辞别归山。不知宋人何日班师？且看下回分解。

第四十九回

报预兆金锭请卜　听来谗赤眉下凡

诗曰：

由来祸福有先机，玉匣全书岂尽非。
不察亦能分剖处，果然苗子可前知。

住语四位佳人追荐俗事完毕。一天刘金锭忽觉心惊肉跳，未知主何应兆。意中念着别家日久，或父亲正值风蚀之期，吉凶未可知。虽人生祸福皆前定，但意中甚属犹疑，不免决个趋吉避凶占断。但军师苗从善数学得家传，龟鉴有准。何不凑请他一卜吉凶之课，以定休咎或应在身边，或应在家中老父，以免惑疑不安也。当时请上苗军师，将爻数排开卜断一番，相生相克判明白："刘夫人，据卜理断，应在夫人身上。有一虚惊，是阴鬼魂暗害。但据人事断之，夫人所行者，顺天也；所杀戮者，逆命也。有何阴鬼为祟的？即有小惊恐，亦必获神仙护庇无妨。"刘金锭闻军帅所说，色一变而惊，曰："奴正因近日先灭余鸿、后戮余兆两人，正虑及他赤眉祖一闻到来，与两徒报仇。据军师卜上所断，正合他冤鬼为祟也。教奴安得不惧？故今一刻心惊肉颤，已应此妖鬼为祸无疑。但不知应于何时？有劳军师再加细阅，示知。"军师再细订来，又曰："此事应于近者不出三天，事必有见。但再冤之此鬼，既不能为害，再逢凶中得五星化解，夫人无忧虑。"断毕，军师辞别过。金锭想来军师卜断有准，且待三天，如何打算，祸福皆由天命。住语金锭忧患，再说余兆虽则被雷诛灭，他原有根行将入仙班，有几分道行。与别妖一遇诛死化了原形，便尔魂飞魄散，是根浅薄未闻道器的，有不同也。他肉身受雷火熄后，一点灵魂复合魄聚成枯形，自念轻身受毙，精卫难忘。既已一死，复何可惧？少不免终要回至金鳌岛中，以苦情上恳，或能掀动老祖尊师与我弟子等报仇也未可知。是时果然乘着阴风云雾，望鳌岛仙山而来。可幸身体比生时更轻，千里瞬息果然到山门。方欲通报，忽然有同学弟子栖云出见，曰："来的可是余兆师兄否？兄何以形貌若肖，而颜色枯槁，又见焦头烂额何也？"余兆凄然告以故，且求待禀师尊，一进见赤眉可悲可怒，兆哭拜在地。赤眉骂曰："为师着汝拘回余鸿上山责罚，法既不能依命鸣鼓攻之，反去助逆攻顺。古往今来，不论三教九流，满则招损，谦则受益。今尔二人心头好胜，不知退步自新，哪有不败坏之理。今一死于人何尤，实乃自取杀身之祸也。"

余兆又呼老师："弟子奉法之初，正欲拘劝他回山。据鸿言：此行乃奉师父之命以佐南唐，是至弟子不敢违背强逼。"赤眉祖曰："以他东南之行，所命不过因宋君屈杀手足功臣郑子明，为师乘其否运三载，特命鸿困之，薄罚他一番微微示儆，非必着他去扶唐灭宋。及至惊动了真人、圣母等，事非闲小，应当奔走回奔报知为师，宁无处分。难道任其鱼肉，乃擅敢自专，不谅德力，与众师叔辈为仇？此是自取其祸，以至于死而不悟。"余兆又曰："当初鸿见七宝书与宝剑、秘书，一概皆被冯茂所取，又坏却神锣，实见大失老师面目。是以一时起念，弟子也去同索取回各宝，然后敢与鸿为师门争气。不料陈抟、黄石公、真人、梨山圣母、金光、金花等，皆左庇其门徒。特地设下恶阵，将吾一命消灭，又骂着吾师左道祸众，出此妖孽门徒，我教中与彼教势无两立。兆今一死何惜？只虑着各师叔因门徒争气，他是党类太多，要与吾师作对。师虽然法力高强，且恐他教人广难以遍斗。故弟子九原路上难瞑目，特冒罪回来禀知，求恳师尊明见恭详。依着曹孟德之深心，宁可我负天下人，不可天下人负我。是所便宜。"赤眉冷笑曰："那席话分明是一片胡说。鸿徒因不遵教训，恋于凡俗富贵，魔障缠身，是堕落杀身之祸。尔殛死亦然，但为师念着函丈情深，好歹亦怜悯超度汝数人等，俾得转轮再收训诲可使得。岂可凭此三寸舌，要为师与各师叔、圣母作对，替汝复仇？况为师修仙四千年以来，除却上幽玄洞府上仙师，天下断无敢藐视为师的徒弟。勿妄说，口是心非。"

余兆曰："弟子已真体灭亡，即诛却群仙亦非所益。果然事出于有因，金锭、冯茂等出阵，屡次多骂吾师为妖仙。不久当灭尽除了我一概左道，以免上惑人主，下哄愚民，为世之大害。果有其词，至弟子深恨其骂辱师尊，是杀身之祸不计较耳。今师傅偏偏不信，至弟子死还心不息也。且刘金锭不过后学之人，与弟子一辈同班，还称我师为师伯，一时下此辣手，将吾六人一朝诛灭罢了，惟他冒充吾师来赚捉去师兄，一时诛戮。有此大事冒渎吾师，非藐视而何？"当时余兆一派胡言，委实入理可听的，正是君子可欺以其方也。赤眉祖一想来心上动恼，后又被余兆再三实其言，禀罢，仍凄凄痛哭。赤眉不觉被其所惑，遂骂一声奸淫丫头，安敢其藐过甚！且众道友亦不该护短轻动下凡，特伤我徒众多。且又忆起余鸿所失的宝书，皆是不轻传的秘诀，正合前去取回。遂吩咐栖云等谨守洞门，又命余兆灵魂跟去复往。余兆自知说谎，恐露出真情妄语，反而不美，意欲不往。是师命难违，只得强从。此时师在前，徒在后，一刻已到了寿州城。原赤眉已经四千余年道行甚深，岁与天同，体万载不坏金身。他是尧舜时潜修大道，足不欲轻下凡尘。今看师弟情深，又被余兆再三乞恳，只得勉强来寿州城耳。正是：

一时覆醢闻凶信，不特情深悼丧子。

　　再说赤眉仙一到寿州，少不免要见一个辣手伤害以报知宋君臣。老祖不用恃着法物、符咒，便可旋转乾坤，一时按住云头，浮立于空中，向着寿州城中，把长袖一拂。当时城中宋之君臣正在帅堂上共叙议择日班师。一众正见日正方中，忽一刻变为晦冥，人人诧异。一时间阴风霎霎，遍土皆震，如浮在海浪行舟一般，摇荡不稳。太祖、众将、文武皆惧地裂丧命于此。人人惊怯，正在喧哗，有苗军师上三天占刘夫人有祸，是知此故也。即启奏圣上："此非地裂危陷也。臣猜测赤眉祖临我寿州城，在空显圣，以责罚我们。圣上可焚香，待我众臣拜恳，自有处分。"太祖急令侍官摆列香案，御手焚香恳告："大宋有罪，乞求高仙明现，指示领罪，不至株连满城百姓。"赤眉祖慧目一观，请龙真主求情，只得俯从，旋即收大袖，一时宇宙光明，地中摇荡忽定。将真身现在檐头上，将手一拱揖，见太祖答礼。太祖开言曰："仙师何以辱临凡上，有何指示？"赤眉祖遂将余兆回山之言，群女骂辱之故，是以特来领教也。太祖力辩其诬。刘金锭、萧引凤、郁生香、艾银屏、花解语五女，一认见赤眉师，便跪在香案之下。及闻他所说，合口齐称："尊师伯不必妄听此谗言，致我等获罪于师。"赤眉一见怒曰："一班不肖丫头，为着匹配丈夫，便尔背君累父。又强害及吾之门徒，自可将头颅割下偿命，反敢哓哓为师长妄辩。急将七宝神书、宝剑献还，自殪便罢。如若不然，管教满城沦为沧海！"太祖又代诸女求恳一番。赤眉又以刘金锭阵杀众人，责罚以逆天得祸，犹可恕饶。惟不该当变化为师伯形容将余鸿诱捉，使天下闻知道吾捕捉门徒有薄情无行为词。岂不将吾仙面毁坏，汝等罪罚难逃，休怪师伯无情也。当时众女将知赤眉怒不可解。但不知众女得脱其祸难否？且看下回分解。

第五十回

赤眉怒责五阴将　陈抟会集五仙师

诗曰：

> 人生谁不重恩情，覆醢嚎徒泪暗盈。
> 独恼邪魔饶舌处，几乎诸女赋生轻。

当时赤眉祖怒责刘金锭等，宋太祖多言与辩。只因赤眉师不容贷罪，又思强力以斗，诚恐法力不如，祸及人主与及夫家皆不能免，实见祸难。有刘金锭只思己一人又累及众姊妹夫妻人主，只可一人认罪，脱出数家夫妇与及夫家主上。只得对赤眉曰："尊师伯且待吾等各回见父一面，死亦无恨。只得求师伯念着家师一面之情，三天之后，送回七宝神书、秘书、宝剑，然后服药依命身亡，是弟子所沾恩。"语毕，叩首哀恳，太祖又从旁解劝，老祖只得允请，含怒驾云而去。

有余兆一路跟，暗暗喜悦收灭得刘金锭，只有冯茂夫妻不除，为此矮贼为恨也。当日高、郑、冯、杨五少将，见妻人人受辱而罢，不胜愤怒。见赤眉一去，承应彼服药身亡之约。不觉对对夫妻，抱头痛哭。上自太祖、众文武视此莫不堕泪。五女英雄将自料今番断不能免死。刘金锭纷纷下泪，早嘱夫君自死后善视刘乃父亲，收四婢子为妾，然后宗枝不可因妾一人过伤而为不孝之鬼。君保含泪感谢贤孝之妻。又有萧、郁、艾、花四女将，不免少年夫妇不能一刻割舍深情，有言不尽生离死别的苦切。到次日刘金锭一想来，大宋乃气运当兴之主，难道妖人猖獗不无杀身之祸？今正在大宋应运之君，虽赤眉神通广大，岂可压上天玉皇大帝？谅得此事无妨。按下刘金锭想像。

再说陈希夷老祖破阵后，只见宋太祖留恋不舍，又许以日后再会之言，未必无因。今当其又将阴阳一算，已知大宋天子驾下各女将，有赤眉祖责罚之难。皆因妖道死心不愤，唆言赤眉，赤眉下山。只忧赤眉法力高强，诸女将非其敌手。倘不进退再触怒他，众女徒难免大祸。不免知会集众道友圣母等，与之解纷方得无碍。是日梨山圣母等也占算过，诸女徒被赤眉误听谗言下山责罚。又去会齐金光、金花各圣母，不约同心。陈抟正出华山，不期又来了黄石公、孙真人一同见礼，共议与众徒于寿州解纷厄难。一同驾云，在中途又会合了各位圣母，一程来至寿州城，纷纷按阶檐下落。众弟子齐齐跪接，并诉说赤眉师伯误听余兆等鬼魂谗唆，以至师伯亲来责罚逼命一番。众仙圣母各各安慰门徒，君臣、父子、夫妻方得换忧为喜。谅来各仙圣齐集，未必便畏一赤眉。有太祖先问众仙师圣母，怎生劝解得赤眉愤怒，抑或再动干戈。陈抟曰："今李煜已经投服，陛下此后断无虑有甲胄之劳也，此事可以论理讲和。待明日山人等到见赤眉一面，陛下便可统群臣归国，一旦没有兵戈之祸了。"宋太祖闻言喜溢于眉宇。谅众仙来以理相辩，赤眉未必不依。诸徒又力恳托急请，众师皆允诺。有黄石公对孙真人曰："道友，汝不免再入天宫，诣送生司马爷，告以诸门徒被赤眉逼命报仇，言知各女婆星乃奉玉皇旨命下凡保主，断不相害之意，劝谏他自可收手息怒了。"

孙子领诺，将衣袖一展高驾祥云，一刻已请来送生司马，将此情由尽说明。司马爷曰："五女星原奉玉旨下凡保宋以定太平，诸怪仙不顺天命，自然该得诛戮。赤眉祖乃系大罗上仙，岂不明天命当宋之兴乎？且邪不胜正，理所当然。他门徒实乃逆天见杀，乃自投罗网本然。赤眉何得听谗所惑，偏庇门徒，要诛除良正？如今且慢禀玉皇上圣，待本神与各位仙师同往见赤眉，自有劝解之法。倘他不允，然后奏禀玉旨，以待天帝与他理论。"孙真人允谢，一同驾云走到了寿州城，知会过群仙约齐，已知赤眉先回鳌岛中。赤眉一见群仙圣母一同到来，必因诸女徒之事，意中倒有几分不悦，只得迎入。又见远远来了送生司马尊神，一同进洞见礼。赤眉只问："众仙神圣何故光临洞中？"陈抟以恳求道友赦诸门徒之罪云云之意。赤眉见说，微愠曰："山人非无故与令徒相仇，因至不合冒充山人，屈诱吾徒杀害，故实来与小徒伸冤，罚他充冒之罪。"孙真人曰："令徒鸿、兆二人每每荼毒宋之君臣，屡败寇不止休。且已再擒再放，既去仍仇，以此势无两立，故不得不尔，非诸女特寻加害。"有司马神见赤眉祖无允解之意，只潜回大神殿中，取出前日上帝命诸女降生剪逆，以佐宋将盛世鸿图，展开在玉石桌中，互相细订瞻读。赤眉原非不知诸女是奉玉旨下凡的。一者只为兆之唆谗激怒，二者要取回七宝神书、宝剑，要恐吓金锭等冒充师长无礼，且问明怒骂师长藐视犯上不恭之意。四怒一同并积下，故赤眉一时之愠耳。将司马盛世图看毕，乃曰："虽然诸令徒乃奉上圣母以定宋太平一统。鸿、兆妄逆天时，故不得其死，倒算自作孽不可逃也。但山人是众徒友师伯，弟子不称，不过鸿、兆不知进退，与汝为对敌。岂得将山人辱骂，多言欺藐。不看山人在目，应当念师长与山人同班并辈，不至毒骂相欺，岂非将山人看得轻如鸿毛也，众道友以为何如？"

群仙、圣母等大惊曰："岂有此理？吾之诸徒在山淳诲已久，虽未潜心人道，并无傲视长上之理。况道友乃先辈尊师伯，且非下凡护唐与宋相抗，他众徒焉能敢斗胆骂辱以取犯上？深咎此事，想必令徒鸿、兆不愤死亡，要激恼道友下凡仇执各小徒耳。故挑弄唆言，何足取信？求道友勿为所蔽，事须三思以明辨，免错冤屈于人也。"赤眉一想，果然因兆一面之词，在诸女岂敢将此毒骂之言，以取罪戾？正要查问兆，又有金锭、冯茂二人，因陈抟、圣母带他来交回赤眉书剑，故跟随众仙在后。今见赤眉师言来，皆乃余兆谎惑的。二人下跪上禀师伯："此唆言出余兆之谗谮也。岂敢弟子辈犯辱尊师，大罪难逃，敢出之于口？"赤眉又问余兆，见他言语支离，不似回山时对供，遂向兆大骂："好逆畜！死不知自责幡悔，还敢唆唇弄舌，几至错责诸贤徒不几乎？！因汝唆谗又要与各师叔作对，岂不又要杀斗一番，有伤同道和气？"骂一番怒气小解，又立誓此后再慎施教门人法术，免得生事扰乱尘寰。众仙、圣母等皆以为然，所以古来一有变乱多有奇人法士出现，然自元明以后，遂罕有其匹。皆因赤眉感着鸿、兆闯祸，故后来绝不以法教授生徒。后世遂少了此种，此是世俗人所猜测，亦不得指此为实据也。

当日赤眉见明白此唆谗之言，怒气尽消，化仇为好，与各仙再谢，各各欣然。冯茂又呈献回神书、宝剑，赤眉接回收藏过。司马神收卷回盛世雄图，辞别众等，回天曹去了。众仙、圣母亦辞别赤眉祖出洞。赤眉对众仙曰："道友，吾不到寿州了。且于宋太祖驾前，代山人一言回拜。此乃恶徒兆不顺唆谗，以至亲来唐突，仰宋君勿为介怀，是有劳代陈谢之。"众仙领诺，拱手驾云，一众回到寿州进城。自各仙去后一天之久，大宋君臣正议虑及此去未回，不晓其中有无变意否？一刻见群仙回城，太祖、文武众臣一齐急请问事体和安否？众仙将赤眉误信余兆谗言等说知。不知后来如何？且听下回分解。

第五十一回

询国运太祖求判　泄天机陈抟预征

诗曰：

> 君圣臣贤国运昌，不须迁务长生方。
> 天心应视民心见，奚必谆谆定末场。

再说，宋之君臣得众仙、圣母，又蒙司马尊神同往金鳌岛，明白了余兆诳激，赤眉赦罪诸女将，太祖并小五阳将父子妻儿一同拜谢。太祖又令人并列香案焚祷郊天，当空叩谢神圣，众女夫妻实乃死中得活，皆向神明祷谢虔诚叩礼，是理所当然。是日君臣喜色扬扬，又向众仙、圣母感谢搭救众人。太祖重命徒开素席与诸仙酬叙，且欲与众仙、圣母同班师归汴京城，共统山河数载。待再灭了幽州契丹，及太原天下，使天下复归大统，少享富贵，酬答恩德之万一。群仙曰："山人等乃世外闲俦，慵惰成性，又不当久居尘土，有累清修。今不过为着陛下地基混一，只得纳闲冒罪下风。岂容留意富贵？不劳陛下虑酬报也。"太祖又曰："即如日前被余兆下毒水中，苟非得黄石公大发慈悲救援，君臣安有今日？况今天下割霸还有数州，后再遇着余兆，一统如何请得群仙扑灭？"陈抟曰："赤眉师有言，以此后再不教生徒，斯世下便无此辈了。今虽太原、幽州尚未称臣，自有二王爷光义与陛下代劳。且高家英勇，曹国舅彬才智一般王侯无敌。文可安邦，武可定国。陛下何须过虑？自此征役颇息，主上自此肉食万方，只真应着：'对酒当歌，人生几何？'之语可也。"

原来太祖自征南唐李煜以来，先着光义弟署国。不料这二王爷平日原是心多疑，不甚爱敬其兄，不似宋太祖友爱心之宽大。故当日被困寿州，非有御札回朝，他实未曾持自起意，解一粮秣一兵前往救驾。太祖自此也略知他不臣不弟之心，遂有几分着恼他。今闻陈仙师说其日后可以代劳灭寇，心下还不准信。但属手足，况为天子之尊，当以襟胸宏度为忍之。原是陈抟此语有因，分明是预说太祖死期将近，故教及时勉乐，至于伐太原、伐幽州，至光义太宗登基后，乃行此事，太祖不及见也。故当日陈祖师谜语，实暗道着未来之事。太祖哪里得知，所以含糊答应过光义代劳之语。又问以国运长短之数，皇弟寿算如何？陈师又言："自古主仁则兴，不仁则亡，皇天无亲，惟德是亲。故国运兴衰，寿数之长短，皆视仁德为定券。至于天定券人定数，非山人所能知。人定胜天是贤相谏君之美。"太祖念着自己半世偃蹇，不过因时起事，意外遭逢，居然九五，安无天定之数，但恐陈希夷不肯明说耳。遂力叩不休，陈抟只得写下数句。

  十八年前马上王，居然周武与成汤。
  此回烛影摇红夜，过此皇龄万寿长。

此语乃是陈抟说出赤龙归天日期。过又写四句曰：

  由来边寇最难降，王气将钟在土邦。
  可喜忠良长倚辅，君臣相守到沧江。

陈仙师起句二语，分明道着继宋后而兴者。惟此尾结二语，又道着赵昺王真、陆秀夫君臣母子，在崖门猪县山坠长江而死。

当下未来之事，除了神仙哪人晓得？太祖也知陈希夷必不肯直说，泄露天机以取罪戾。旋亦不多盘诘再渎，将祸福一概撇下，听之天命而已。惟黄石公又吾："人生行事，惟本之理以定，而数亦随之。况人君有道，造命之权，自己操之。何必谆谆举问前定为言，反劳陛下龙心。况自受困三年馀以来，未免劳肝损及元神，又且余兆下毒虽解，犹恐残留脏腑，馀患未清，恐乘血气之良，有痈疽发作等症。此后深宫酒色两字，倍加节欲，方免毒从房发之患。"太祖大喜嘉纳："黄仙师金石良言，应可佩服不忘，以为成守之药石，箴规训诲。"正是：

　　天下由来第一毒，只为娇色与酒肉。

此席之言，黄石公勉谏酒色二字，切中太祖生平毛病。实乃洞见肺腑，又且爱君之仙情见乎其词也。太祖安不动容受纳？一时饱德，庶几安有。入夜又盘旋多时，各仙师、众圣母召齐众男女门徒，勉励一番：在家尽孝，在朝尽忠，凡事要体天而行，不可恃才率意等故多言。然后与宋太祖告别，并各门徒留恋依依不舍，师弟情深。正是此一别，后会无期，各门徒男女皆下泪苦留。太祖亦然。群仙曰："山人等知陛下情长大度人主，记念殊深，不胜铭感诸怀。并各门徒亦乃仙凡各别，尔等享受人间富贵，为师等情志超闲，不须效着世俗儿女态。况我们视百年为瞬息，万里若近途。朝廷若有事时，自有当缘再到，何忧会晤无期？陛下不必费龙心相留，众门徒不须怀切，各宜自爱。"语毕，六朵祥云从空飞下，各仙师、圣母跨上飘然而去。太祖、各徒、各文武大臣道送，上观没云影方回。互相论及两番得仙师破阵解厄，方得成功，同说回京熔铸金躯以酬大德祀典之事。

　　随后杨业见南唐平服李煜称臣，亦请旨回山，太祖一想，喻令其父子同归汴梁封赐重爵，以报答军功。杨业再奏曰："王恩浩荡齐天，理当遵旨送主回京，惟老亲风烛之期，寸心不欲远离。待诸异日，臣自当依旨来朝，以报陛下宠命之光也。"太祖点头，大加称赞："将军忠孝两全，卿一心回山事父，朕亦不得强团。但征役尚无珠宝犒劳一军，且待朕回汴梁，自然命使臣少赍金帛到山，以酬赏多士。"杨业父子同奏曰："区区微功何用陛下龙心念切，为国勤王正臣子义分当为也。"往语君臣交酬多话，果然次日杨业、佘氏、延平携妻花氏夫人辞别圣驾载道。自太祖以至众王侯、文武大臣三十余人皆来饯酌送别，一班女英雄至刘、萧、艾、郁与花解语尤属姊妹情长，正以乍合忽离，殊难割爱。特因各事夫家，不得不分袂。惟五女珠泪汪汪情感而已。当日杨业夫妻父子一同出寿州城，五万大兵随后拥护。太祖亲身出关送别，自然请大臣无一人不出城十里之遥。杨业父子马上拱揖数次，请圣上各王侯请回。太祖只见远送，只得住驾，各文武随回入城。

　　是日见靖乱诸事务完备、择吉日就便奏凯回汴京。六军大小文武，一闻此信，人人喜悦欣欣，各各打叠行装。威威武武，将士文臣济济，鸣金进鼓。李煜君臣闻天子登程，早备白金四车，黄金二车，珠宝土产之业二车送行，俱出城候驾。一见天子出城，俯伏。太祖着唐主平身曰："朕历此土三年，今方得平宁，与卿等共享太平之福。蒙贤王厚礼，不须远送，汝君臣守土和穆，上下一心，与国同庆，朕有望焉。朕回汴自当差官犒赏汝等君臣复礼。"唐主君臣揖拜："陛下圣主赦罪，汪洋天恩，又劳圣驾远涉边隅，臣等之过也。"少不得相送远远而还。一路父老子民喜圣天子经临衢道，莫不香烟载道，结彩铺毡，香花扑鼻。一路大小官僚郊迎百里，说不尽肃静威严，龙颜喜霁："众百官民土有此爱朕之心，真好百姓也。"实乃王者大兵所过，秋毫不犯，故只由故土省远远观瞻圣上威仪、护从，以及众王侯、文武、女将、大臣好不威扬。水陆之师过处，风景日殊，陆马江舟，人人归心似箭。不知天子回汴如何？下回分解。

第五十二回

平南唐太祖班师　赏战功二王惧罪

诗曰：

　　三载南征逆命诛，神仙凡将效驰驱。
　　总由太祖当昌运，从此不劳动六师。

　　再说宋太祖一程大兵水陆赶急，一天回归汴梁城。飞马早报，有署国君王二御弟，左相赵普以及守国文武大小官员，尽皆出皇城十里之外远来迎接圣驾。此乃礼之常，不须过述。当日座御金殿御榻，众文武朝恭过，二王爷贺喜陛下得胜，起居一番。太祖略言征役之劳，高王爷又将兵符帅令交还太祖，大兵发回兵部，所剩饷粮交回户部，已毕。太祖旨命："各将士大小三军，且各回家见母，下抚妻儿，明日见驾论功赐爵升赏。"众文武大小三军，欢声谢主龙恩。天子回宫拜见杜太后娘亲，幸他远行几中妖道之手，今得王儿成功回来，实乃忧中变喜。太祖亦以远征久离膝下为咎，自责请安已毕。又有一众皇后，东西宫诸嫔皆来朝，恭请叩龙安。皆说久别喜回之话，此是一定常情。当日各文武大臣各自归家，父母妻儿膝下不胜欣悦。唯有史珪、石守信二人殁于寿州城，只得两棺运回。史、石二家不胜苦楚痛哭，何我家之不幸。住表史、石二府开丧超度亡魂。

再说次早五更三点天子升座，文武百官大小纷纷入觐，恭肃山呼，文东武西侍立。宋太祖想来驸马须则功劳浩大，出于父子夫妻一门，然位为东平王品级已极，无以再加。又以军师苗从善参赞军机，占卜灵应有功，至屡救护诸人，加升上柱国平章事，食邑万户。又在军中已封刘、萧、郁、艾、花五女为夫人职，今再加封五宫主正一品夫人。高、郑、冯五人封五少王，进足正一品，食邑万户，世袭加恩。然旧日三王五侯九节度官阶之品衔已高，仕途壅塞，不便再迁，亦加食邑耳。至于史、石二候亡于寿州城内，今着阴封侯足加赠为王，仍以王礼安葬，发出库银着官赀赠各十万两，以为丧用之资。伊两家公子上朝谢主隆恩，安葬事也无交代。又将萧、郁、艾在南唐被李煜杀害已阴封赠爵，今仍将三人配食于忠臣祠，且著显其名，为礼典与国始终。萧、郁、艾三女夫人赴即代父领恩。高琼又奏请召妻父刘乃到来终养，少尽个子恩情。太祖准旨，即命他夫妻偕行接迎来王府中与高王相见。两亲情喜色欣欣，是借女儿恩光，功劳浩大。圣上敕封乃为礼部尚书，着旨续取夫人。刘乃以年老不娶止之，圣上不强。后君保以半子承之，以次儿为主嗣于刘家一脉。此是后话不别重提。却说宋太祖此日又旨命高君佩赍了许多币帛、缎彩、金珠，不下百万之丰，前往山后石州，赏赐杨家父子。外有弩金五千两，赏与他手下随征兵卒。一时犒赏分明，举朝皆喜悦服。有名士作颂以纪太祖征服南唐军功，曰：

建龙九年，戎有南唐。倚邪猖獗，竟不赴延。帝其震怒，即议亲征。整我六师，是讨是伐。既临其城，谕以威德。蠢尔不灵，大邦为仇。神人定谋，将士努力。料敌制胜，咸克鹿元。遂克南唐，还师于京。鬼方宾服，罔有不庭。

昔周之宣，有方有虎。诗人歌功，乃列于雅。在宋初兵，混一区宇。赳赳桓桓，亦昭厥绪。

此颂休提。

却说当日各臣功劳，满朝皆有赏赐，独不及于署国功劳，乃光义二王爷也。此时光义满心不悦。且太祖不时说出被困于寿州，朝中无一人设个救法，倘非众男女将士用命，及群仙帮扶，身抛九重天国，命在他邦矣。语近讥责御弟光义，绝不思量救驾一兵一粮，不到一书一字问候之意。故光义觉得心不悦而惭，又恐自危。兄弟上越见面目不周之处。太祖思此无情之弟，亦欲加罪之。但属手足难行，并碍着母后钟爱者少儿。若执之正法，有伤母心，不特失之友爱，又有失孝道了。然当初杀却一结义郑子明，尚且南唐有所藉口，况今骨肉乖通，难免臣民指责，故随亦隐忍不发。然而友爱之情，自此益衰。光义惧罪，亦如坐针毡恐将不免，寝食不安。所以得一事不如忍一事，忍一事不如省一事，以太祖之明哲大度，今因二弟不发兵粮问候一言，固属他无君之心，不敬兄，不念手足，是理之非者。但事已既往，不必再言。公子三至，光义惧罪。有为烛影摇红之事，复多一疑。且后光义登基后，号为太宗。至征伐太原，未行赐赏，王子赵德昭请叔太宗行赏于臣下武功，至太宗多疑。在太原中军，时闻逸言，德昭思为帝，自立以继父太祖之说。太宗闻而忌之。后班师见德昭请旨行赏将士军，太宗即变色，曰："朕且未行赏，待汝为君时再赏之。"斯时德昭请行赏战功，乃国家所当行正务。德昭无乃爱重战功兵将，以奖功为国之心。不意太宗多疑而变颜以恶应之。是至德昭自觉惭惧忧愤自缢，不得其死，亦一疑字。是不论君臣、父子、兄弟，一疑字不忍不省，未有不做出相仇失欢失爱，而相祸危之思也。复至德芳、光美二王皆不得其死。观太宗之立心亦见险矣。

只奈何杜太后以妇人之见，命太祖曰："天下须儿马上辛劳所得，然汝弟兄三人均同手足，倘儿亡，然后将大位传与光义。待光义后，传之光美。待光美后，传回汝子德昭。儿且准依。"当日太祖乃系胸襟大度帝王，一闻母命，唯唯准依。后果至太祖病重不起时，依杜太后命，犹曰："光义此事好为当为之。"是托以江山之语。不料光义入问太祖之病，烛影之下，遂报宋太祖驾崩，是诚千古疑案也。为父开基，本当嫡子继立。缘因妇人不知大节，以兄弟手足亲情而疏间其父子。传德昭出于礼之大典，然而太祖依着太后之请，将位传之弟光义。而光义应当百年后以太祖之心为心，复当依命传之光美，后光美不愿为君，即当传回御侄德昭。方见公天下之心，方不负太祖依母命以存友爱。奈何光义于赵普一奸诮之言，遂公然传之己子。是上负太后、太祖之心，下干臣民日后之义。是君臣原其心一私于己，不以太祖为念，一心迎媚要君以固足位，是其君臣罪之难辞其责也。

住说宋太祖自从平伏南唐班师之月，又值太皇太后寿诞佳辰八旬之一。太祖吩咐传旨王子、王孙、妃后、文武王亲、大臣与太后庆祝千秋。王亲国戚文武纷纷送献仪礼祝。天子大排御宴，文武百官皆赐赏。是日君臣畅叙庆闹纷繁，各宫皇后娘娘下及妃嫔一般兴祝开筵，一连三天。高王爷是当今国戚，少不免一家王姑及刘夫人同进内宫上寿。杜太后见女儿及甥媳全来，不胜老人喜悦，留宫一月，方放他婆媳回王府。

闲言少叙，一日杜太后对王儿赵太祖言："吾儿虽然马上十八年辛劳，方得今日位登九五。但汝弟兄三人皆同一脉，倘百年后，可将大位传之弟光义，及光义后，传之光美，光美复传王孙德昭。娘觉得富贵相同，手足共沾，未知吾儿意见若何？"太祖一想，此位不过因循无心而得之，自黄袍加身，是众将作成耳。今为一家相传，何人不可？况弟兄非比别姓，有何干碍？遂满口诺承。杜太后深喜王儿笃于友爱，一诺而弟、娘心安矣。不知太祖何日传位？下回分解。

第五十三回

病痈疽太祖驾崩　承统绪晋王依诏

诗曰：

　　开基匪易守基难，十八年劳马足间。
　　有子何须传太弟，误依母命送江山。

　　却说宋太祖自领诺太后传位与二弟光义，不觉征服南唐后又二年。太后年已八旬之三，一病不起终于内寝。太祖弟兄哭而执丧，文武百官挂孝素服，安葬皇陵不多细述。其时只有北汉主刘均未下，然太祖自胜南唐后，仍不以北汉河东为意。为人不劳即逸，太祖自即位后，前十年不离盔甲马上，自十年后不征伐者数载，年纪近五旬了，今逸暇中不记黄石公之劝勉遗言。文有军师赵普等，武有高、曹、潘、王诸人，正是深宫闲暇不念及前劳，方味为天子之贵。粉黛三千，金钗十二，椒房尽倚，娉婷宫院，群妆国色，即平民唱随如愿，不胜意味胶投，尚觉鸳鸯坠里。况贵为天子，六宫承恩，群争望幸，其中巫峡自荐，雅意迎送，自然将一个英明猛勇君王，晚年迷得如痴似醉，似一捣药守宫未吐。当日天下十之平服七八，所有万方贡献的山珍海味杂然排陈。今日在东宫把盏一欢，明日又在西宫围炉开瓮，于是捧咒承槽，衔杯漱醪，奋髦骑踞，枕粕藉糟，恍然而醒，又兀然而醉。后有史官到书数语，以志其沉湎。其词曰：

芳菰精粺，霜蓄露葵。元熊素肤，肥蓁脓肌。蝉翼之割，剖纤析微，累如叠谷，离若散雪。轻随风飞，刃不转切。山鸠斥鹖，珠翠之珍。寒芳答之巢扈，脍四海之飞鳞，臛江东之潜鼍、䐹笑南之鸣鹑。揉以芳酸，甘和既醇。元实过咸，厚收调辛。紫兰丹椒，施和必节。滋味既殊，遗芳射越。乃有春清缥酒，康狄所营。应化则变，感气而成。弹徵则苦发，叩宫则甘生。于是盛以翠樽，酌以雕觞，浮蚁鼎沸，酷烈馨香。可以和神，可以娱阳。

乃是言酒食之美。又有数语道其色荒，其词曰：

尔乃御椒房，临内苑，琴瑟交辉，左簏右笙，钟鼓俱振，箫管齐鸣。然后姣人乃被文縠之华袿，振轻绮之飘摇，戴金摇之熠熠，扬翠羽之双翘。挥流艾，耀飞文，历盘鼓，焕缤纷。长裙随风，悲歌入云。矫捷若飞，蹈虚远跖，凌跃超骧，婉蝉挥霍。翔尔鸿骜，溅然凫没，纵轻体以迅赴，景追形而不逮。飞声激尘，依违属响，才捷若神，形难为集。于是，为欢未凉，白日西颓，散乐饰，微步中闺，先眉弛分铅华落，收乱发分拂兰泽，形媚服分扬幽若，红颜宜笑，睇眄流光。时与吾子携手同行，践飞除，即兰口华烛烂，幄幕张，动朱唇，发清商，扬罗袂，振华裳，九秋之夕，为欢未央。

此编乃是言宫中声色之庶。太祖自此以酒色相继，卜昼卜夜不辍，龙颜从此渐觉消减。有军师看来，近日圣上与前马上时大变，遂不上疏本，即面奏曰："洞房情宫，命曰寒热之媒，皓齿娥眉，命曰伐性之斧，甘脆肥脓，命回腐肠之药。今陛下越女在前，齐姬在后，纵欲于曲房隐闳之中。此甘饕毒药，恐伤圣体，大失天下所望。况青宫尚稚，未能强立，求陛下自爱。"奈太祖原素性不羁，未御极以来，本是一个新丰市上英雄。今闻军师所谏，理之明知者，虽口嘉纳之，然不能舍此二事强行。苗军师只得叹惜而已，亦无奈之何。未几酒兴倍浓，美色愈加有等。奸臣邀宠，又假旨万选，凑以豫北竹叶，荆南乌程，由是远方来贡者不绝于路，一时浮议犀沸。岂知酒毒非常，太祖大醉入房，醒来忽觉身体发烧如炙一般。早起，君太医诊疾，皆以关脉浮数，恐主发痈疽病。思是用药以曹花、能程及荆妨败毒等方，有苗军师急入宫求见问候，并力谏主上，以所病皆因酒毒所发，必须切却，服药方能奏效，自此须当切戒以倍龙体。

当日太祖亦自知病深，故勉强戒过酒数天。奈五盏不交，终觉三浆难馈，欲登大饭之山，必先入酒泉之郡。故世俗所云凡人嗜酒日久，肚里实有酒痈顽症之患，此后纵欲戒之不能，实乃真的。当日太祖强忍戒不上七八天，便尔粒食不沾口。细想酒虽有害，但撤去不用，又见饕餮难下箸。以此终日不食，岂不要忍饥？死是不难了，倒不如少些酒节饮为高。讵知初时少饮，原来好酒之汉，见了佳酿那能忍口少。不免由少而多，至于八九分醉意方能住手，此是举世之人皆然，迥非太祖一人偏好也。然天子之贵，岂乏药饵以退其病？惟功不能补过，非干服药罔效的。又半月之后，龙背上突起发个毒疽，不问而知为背痈了。至病势日增，饮食不进，太祖渐至日夜昏迷。举朝文武大臣，已知主上冥期日近，独有那位御弟二王爷光义，心中暗喜：登基有近之期，况因寿州不思救驾，为太祖欲执罪，时刻惊俱在心。今知太祖染此恶疽，只是放下忧心。当初杜太后有旨，命太祖兄将大位传己，故心安了。

此日太祖自知将危，传与晋王二弟，汝其勉之，以承朕志。光义含泪揖奏，曰："我主病势更深，只宜安静调养，勿发劳心。至于国家重器，即万岁之后，即有德昭侄儿，弟岂敢妄为，恐于后人议论。陛下三兄，须当酌之。"太祖曰："不然，以德昭年尚十一，稚幼无知。况初时太后有嘱朕以大位付汝，当此朕一诺唯承之。朕遵母命，汝遵朕旨托，还有何人后议？朕观汝龙行虎步，他日必为太平天子，但德昭儿年轻，当善遇之。再有四件大事，朕未能全得，尔当成全之，亦朕为尔为佐弼之谋也。第一者河东之地未平服，不可不取。第二者山后杨业父子英雄，智略萃于一门，须当厚聘之，以大用。第三者朕征伏南唐时，半中途遇一张齐贤。此人有大才，可当宰相之任。当时吾不收用之，特留来尔作相，此人得任宰相之权，大有益于国者。太行山一将，名呼延赞，英雄忠勇，可收用之，是文武得人也。须当记此四事，朕死何恨！"当时光义揖拜受命。有宋后曰："今二王叔接继江山，将吾母子至于何所？"太祖曰："非此无安置汝母子。今二王叔接继，何异于朕？必能共保富贵，不须忧也。"太祖再唤其子，德昭当时下跪，流泪一包。言："为君不易，今依太后命传位与二王叔登基，仍是一家骨肉亲，长保富贵，不须忧虑也。"德昭含泪依旨叩谢起来。母子仍坐侧。

此夕太祖昏沉睡去，梦见陈希夷前立御床侧，揖拜毕，与他握手曰："山人特来与陛下一别，从此回天以了俗世了。"太祖凄然下泪："可有延缓朕之寿命否？"陈抟曰："此数已定，陛下原五纪外之寿数，理合就此回位，不须伤情也。当初在困南唐时，皆中毒水，虽蒙神水救回，馀患尚留肠胃。故黄石公临别时，早知陛下有此毒患，故以危言恳旨，当戒酒色。不料陛下于此二者全耽，所以引馀毒发疽，难以救拔。今山人别去，且等候陛下龙驾三天后再会。"语毕大袖一拂，向天而去。原来陈抟老祖前赠受太祖封以华山为睡仙恩典，复于三天之前来报知。当日太祖醒来病加沉重，自知不起。急招光义弟及德阳王子入宫，戚然吩咐一番，言声不响，气息不继，嘘嘘呼吸。

按史上有批点光义入待问候太祖之时，并无太祖妻儿在旁，官监远隔。但闻太祖言呼"光义汝早当为之"云云，烛照一声，红光一摇影已报驾崩。是千古疑案，事之不明也。

但太祖一崩，宋后、皇子、御弟一众等大哭哀声。传召众大臣、文武，人人悲泣，召颁天下，开丧挂孝，禁绝鼓乐。葬毕，光义登基。诏颁示中外，议于明年正月改宋国号，大赦天下。赠宋后为开宝皇后，迁之西宫。即进封皇御侄德昭为八大王，宠遇特隆。王妃顾氏进封皇后，苗从善、高王爷、曹彬、王全斌、潘美一班前辈功臣皆已极品，不能再升，只加俸禄而已。其余少五阳将，由侯爵进封为公爵。五少阴将，加封五郡主。只有高平王妹丈高怀德功劳浩大，进加九锡。郑印念他新立功，又父有功被误杀了，复加九锡。馀者皆加三级或一命之荣不等，不概烦表。

当日宋太宗自即位后，注意用兵，以承太祖威武之志。一日谓群臣曰："河东辽下皆吾敌国，先帝临崩之时，以河东之地必取，山后杨业父子聘他来助役，不然反为北汉钧所用，非我利也。且太行山有勇将呼延赞，可聘收用之。再命人往金陵访张齐贤回朝大用。"旨下，即着君保速赴太行山，招取呼延赞。又差冯茂复往金陵，访取张齐贤。命高君佩往山后，聘请杨家父子。先着旨工部尚书符彦卿督修造无佞府，以待杨家一门来投居止。再命高王爷训练三军，以待下河东征伐北汉。再敕郑印各路催粮。各政令一一皆依太祖遗制。但下河东征服刘钧，再敌北辽之事，已有南北两宋之书，不必复赘矣。

但以太祖英明神武，开基不过享国十七年，即不得后嗣接继，亦依妇人之见耳。至迨后太宗光义虽听赵普谗言立子窃位，但其一心已欲之，不待赵普唆惑，心以不已了。及至第九传高宗，于金兵起难之后，方是太祖嫡嗣，复承回大统。今三下南唐，李煜称臣，年年纳贡，岁岁来朝，不敢再复稍萌异志。东南一带自此平宁，不复见兵戈攘扰。四民乐业，海不扬波，皆藉太祖请将用命之力，以奠安黎庶也。

当日宋太祖驾崩，太宗帝登基。少不得天子居丧挂孝，四海禁绝音乐，安葬皇陵，诸事已毕。按史宋太祖自三十六岁登基，在位一十七年，寿五十三而崩，史之实据也。复有七律诗咏之曰：

耿耿陈桥见帝星,宏开宋运际光明。
干戈指处狼烟灭,士马驱来宇宙清。
雪夜访求谋国计,酒杯消释建封宁。
专征一念安天下,四海苍生仰太平。